용과 제례

— 신의 여러 형태 —

3

츠쿠시

이치메이 그림 Enji

CONTENTS

RYU TO SAIREI

Presented by Ichimei Tukushi

용의 지팡

익스

어중간한 마법 지팡이 장인.

용과 제례

― 신의 여러 형태 ―

3

츠쿠시 이치메이

　동쪽의 나라 국경 근처 마을에서 소녀가 기다리고 있었다. 마을은 에스토샤라는 이름이고 소녀는 자신을 리스라고 했다. 마을에 대해서는 알고 있었지만 소녀와는 첫 대면이었다. 하지만 소녀는 익스의 이름을 알고 있었다.

　차가운 공기를 두르고 사람도 사물도 색을 잃어 꿈의 정경 같았다. 겨울은 항상 그렇다. 사람들은 집에 틀어박히고, 거리는 서서히 눈꺼풀을 닫는다. 눈송이가 흩날리면 마침내 모든 것이 움직임을 멈출 것이다. 눈이 그칠 때까지 그 무엇도 시작되지 않는다.

　자신 외에 마차 승객은 없었다. 이것이 올해 마지막 마차편이라며, 우울해 보이는 마부가 짐을 건네주었다.

　올해의 역할을 마치려 하는 역에 내려서자 벽을 따라 놓인 의자에 인형이 앉아 있었다. 등줄기를 곧게 펴고, 유리구슬 눈동자가 아무것도 없는 전방을 바라보고 있었다. 부드러워 보이는 옅은 색 머리카락이 남색 옷에 드리웠다. 다가가자 얼굴이 이쪽으로 향했다. 그것이 리스였다.

　신의 마을에 어서 와, 그녀는 말했다. 열 살도 채 안 되는 어린아이라고는 여겨지지 않는 말투로.

　"신의 마을?" 하며 고개를 갸웃거렸다.

　"그래. 신께 가장 가까운 마을."

　"미안하지만 말레교는 잘 몰라서."

"이 마을은 처음이지?" 아련한 눈동자가 이쪽을 응시했다. "하지만 마법 지팡이 장인이라면 한 번은 방문하기를 꿈꾸는걸."

"나는 장인 수습이지 장인이 아니야."

"하지만 여기에 왔어, 지팡이를 만들기 위해."

"그건 그렇지만⋯⋯."

"그렇다면 레드노프의 전설도 알고 있을 텐데. 동일장(同一狀)은 가져왔어?" 리스는 고개를 갸웃거렸지만 금세 가슴 앞쪽으로 손을 맞잡고 말했다. "아뇨, 미안해요. 당신과 조금 이야기를 나누고 싶었을 뿐이에요. 목적지로 안내할 테니까 그동안에 나랑 이야길 해줄래?"

"편지에 지도도 동봉되어 있었어. 혼자 갈 수 있어."

"하지만 틀림없이 헤매겠지. 이 마을의 구조는 복잡하니까. 또 한 사람은 훨씬 전에 도착했는데, 이렇게 추운데 기다리게 만들다니 가여워."

"리스는 안 추워?"

다소 두께가 있다고는 하지만 외투도 입지 않고, 이따금 부는 겨울바람은 몸에 사무쳤을 것으로 여겨졌다.

"그러네, 나도 가여워." 그러면서 그녀는 눈이 부신 듯 눈살을 찌푸렸지만, 하늘은 여전히 회색 구름으로 뒤덮여 있었다. "당신 외투로 들어가도 돼?"

대답을 기다리지 않고 리스는 이쪽으로 몸을 들이댔다. 외투 옷자락을 몸에 휘감아서, 옆에서 보기에는 완전히 숨어버렸다.

새삼스럽게 저항하는 것도 귀찮게 여겨져서 "가자"라는 그녀의 말에 따랐다. 어린아이의 보폭에 맞추는 것이 수고스러웠다.

리스가 말했다시피, 확실히 에스토샤의 거리는 복잡했다. 어느 길이든 미묘하게 구부러져서 어디가 어디로 통하는지 알 수 없었다. 혼자였다면 같은 장소를 몇 번이고 돌았을 것이다.

"여긴 국경 근처 마을이니까"라며 그녀는 말했다. "전부 계산해서 만들어진 거야. 침공당했을 때, 적을 혼란시킬 수 있도록."

"안쪽을 복잡하게 만들어서 어쩌자는 거야. 밖을 강화하는 편이 나아."

"성벽도 지팡이 벽도 그 이상 단단하게 만들 수는 없었으니까 안쪽에 손을 쓴 거야. 게다가 이 정도라면 사람은 금세 익숙해져. 이 거리에서 길을 잃는 주민은 없어요."

"실제로 침공을 당한 적은?"

"다행히도 안쪽까지는 아직." 리스가 고개를 가로젓는 동작이 전해졌다. "하지만 지상은 대단할 것 없어. 방어의 핵심은 아래에 있으니까."

"아래?" 지하라는 의미일까.

"다들 이미 기억 못 하지만, 본래는 말이지."

무심코 보도로 시선을 향했지만 탄탄한 구조라서 갑자기 무너질 걱정은 없어 보였다.

대화를 나누고 싶다던 것치고는 물어보고 싶은 것이 있지는 않은 모양이라, 리스는 그야말로 사소한 잡담을 건넬 뿐이었다. 얼마 없는 통행인이 외투에 이야기를 건네는 이쪽의 모습을 보고 의아하다는 표정을 지었다.

"그러고 보니." 문득 신경이 쓰여서 먼저 입을 열었다. "또 한 사람이라고 그랬는데, 부른 건 두 사람뿐인가?"

"아뇨, 당신을 포함해서 세 명을 불렀어요. 또 한 사람이라고 그런 건 장인 수습이, 라는 의미." 리스는 담담하게 대답했다. "그 사람도 동일장을 가지고 있을 터."

왕국의 법률 상, 마법 지팡이를 만들 수 있는 것은 장인의 자격을 가진 사람뿐이다. 하지만 몇 안 되는 장인이 모든 지팡이를 만드는 것은 현실적이지 않아서 가게에서는 수습에게 작업을 맡기는 경우도 있다. 그것이 인정되는 것은 장인의 감시 아래라면 장인이 만드는 것과 같다는 핑계가 있으니까.

다만 특례로 '동일장'을 가진 수습은 가게를 벗어나서 지팡이를 만들 수가 있다. 장인이 '자신과 같다는 것'을 보증하는 서간인데 막상 볼 수 있는 경우는 거의 없다. 동일장을 가진 인물에 대해서 모든 책임을 지게 되니까. 어지간한 긴급 사태, 혹은 독립을 앞둔 수습의 시험에서 지극히 드물게 사용될 뿐이었다.

"장인 하나에 수습이 둘인가. 무사히 마칠 수만 있다면 좋겠다만……." 익스는 중얼거렸다.

"당신의 스승은 바빴구나." 리스가 말했다.

"아니, 심각한 수준으로 외출을 꺼릴 뿐이야. 그리고 누님은 그저 사저이지 내 스승이 아냐. 독립할 예정도 없고."

"그렇다면 무척 신뢰를 받고 있다?"

"아니……." 거침없이 동일장을 쓴 그녀의 얼굴을 떠올렸다. "단순히 아무런 생각도 없든지, 어쨌든 밖에 나가는 게 싫었든지. 둘 중 하나라고 생각해. 혹은 양쪽 다."

먼저 도착한 또 한 사람 쪽은 아마도 독립이 머지않았을 것이다. 지금 자신에게는 독립할 가망도 자금도 완전히 부족했다. 자신의 가게가 없다면 독립은 성립하지 않는다.

문득 종소리가 울려 퍼졌다.

날카로운 소리가 반복되고 거리 여기저기에 메아리가 남았다. 잠시 그것밖에 안 들릴 정도의 음량이지만 신기하게도 거슬리지는 않았다. 소리가 들린 쪽을 봤더니 집들 사이로 종루 끝부분이 엿보였다.

"에스토샤 예배당." 리스가 가르쳐주었다. "지금 그건 정오의 종. 지금은 지나가는 것뿐이지만, 여유가 있다면 한 번 안을 보는 걸 추천할게요. 왕국에서 1, 2등을 다투는 건축물이니까."

"1, 2등을 다투는?"

"그 부분이 신경 쓰였어?"

"수도의 대성당에서도 같은 표현을 들었어."

"그러니까 수도의 대성당과 1, 2등을 다투는 거."

오래된 마을인 만큼 여기저기 지나갈 때마다 리스가 일화나 유서를 이야기해주었다. 역사적인 사실 같은 것부터 황당무계한 소문까지 다양했다.

"그런데⋯⋯." 백 명을 죽인 기사가 마지막으로 연인을 목 졸라 죽였다는 광장을 가로지르며 고개를 갸웃거렸다. "우연치고는 일화나 유서의 빈도가 지나치게 높은데."

"그럴지도."

"일부러 그런 길을 따라가고 있나?"

"조금 돌아가는 것뿐." 리스는 새침한 목소리로 대답했다. "미안해요, 당신과 함께 걷고 싶었던 거야. 폐가 된다는 건 알지만."

"먼저 도착한 녀석이 있다는 건?"

"그 사람한테는 사죄할게요. 하지만 조금 너그러이 봐주지 않을까, 기대하고 있어요. 어린아이가 하는 일이니까."

"그런 식으로 말하면 너그러이 봐주진 않을 거야."

"그래? 혹시 그러면 날 감싸줘." 여유 있는 말투로 그녀는 말했다. 농담인지 뭔지 알 수 없었다. "그럼 마지막으로 비장의 이야기를 가르쳐 줄게."

"아직 더 있나." 살짝 질린 목소리로 말했다.

"배운 걸 이야기하고 싶어지는 나이인걸. 그게 끝나면 둘러가진 않을 테니까."

"뭐, 그 정도라면." 익스는 어깨를 으쓱였다.

"어째서 사람은 하늘을 숭배한다고 생각해?"

"하늘? ……아, 성배(星拜) 말인가?" 말레교의 축제를 익스는 떠올렸다. "그거겠지, 연말에 모여서 하늘을 바라보는 거……. 아, 확실히 그런 시기네."

"그게 정말 신기한 거야." 그녀는 혼잣말처럼 계속 이야기했다. "하늘 위에 있는 건 달이고, 그보다 위에는 별이 있어. 하늘에 신이 있을 곳은 없는데."

"이상한 일이다, 그리 말하고 싶은 건가."

"아니, 무척 예쁘다고 생각해."

"……마지막으로 비장의 이야기라는 건?"

"더는 못 기다리는 거야?"

"참지를 못하는 나이거든."

그렇다면 어쩔 수 없네요, 그러면서 리스는 끄덕였다.

"성배의 날, 이곳 에스토샤에서는 다 같이 별에 소원을 비는 거예요. 여하튼 이곳은 신께 가장 가까운 마을이니까." 리스의 가느다란 손가락이 하늘로 향했다. "저기 에스토샤 예배당에서 우리의 목소리가 하늘에 닿아. 그러니까 이 마을에는 다양한 전승이 남아 있는 거야. 신께서 들어 줬으면 하니까 다들 이야기를 하는 거겠지. 의미 없는, 바보 같은, 시시하게 꾸며낸 이야기를. 그것이 별처럼 빛나니까, 신이 가까이 와준다. 순서가 반대예요."

"지금 그게 비장의 이야기인가?"

"……나랑 같이 성배에 가지 않을래요?"

외투 안에서 이쪽을 올려다본 그녀가 말했다.

마치 정말로 긴장한 것 같은 음색이었다. 하지만 금세 이제까지의 말투로 돌아와서,

"아아, 긴장했다. 지금 권유가 비장의 이야기. 어때?"

그런 소리를 꺼내니까 알 수 없었다.

"어쩌냐고 그래도, 죄다 너무 갑작스러워, 리스. 어째서 너는 날 알고 있었지? 어째서 축제에 같이 가자는 거지? 권유해도 대답할 수가 없어."

"안심해, 내 이야기는 이제 끝이니까." 그녀는 한 번 눈을 감

았다. "당신은 별한테 뭘 빌래? 꼭 생각해 둬."

그리고는 말이 완전히 사라져 버렸다.

조금 전의 말대로, 여기서부터는 뻔한 길이었다. 마을을 나가 버렸으니까. 성벽이 있는 것은 국경과 면한 쪽뿐이고 다른 장소에는 동물을 막는 울타리가 있을 뿐이라나. 이 부근에는 마수가 거의 서식하지 않는 것이리라. 그렇기에 에스토샤는 시대를 거듭하며 계속 발전한 것이었다.

멀리 언덕 기슭에 숲이 있고 돌로 만든 건물이 오도카니 서 있었다. 흰 벽이 무척 눈에 띄지만 신기하게도 주위의 자연과 조화를 이루고 있었다. 굳이 말하지 않더라도 역시나 저곳이 루스 수도원임은 짐작이 갔다. 이번 의뢰주이자 겨울 동안에 일할 장소이기도 했다.

살짝 손에 땀이 배어 자신이 긴장한 것을 깨달았다.

신의 마을인가, 리스의 말을 되새김질했다.

정말 그럴지도 모른다. 말레교도가 아니더라도 지팡이 장인에게 에스토샤와 레드노프의 이름은 특별한 의미를 지닌다.

인공 마법 지팡이의 기초를 구축한 전설의 명공 레드노프. 그의 지팡이가 가진 진가가 간신히 세상에 인정을 받고, 또한 자신의 역량도 원숙의 영역에 다다랐을 때였다. 그는 이곳 에스토샤를 방문하고, 그 이후의 소식은 끊어졌다. 자살했다고도, 몰래 빠져나가서 은거했다고도 일컬어지지만 행동은 묘연했다. 수도에 그의 무덤이 있지만 관은 비어 있다.

하지만 지팡이 장인 사이에 전해지는 그럴듯한 전설이 있었다.

그는 이 마을에서 궁극의 지팡이를 만들었다──.

그렇게 전해진다.

누가 말했는지, 무엇을 근거로 하는지는 알 수 없다. 무척 수상쩍은 소문이다. 하지만 이렇게나 계속 구전되는 것은 그 이야기가 거스를 수 없는 마력 같은 무언가를 지녔기 때문이리라.

궁극의 지팡이── 장인인 이상, 그것을 꿈꾸지 않는 자는 없다. 모두가 그 한 자루를 목표로 한다.

그래서 하루하루 실력을 기르고 계속 생각하는 것이다. 궁극의 지팡이가 있다면 그것은 긴 지팡이인가 짧은 지팡이인가, 목재는 무엇이고 심재(芯材)로 무엇을 사용하는가. 채용 방식은 무엇인가. 그런 지팡이를 만들 수 있는 것은 누구인가, 혹은 바로 나야말로──.

스승 문지르야말로 그런 장인이라고 지목된 적도 있었지만 결국에 그는 '뛰어난 지팡이'를 남겼을 뿐, 궁극이라 부를 법한 물건은 만들지 못했다.

다수의 지팡이 장인이 나타나서는 사라질 때마다, 사실은 모든 것의 시조인 레드노프가 달성했다는 이야기는 더욱더 매력적인 울림을 머금었다. 게다가 혹시 그렇다면 그의 실종도 설명이 되는 것이었다. 굳이 말할 것도 없이, 궁극의 지팡이를 만든 장인에게 그 이상 살아갈 이유는 없다.

이리하여 레드노프는 지팡이 장인에게 신이나 마찬가지인 존재가 되었고 에스토샤도 마찬가지로 특별한 땅이 되었다. 이제는 그가 만든 궁극의 지팡이가 마을 어딘가에 숨겨져 있다든지,

전란 와중에 이웃나라에 빼앗겼다든지. 그런 무책임한 소문이 오가고 있었다.

물론 그런 이야기를 믿는 것은 아니었다. 레드노프의 공적은 위대하지만, 그러나 그 후로 오랜 시간이 지났다. 그가 발명한 방식은 지나치게 비효율적이라서 개량을 거듭한 것이 현대 마법 지팡이의 주류다. 당시의 이론으로 "궁극의 지팡이"에 다다르기에는 엄청나게 건너뛰더라도 부족할 것이다. 그런 것이 존재한다면, 말이지만.

다만 지팡이 장인 끄트머리에 속한 자로서 에스토샤의 이름은 당연히 알았고, 어렴풋한 동경이 있던 것도 사실이다. 마을을 둘러싼 역사의 무게가 더더욱 그 감정을 증폭시켰다.

안내해 준 리스에게도 감사를 하자고 생각했지만 어느샌가 그녀는 모습을 감추었다. 아무리 그래도 외투에서 나간다면 알아차렸을 텐데, 지나치게 생각에 집중했던 것일지도 모른다.

마을을 나왔을 때는 멀리 보이던 수도원도 코앞에 있었다. 다가가며 그 크기에 놀랐지만, 허나 그런 것치고는 이상한 적막으로 가득했다. 많은 사람이 이곳에 산다고 들었는데 바람이 숲을 흔드는 소리만 들릴 뿐, 인기척은 전혀 없었다.

하지만 갑자기 그 자리에 어울리지 않은 큰 목소리가 들렸다.

"앗, 이제야 왔구나!"

수도원 입구에서 누군가가 허리에 손을 대고서 이쪽을 가리켰다. 대답하려고 했지만 그 전에 종종걸음으로 다가왔다.

"정말이지! 기다리는 내 입장도 되어보라고." 째진 눈을 추어

올리고서 그 인물은 빠른 말투로 마구 떠들어 댔다. 옅은 파란 색 머리카락에 빨간 눈이 날카로웠다. "기껏 같은 수습이 온다고 그러니까 기대하며 기다렸는데 전혀 오지를 않잖아. 너는 기대하지도 않았냐?!"

"미안, 추웠나?" 기세에 압도당하며 어떻게든 그렇게 말을 건넸다.

"추워? 무슨 소리야, 너는. 편하겠네, 기다리게 만든 사람은. 날씨 같은 거나 신경 쓰고! 같이 점심을 먹자고 생각했는데 오질 않으니까 혼자 먹어서 더부룩하고, 그래도 오질 않으니까 사고라도 당한 건 아닌가 걱정하느라 내가 더 큰일이었다고!"

"……그런가."

"제대로 반성해 달라고. 뭐, 됐어. 나는 슈노야. 앞으로 잘 부탁해"라며 두꺼운 장갑을 낀 오른손을 내밀었다.

"그래. 나는──."

"익스인가."

"어?"

먼저 자신의 이름을 불렀다는 사실에 놀란 것도 잠시, 슈노는 양손으로 이쪽을 어깨를 털었다.

"괜찮냐, 춥진 않았어?" 다가온 얼굴이 진지한 표정을 지었다. "도중에 노닥거리니까 이렇게 되는 거라고."

무슨 소리를 하는 거냐, 그러면서 익스는 고개를 좌우로 흔들어 자신의 어깨에 쌓인 눈(익스)를 봤다. 언제부터 내렸을까, 시야 가득 팔랑팔랑 떨어지는 하얀 조각은 꽃(슈노) 같기도 했다.

1

종소리는 두 곳에서 들렸다. 수도원에서 한 번 울린 종, 그리고 또 하나는 에스토샤 거리에서 들렸다. 저쪽에서는 정각의 숫자만큼 울리는 모양이었다.

종소리가 사라지자 수도원 여기저기서 작업 소리가 울렸다. 나무를 깎는 소리, 액체를 휘젓는 소리, 무거운 것을 나르는 소리 등등 다양했다. 하지만 여전히 사람의 대화소리는 들리지 않았다. 앞을 걷는 수도사도 한마디도 하지 않고, 발소리조차 내지 않고 복도를 앞장섰다.

에스토샤 마을과 마찬가지로 리스 수도원의 역사도 길다. 수백 년 전에 세워졌고, 평온한 생활을 바라는 말레교도들이 산다. 넓은 부지에 밭을 가꾸어 자급자족의 생활을 보내는 것 외에 목공일이나 야금술, 약 제조 등등 수도사들은 다양한 일을 한다. 그것들은 마을에서 판매되며 수도원의 운영비로 충당된다. 모두가 신에 대한 봉사로서 열심히 일하니까 어지간한 가게보다 고품질의 제품이 저렴한 가격에 판매되기도 해서, 몰래 다른 곳에 팔아 치우는 상인도 있다고 들었다.

건물에는 수리 흔적이 눈에 띄었지만 언제 세워졌는지를 생각하면 오히려 경이적인 수명이라 할 수 있었다. 게다가 수십 명이나 산다고는 여겨지지 않을 만큼 청결을 유지하고 있었다. 하루하루의 노동과 신앙심 덕분일 것이다.

도중에 수도사 몇 명이 스쳐 지나갔다. 이쪽으로 정중하게 인사를 하고는 떠났다. 다들 말이 없었다.

"저, 저기." 옆을 걷는 슈노가 속삭였다. "수도원은 처음인데, 우리도 이야기하면 혼이 나는 걸까."

"글쎄……." 익스는 애매하게 고개를 갸웃거렸다.

"익스는 와본 적 있어?"

"아니."

"그, 그래? 그런 것치고는 무척 차분해 보이는데……. 아, 이래 보여도 마음속으로는 꽤나 불안하겠지."

"그럴지도."

"그, 그렇지—! 얼굴에 드러나질 않으니까 알 수가 없다고. 무리하지 말고 불안하다면 언제든지 나한테 말해. 나는 전혀 불안하지 않으니까."

"그러도록 하지."

"그래그래. 아니, 그건 그렇고 엄청 조용하네, 쉰 명 가까이 생활한다고 들었는데……."

속삭이는 것을 잊고 슈노는 거의 보통 수준의 음량으로 이야기했다. 수도사들이 이쪽을 돌아보고 크게 헛기침했다.

"어, 미, 미안합니다……." 순식간에 슈노의 어깨가 움츠러들었다. "역시 화를 내잖아. 익스도 조심해."

진지한 눈빛으로 바라보기에 익스는 떨떠름하게 고개를 끄덕였다.

조금 전 수도원 입구에서 만나고 가볍게 자기소개를 한 뒤로 계속 이런 분위기였다. 슈노는 독립 전의 시험으로 동일장을 받았다는데, 익스가 그저 수습이고 게다가 연하라는 사실을 알더니, 뭐라고 할까, 선배 시늉을 하고 있었다.

"그렇지, 익스. 물론 내 쪽이 선배지만 경칭은 필요 없어. 너도 나도 같은 수습이니까 말이지." 막 혼이 났으면서도 질리지도 않고 슈노는 말을 걸었다. "그래도 곤란할 때는 사양 말고 날 의지해. 선배로서 뭐든 해결해 줄게."

하지만 바보 취급을 하는 것이 아니라 아무래도 본인은 진심으로 걱정하는 듯했다. "네 스승에게 누를 끼친다면 그건 내 감독 소홀 탓도 있어. 그때는 같이 사과해 줄게." 같은 소리를 진지한 표정으로 꺼냈다.

어떻게 대응할지 알 수가 없어서 익스가 건성으로 대답하자 어째선지 이번에는 갑자기 심약한 말투로 변했다.

"아, 아니, 오해하진 말았으면 하는데, 나는 네 기술을 걱정하는 게 아니야. 스승님께 신뢰할 수 있는 인물이라고 들었으니까."

"스승님?"

"으, 응. 어라, 못 들었어? 우리 스승님께서 이번 일에 너를 추천했다던데……."

"나한테는 이 수도원에서 편지가 왔을 뿐이야. 이름은?"

"마를란 님이야. 정말로 몰라? 이상하네, 그럼 어째서 추천하셨지? 레이레스트에서 네가 대량의 지팡이를 순식간에 감정하는 모습을 보고, 숙련된 장인이 아니고서야 그걸 알아차리진 못

한다고 그러셨는데…….”

　마를란, 머릿속으로 되풀이했다. 떠오르는 인물은 없었다. 하지만 대량의 지팡이를 감정했다는 이야기에는 짚이는 바가 있었다. 가을에 말려든 사건이다. 그 사건이 벌어지는 사이, 같은 장소에 있던 누군가일까. 하지만 그것을 높이 평가한 이유는 알 수 없었다. 특수한 상황이 아니라면 막 제자로 들어온 수습이라도 같은 일을 할 수 있을 것이다.

　“그러니까 너랑 만나는 걸 기대했어. 빨리 지팡이를 만드는 모습도 보고 싶네. 봐도 될까?”

　“그건 상관없는데…….”

　“……상관없는데, 뭐야?” 한순간 머뭇거린 것을 어떻게 받아들였는지 슈노는 시선을 좌우로 헤매며 어색한 미소를 지었다. “아까부터 화가 난 모양인데, 여, 역시 이렇게 말을 거는 건 귀찮을까……? 그, 그렇겠네. 옆에서 말을 걸면 산만해지겠지. 미안해, 이제 말은 안 걸게…….”

　“그렇게까지 폐가 되지는 아니야.”

　“저, 정말로?”

　그래, 라며 끄덕였다. 적잖이 귀찮았던 것은 사실이지만 그런 말을 했다가는 더더욱 귀찮은 사태가 벌어지겠다며 예측이 갔다. 말을 거는 것뿐이라면 해가 될 일은 없다.

　“그, 그런一.” 금세 슈노의 표정이 환해졌다. “뭐야, 기쁘다면 그렇게 말하면 됐을 텐데.”

　“허?”

"정말이지, 익스는 표정으로 드러나질 않으니까."

아무도 기쁘다고 그러진 않았다. 그렇게 항의하려던 참에 앞서가던 수도사가 멈춰 섰다. 이쪽을 돌아봤다.

"어, 미, 미안……." 슈노가 눈을 질끈 감았다.

"여기서 기다려 주십시오." 무시하고 그는 옆의 문을 가리켰다. "장인 분께서는 늦어지신다고 합니다. 나중에 원장님께서 인사하러 오실 겁니다. 여러분의 시중도 준비해 두었으니, 이곳에서의 일이나 생활에 대해서는 그 사람에게 이야기를 들으시면 됩니다."

"그, 그렇습니까. 감사합니다…… 하하."

수도사는 인사를 하고 복도를 떠났다.

안내받은 곳은 간소한 방으로, 평소에는 무슨 용도로 쓰는지 알 수 없었다. 긴 책상이 몇 열인가 늘어서 있고 의자는 벽 쪽에 두었다. 앞쪽에 난로가 있고 이미 불이 붙어 있었다. 덕분에 안은 따뜻했다. 외투를 입고 있으면 땀이 날 정도였다. 바닥에는 먼지 하나 없이 구석구석 청소를 해두었다.

적당히 의자를 가져와서 둘이 나란히 앉았다. 들어온 뒤로 계속 슈노는 정신없이 방을 둘러보고 있었다.

"흐, 흐응? 장인은 지각이라는 소리네. 뭐, 지각한 게 우리가 아니라서 다행이야."

"누가 오는지 아나?" 익스는 물었다.

"아니, 그냥 에스토샤의 장인이라고는 들었어. 이런 곳의 의뢰는 보수도 낮고 힘드니까 말이야, 우리 같은 수습이나 지역의

단골한테나 부탁할 수 있겠지, 응. 성격 좋은 사람이라면 좋겠는데."

"에스토샤의 장인인가……."

"오, 짚이는 사람이 있어?"

"일단은 아는 상대가 있어." 그것은 동업자와의 연줄이 많지 않은 익스치고는 드문 일이었다. "몇 년 전에 스승님의 가게로 편지가 왔어. 코쿠라는 장인인데."

그는 익스의 인상에 남아 있었다. 스승님치고는 드물게도 편지를 몇 번이나 주고받았으니까. 그래봐야 실제로 읽고 답변을 보낸 것은 대필을 맡은 익스라서, 연상인 장인과의 대화에 긴장했던 것이다. 성배에 대해서도 그 편지로 알게 된 것이었다.

그런 일을 떠올리는 사이, 슈노가 깜짝 놀란 표정으로 이쪽을 보고 있었다.

"코쿠라니, 코쿠 시타 말이야?!"

"……유명인인가?"

"응, 뭐, 그렇지." 슈노는 부끄러운 듯 시선을 피했다. "마를란 스승님께 이름을 들은 적이 있어. 지금 에스토샤에서는 가장 고참이래. 뭐, 뭐어, 그런 거물은 안 오겠지. 아니, 거물인지는 모르겠지만 고참이라면 거물이겠지, 아마도."

"아마도, 라고 그래도."

"하지만 익스의 스승님은 레이레스트에 살고 있겠지? 이쪽 장인이랑 아는 사이라니 엄청 발이 넓네. 다음에 소개해 주지 않겠어? 나도 이름을 알지도."

"소개라고 해도, 산다고 할지 뭐라고 할지……."

이미 스승 문지르는 죽었고, 지금은 레이레스트에 있는 사저의 가게에서 수습으로 있다는 상황은 설명이 무척 귀찮았다. 게다가 그것을 슈노에게 이야기하면 또 이런저런 이야기가 나올 것 같았다. 요컨대 누님의 호의에 기대어 식객으로 지내는 것이라 남들에게 자랑할 입장은 아니었다.

어떻게 이야기할지 생각하는 사이, 문을 두드리는 소리가 들렸다.

"괜찮으세요? 고함소리가 들렸는데요." 문 너머에서 젊은 남자의 목소리가 들렸다.

"어―, 아, 아무것도 아니라고?" 슈노는 과장스럽게 헛기침했다. "응, 재채기가 나왔을 뿐이야. 여하튼 그게, 눈도 내릴 만큼 추우니까."

"정말 죄송합니다, 방이 따듯하지 않았나요."

"아, 아니아니, 네 탓이 아니야. 바깥의 추위가 몸에 남아 있던 것뿐이지." 배려, 그리고 멋쩍음을 감추려는 태도가 뒤섞였는지 슈노는 영문도 모를 소리를 했다. "저기, 일단, 방으로 들어오겠어?"

2

들어온 것은 젊은 평수사였다. 아직 십대일 것이다. 키는 컸지만 뺨에 여드름이 있고 어린 느낌이 남은 얼굴이었다. 머리카락은 짧게 밀었다. 헌 옷인지 몸에 안 맞는 법의를 갑갑하게 입고 있었다.

"비터입니다"라며 이름을 대고 정중하게 머리를 숙였다. "이곳에서 두 분의 시중을 맡게 되었어요. 머무르시는 동안에는 무엇이든 말씀해주세요."

"잘 부탁해." 슈노가 일어서서 악수를 청했다.

"저기……." 내민 손을 보고 비터는 조금 곤혹스러운 모양이었다.

"아, 자기소개를 잊었네. 나는 슈노야."

"예, 슈노 씨. 잘 부탁드립니다. 다른 분은……."

"익스다." 의자에 앉은 채로 대답했다.

"아, 안녕하세요. 익스 씨."

"어, 화난 건 아니니까 신경 쓸 것 없어." 슈노가 득의양양하게 말했다. "얼굴에 드러나질 않는 녀석이야. 마음속으로는 대환영이겠지."

"그런가요?"

"그렇다고. 자, 너도 앉으면 어때?"

"아뇨, 저는 이대로도 괜찮아요. 그럼……."

비터에게 이 수도원의 구조나 생활의 규칙에 대해 간단한 설명을 들었다. 기본적으로는 지금 있는 방이 작업실이고 지나치게 돌아다니지 않았으면 한다는 것. 다른 수도사에게 말을 걸거나 소리를 지르지 않을 것. 요컨대 수도사들의 생활을 방해하지 말아 달라는 이야기인 듯했다.

"으—음······" 하며 슈노의 목소리가 줄어들었다. "그건, 우리
도 너무 이야기를 나누진 않는 게 낫다는 건가?"

"어, 아뇨. 문제없어요. 어디까지나 저희의 규칙이니까요. 저
한테도, 지금은 이게 일이니까 말을 거셔도 괜찮아요."

"그, 그런가?" 슈노가 이쪽을 보고 웃었다. "말해도 된대. 어
라, 그러면 어째서 아까 혼이 났지?"

"소릴 질러서 그렇겠지."

"······으음." 눈을 감고 슈노가 작게 헛기침했다.

장인은 아직 더 늦어진다고 해서 실제로 수도원 안내를 받기
로 했다. 방 밖으로 나오자 난로로 달아오른 뺨을 곧바로 냉기
가 쓰다듬었다. 복도가 바깥쪽으로 나 있으니까 주변의 풍경이
잘 보였다. 눈은 본격적으로 내리기 시작해서 마을로 이어지는
평원은 점점 하얗게 물들고 있었다.

"이건 쌓이겠는데." 슈노가 중얼거렸다.

"이쪽이에요." 비터가 그러면서 복도를 걸어갔다. "지금 시각
에는 다들 자기 방에서 묵독하고 있어요. 다른 사람과 만날 일
은 없겠죠."

하얀 풍경을 보며 걸음을 옮겼다. 주위에 아무것도 없고 눈이
소리를 빨아들여서 그럴까, 바깥은 부자연스러운 정도로 정적
이었다.

아니, 당연한 정적일지도 모른다. 이 수도원은 다른 세계인
것이다. 외부에서 독립된, 청결한, 신을 위한 세계. 부풀어 오르
며 물속을 올라가는 거품과 마찬가지. 그러니까 아무런 소리도

전해지지 않는 것이리라.

일 층의 작업실을 몇 곳 들여다봤다. 커다란 나무통이 늘어선 방이나 공구가 놓여 있는 방 따위가 있었다. 조금 전까지 이곳에서 작업을 했을 터인데도 어느 도구든 깔끔하게 정돈되고 정리되어 있었다. 제아무리 슈노라도 입을 다물고서 얌전한 표정으로 안내에 따랐다. 일 층에는 그 밖에도 주방이나 도서실이 있었지만 지금은 누구의 모습도 없었다.

주방 뒷문을 통해 정원으로 나올 수 있었다. 삼림이 개간되어 커다란 밭이 펼쳐져 있었다. 검은 밭에 하얀 눈이 쌓이는 중이었다. 아직 수확이 안 되고 남은 농작물도 있었다. 겨울 채소일까.

현관으로 들어서자 바로 앞에는 은색 종이 있었다. "이걸로 시각을 알리죠"라고 비터가 말했다.

그 안쪽의 계단은 도중에 두 번 방향을 바꾸어 위층으로 이어졌다.

위는 대부분 침실인지 가느다란 문이 빼곡하게 복도의 벽을 메우고 있었다. 문에는 작은 구멍이 뚫려 있어서 안을 볼 수 있었다. 침상과 작은 책상만 놓여 있는 공간이었다. 연배 있는 수도사가 진지한 표정으로 책을 넘기고 있었다. 복도가 있는 이쪽으로는 눈길도 주지 않았다.

도중에 다른 사람과 마주쳤다. 등이 굽은 노인인 것 같지만 넝마를 뒤집어써서 얼굴도 모습도 보이지 않았다. 책을 실은 수레를 밀고 있었다. 비터는 아무 말도 않고 눈인사를 나누었을 뿐이었지만 마침 익스 옆을 지날 때, 바닥의 작은 단차에 수레가 올라가서 책 한 권이 떨어져버렸다.

주워서 건넸지만 역시나 상대는 한마디도 하지 않았다. 묵묵히 받아들고 또다시 일정한 속도로 수레를 밀었다.

방은 대부분 채워져 있었지만 끝의 두 곳만 문이 활짝 열려 있었다. 하지만 안에는 생활 용품이 남아 있었다.

"최근까지 사람이 있었거든요." 일 층으로 내려와서 비터가 가르쳐주었다. "가을쯤 새로 들어온 평수사였는데, 요전날 도망쳐 버렸죠."

"뭐, 이런 생활에 익숙하지 않은 사람도 있겠지." 슈노가 말했다. "실례일지도 모르겠지만 자주 있는 일 아닌가, 그런 거?"

"예, 뭐……." 그는 쓴웃음 지으며 끄덕였다. "아니, 하지만 열심인 분들이셨으니까 괜찮겠다고 생각했어요. 이제까지 남에게 폐를 끼친 만큼 조용한 신앙으로 살고 싶다고 해서……. 원래는 모험가 일을 하던 분이라던데, 힘쓰는 일에는 무척 도움이 되었죠. 그런데 정말로 갑자기 도망쳐버려서……."

"이상하게 신경을 쓰네. 친했어?" 슈노가 의아하다는 듯 말했다.

"사이는 보통이었다고 생각하는데……." 비터는 그리고 고민하듯 미간을 찡그렸다. "듣자하니 그게, 망령을 봤다고."

"망령?" 익스는 중얼거렸다.

"예, 그렇게 말하고 두 사람은 도망쳤어요." 비터는 끄덕였다. "그냥 생활이 힘들었다고 그랬다면 이해할 수 있다고요. 하지만 망령이라니……."

"하지만 모험가잖아?" 슈노는 미간을 찌푸렸다. "아니, 녀석들을 나쁘게 말하려는 건 아니지만, 자유로운 생활을 보냈던 만큼 한계가 오는 것도 빨랐던 게 아닐까. 망령 운운은 핑계 아냐?"

"수도원은 떠나는 사람을 붙잡지 않아요. 포기하는 데 이유는 필요 없다는 거죠. 그런데도 군이 비현실적인 이야기를 하는 건 조금 이상하잖아요."

뭐, 확실히. 슈노가 그러면서 고개를 끄덕였지만 그 이상 화제는 발전하지 않았다.

건물 안을 한바탕 돌아보고 조금 전의 방으로 돌아왔더니 수도사 일곱 명이 그들을 기다리고 있었다. 한 사람은 노인으로 머리카락도 수염도 하얬다. 다른 여섯 명은 스물에서 서른 정도의 남자들이었다. 다들 일렬로 서서, 들어온 그들을 가만히 바라봤다.

"우오, 뭐, 뭐야?" 시선을 맞닥뜨린 슈노가 허둥댔다.

"이곳에서 원장을 맡고 있는 사람입니다." 노인이 조심스러운 말투로 그렇게 말했다. "비터, 오늘 중으로는 올 수 없다는 연락이 있었다. 먼저 일을 진행하도록."

"알겠습니다." 비터가 대답했다.

"간소한 인사가 되어 죄송합니다. 그럼 잘 부탁드립니다." 원장은 이쪽에게 인사를 하고는 곧바로 방을 나갔다.

문이 닫히는 것에 맞추어 익스는 물었다.

"지금 그건 장인이 오지 않는다, 그런 의미인가? 이번 일을 받은 건 우리를 포함해서 셋이라고 들었는데……."

"예, 그런가 봐요. 일이 무척 많은 모양이라." 비터가 긍정했다.

"하지만 먼저 일을 진행하라고 그랬지? 그러니까 거기 서 있는 사람들이——." 슈노가 손가락을 튕겼다. "우리가 지팡이를 만들 상대, 그렇게 이해하면 될까?"

수도사들은 묵묵히 머리를 숙였다.

"……으음, 조금 더 기운이 있는 반응을 원했는데."

"또 혼날 거야." 익스는 코웃음을 쳤다.

3

여섯 명은 다들 평수사에서 수도사로 막 승격한 신분이었다. 수도사가 되려면 원장의 추천 외에 정해진 시험에 합격할 필요가 있다. 시험에는 마법 취급도 포함되어 있어서, 승격하면 정식으로 자신의 지팡이 소유가 허락되는 것이었다. 이번에 익스가 받은 의뢰는 바로 그들의 지팡이를 만드는 일이었다.

이 계절에는 종종 볼 수 있는 일이고, 아무래도 한가해지는 겨울에는 고마운 의뢰였다. 다만 실제로는 거절하는 장인도 많다. 애당초 수도원은 돈이 있는 시설이 아니고, 또한 이쪽의 사정을 알고서 이용하니까 노력치고는 벌이가 적기 때문이었다. 게다가 지팡이를 만들어 봐야 수도사들에게 싸울 기회 같은 것은 없으니까, 그 지팡이는 사용되지 않는다. 기념품 같은 것이었다. 이는 지팡이 장인으로서는 바라는 바가 아니라서 결과적으로 실력 좋은 장인일수록 거절해 버린다.

하지만 사실 수도원의 의뢰가 꺼려지는 가장 큰 이유는 따로 있었다.

"모쪼록 잘 부탁합니다."

그러면서 여섯 수도사는 양손으로 품은 물건을 내보였다.

잔가지를 떼어내고 껍질을 벗긴 아르테 가지였다. 각자 한 자루씩 들고 있었다. 두께도 길이도 제각각이고 경우에 따라서는 벌레가 먹은 구멍이 그대로 있었다.

익스는 애써 한숨을 참았다.

수도원에서는 수행의 일환으로 "자신의 지팡이는 자신이 선택해야만 한다"라는 규칙이 있는지, 수도사는 직접 지팡이 목재와 심재를 준비한다. 목재는 근처 삼림에서 채취하고 어느 정도 가공해 둔다. 심재 쪽은 입수가 어려우니까 수도원에 들어올 때 같이 가져온다. 그것을 지팡이 장인이 지팡이로 완성하는 것이다.

이것이 얼마나 귀찮은 일인지 장인이 아니라면 좀처럼 전해지지 않는다나. 준비된 물건을 조합만 하면 되니까 오히려 편하겠지, 그렇게 여겨지는 구석마저 있었다. 물론 그럴 리는 없어서 기성품 지팡이를 조정하거나 개별 주문 지팡이를 만드는 것보다 훨씬 난이도가 높다. 목재와 심재에는 상성이 있고, 애당초 사용자와의 상성도 있다. 자칫하면 마력이 대폭적으로 줄어들어서 제대로 마법을 쓸 수 없는 지팡이가 되고 만다.

수도사들도 최소한은 공부하고서 소재를 준비하지만 그래도 초보. 기초 중의 기초만 배우고는 이해했다는 생각에 빠져서 말도 안 되는 목재를 가져오는 경우도 많다. 게다가 그저 적당하다고 형용할 수밖에 없는 가공을 하고서.

성가신 일이라며 고개를 내저었다. 슈노도 그것은 마찬가지인지 그들의 목재를 보고 "우와——⋯⋯"라며 알기 쉬운 반응을 드러냈다.

"그, 그럼 익스, 여섯 명이니까 너랑 나랑 해서 세 명씩이겠네." 슈노가 마음을 다잡듯이 말했다. "누구를 담당할지는 네가 정해도 돼. 여하튼 내 쪽이——."

"그건 우리가 정할 게 아니야." 말을 가로막고 익스는 말했다. "비터, 어느 쪽에게 맡길지 그 녀석들이 정하도록 해줘."

"아, 예."

여섯 수도사는 잠시 곤혹스러워하는 모습이었지만 비터가 눈짓을 하자 모여서는 작게 대화를 나누기 시작했다.

"괜찮겠어?" 방 한편에서 가만히 기다리고 있었더니 슈노가 다가왔다. "기껏 양보해 줬는데."

"가공은 죄다 비슷하게 지독해. 누구를 선택하든지 별 차이는 없겠지." 익스는 말했다.

"응? 아니아니, 그런 의미가 아니고." 슈노는 어깨를 으쓱였다. "자유롭게 정하라고 그러면 그게, 다들 날 지명해 버릴 거잖아?"

"⋯⋯그렇게 되면 슈노가 전부 만들면 돼. 나는 보조를 맡지."

"진심이야? 아무리 그래도 네가 가여워."

"장인의 사정을 손님에게 강요해서는 안 돼."

"그렇군⋯⋯, 그런 이야긴가." 슈노는 싱긋 미소 지었다. "응, 지금 그 말을 듣고 알았어. 좋아, 아무도 널 선택하지 않는다면 내 쪽에서 설명해야겠네. 익스는 신뢰할 수 있는 수습이라고."

"장인의 인격이나 발언과 신뢰할 수 있는지는 다른 문제야."

"물론 그렇지. 만약 그렇다 한다면 네가 가장 먼저 실격해 버릴 거야."

"……뭐, 그럴지도."

"어, 아니, 미안해. 농담치고는 심했어. 미안." 슈노는 양손을 펼쳤다. "하지만 뭐, 익스는 조금 더 얼굴에 드러내는 편이 나을지도."

잡담을 나누는 사이에 논의는 끝난 듯했다.

"저기……." 비터가 머뭇머뭇 말을 건넸다.

"오, 정해졌어?" 슈노가 그쪽을 돌아봤다.

"아뇨, 일단 각자 희망을 이야기했는데, 그게……." 그는 말하기 어렵다는 듯 시선을 피했다. "조금 치우쳐버려서."

"설마 전원이 겹쳤다든지."

"예, 그래요."

"어, 정말로?" 슈노는 눈을 크게 떴다. "으—응, 그런가……. 큰일이네."

"다들 익스 씨한테 부탁했으면 한다고."

"……뭐?"

그렇게 중얼거린 것은 익스였다.

순수하게 이유를 알 수 없었다. 그들과는 이것이 첫 대면이었다. 실력도 실적도 모르는 상태에서 그렇게나 치우칠 리가 없을 것이다. 물론 놀란 것은 슈노도 마찬가지인지, 몇 초 정도 어리둥절한 표정을 드러냈다.

"자, 자……" 하며 슈노는 입을 뻐끔뻐끔 움직였다. "잠—깐, 당신들, 대체 어째서 익스야? 아니, 이 녀석은 물론 신뢰할 수 있는 녀석이라고? 그야, 그게 희망이라면 나도 보조를 맡겠지만 말이지……, 하지만, 이런 거…… 조금 상처받잖아." 그러면서 눈물을 글썽거렸다.

"아니, 아마도 지위를 모르는 게 아닐까." 익스는 말했다. "말해두겠는데 나보다 슈노 쪽이 연상이고 지위도 위야. 나는 그저 수습이지만 이 녀석은 독립 직전이지. 장인에 가까운 건 슈노라고. 재고를 추천하겠어."

그러자 여섯 수도사는 서로 얼굴을 마주봤다. 반대라고 생각했던 것일지도 모른다. 머리카락 색깔 탓인지 익스는 나이 들어 보이는 경우가 많았다.

"아, 아니, 그런 배려는 필요 없어, 익스. 반대로 상처받으니까. 아, 하지만 역시 배려를 받는 편이 기쁠지도."

"배려가 아니라 사실을 이야기했어."

"그걸 배려라고 하는 거야. 거짓말을 해봐야 일시적인 위안이겠지." 미소 지으며 슈노는 말했다. "……응. 뭐, 손님의 희망이 그렇다면 어쩔 수 없지. 전력으로 널 보조해야겠네."

"저, 저기……." 그러자 수도사 하나가 손을 들었다. "죄송합니다, 다시 한번 논의를 해도 되겠습니까?"

"어? 뭐, 상관없는데……."

역시 독립 직전, 이라는 말은 컸나보다. 쓸 기회는 없더라도 좋은 장인이 만들어주기를 바라는 것은 당연한 마음이다. 결과적으로 딱 세 명씩 담당하는 것으로 이야기가 마무리되었다.

바로 일에 들어가기로 하고 작업 공간을 둘이서 나누었다. 방을 딱 반반으로 나누고 슈노와 등을 마주하는 배치가 되었다.

"여기서부터 이쪽이 내 작업장이니까. 가끔씩 견학하러 와도 돼." 도구를 펼치며 슈노가 말했다. "때때로 나도 보러 가고 싶으니까."

담당하게 된 세 수도사를 모으고 일단은 준비한 목재와 심재를 내놓도록 부탁했다. 이것을 확인하지 않고서는 시작할 수가 없다.

'하지만……'

목재를 확인하며 익스는 미간에 주름을 지었다.

딱히 그런 규칙은 없을 테지만 수도사는 긴 지팡이를 가지는 것이 전통이라나. 전원 그것을 희망하여 길게 잘라낸 목재를 준비했다.

"그게…… 어떨까요." 맞은편에 선 수도사가 입을 열었다.

"어떻다니?" 손으로 시선을 향한 채로 되물었다.

"아뇨, 제 가공에 문제는 없을까 싶어서."

왼쪽 눈에 단 확대경을 벗고 상대의 얼굴을 바라봤다. 마찬가지로 목재를 확인하고 있었을까, 슈노가 "어?! 응, 자, 잘했네, 하하하……"라고 말하는 소리가 등 뒤에서 들렸다. 상대가 칭찬받는 모습을 보고 신경이 쓰였나보다.

"괜찮아, 실패는 치명적이지 않아." 상대를 안심시키듯 그렇게 말했다. "다른 두 사람의 목재에도 큰 실패는 없었어. 지팡이로 만들 수는 있겠지."

"시, 실패, 입니까." 수도사가 미묘한 표정을 지었다. "가공에는 신경을 썼다고 생각했습니다만."

"불필요한 가공이야. 이건 짧은 지팡이 용도의 목재로 만드는 처리라서 긴 지팡이에 할 건 아니야. 다만 다행히도 이 상태라면 어떻게든 할 수 있어."

"……그렇습니까."

"심재를 보여줘."

이런저런 소리를 했지만 오히려 문제가 있다면 심재 쪽이었다. 목재는 전통적으로 같은 숲에서 채취하니까 마법 지팡이에 맞는 나무가 준비되어 있었다. 하지만 심재는 그럴 수도 없었다. 선택지가 넓은 만큼 무엇이 나올지 알 수 없다는 두려움이 있었다.

순서대로 심재를 받아 관찰했다. 어느 물건이든 석성(石性) 심재인 모양이라 익스는 안심했다. 특색이 크지 않고 상성도 넓은 재료다.

오늘은 간단한 확인까지만 하고 각자에게 재료를 돌려주자 비터가 와서 말했다.

"수고하셨습니다. 내일부터 작업에 들어가시는 건가요?"

"아니, 설계를 하려면 시간이 좀 걸려. 가공에 들어가는 건 그 다음이겠네. 아마 슈노도 마찬가지겠지."

"어, 그 슈노 씨 말인데……." 비터는 그쪽으로 흘끗 시선을 향했다.

돌아보자 심재로 여겨지는 물건을 한 손에 들고서 "으—으음……" 하며 슈노가 신음하고 있었다. 맞은편에 선 수도사가 불안하다는 표정을 짓고 있었다.

"저기, 뭔가 문제가——."

"기다려." 슈노가 그를 향해 한 손을 펼쳤다. "지금 생각 중이니까."

"어, 예……."

흥미가 생겨서 보러갔더니 슈노가 유백색 덩어리를 손에 들고 있다는 것을 알 수 있었다. 집중하고 있는지 등 뒤에서 익스가 들여다봐도 알아차리지 못했다. 손을 자세히 봤더니 돌치고는 뒤틀린 것 같은, 기묘한 형상의 덩어리였다.

익스는 무심코 입가에 손을 댔다.

——강립밀(降粒密). 모마인가.

실제로 보는 것은 처음이었다. 무척 희소한 소재로, 스승님의 가게에서조차 본 적이 없었다. 그렇다고 해서 특별히 강력한 것은 아니고 가치 역시 그다지 높지 않지만, 그러나 슈노가 고민하는 이유는 알 수 있었다.

문헌을 바탕으로 예상되는 성질을 생각하기에, 모마와 아르테의 상성은 지극히 나쁜 것이었다. 순간적으로 몇 가지 방법을 생각해 봤지만 어느 것이든 제대로 될 것 같지 않았다. 그렇다고 해서 지금부터 다른 심재로 바꿔 달라고 하기는 어려울 것이다.

입을 다문 익스의 얼굴을 보고 수도사가 더더욱 불안한 표정을 지었다.

하지만 그때 슈노가 외쳤다.

"좋아!" 과장스럽게 끄덕이고 심재를 상대에게 들이밀었다. "응, 문제없어. 자, 이거, 좀 더 본인이 가지고 있어."

"예? 아, 예." 수도사는 눈을 끔벅거리며 받아들었다.

"좋아, 이걸로 전원의 재료 확인은 끝났지? 오, 익스. 너도 문제없어?" 슈노가 등 뒤에 선 이쪽을 알아차렸다.

"그래, 나는 문제없다만──."

"잘 됐네, 서로 순조롭게 시작된 모양이야."

슈노의 만족스러운 웃음에 그쪽은 문제없느냐는 질문은 가로막혀 버렸다.

정오의 종소리 이후로 크게 시간이 지난 것처럼 느껴지지는 않았지만, 겨울이라 밤이 빠르기도 해서 밖은 이미 점점 어두워지고 있었다. 수도사들은 각각의 지팡이 장인에게 감사인사를 하고 방을 나갔다.

또다시 셋만 남은 방에서 비터가 "여러모로 수고를 끼친 모양이라 죄송합니다"라며 머리를 숙였다.

"어, 그건 상관없는데──." 슈노가 방을 둘러봤다. "저기, 우리는 오늘은 어디서 묵으면 될까? 그쪽에서 준비해 준다고 그랬는데, 수도원의 방을 빌려주는 건가?"

"아, 그건, 그게……"라며 어째선지 비터는 애매모호한 말투가 되었다. "일단 에스토샤의 여관을 준비하기는 했는데……."

"지금부터 거기까지 걸어가라고? 으──음, 그건 좀 힘들겠네."

"어, 아뇨, 이쪽에도 빈 방은 있어서, 예, 조금 전에 보셨겠지만요."

"아, 탈주한 녀석들의 방?" 슈노가 손뼉을 쳤다. "좁지만 뭐, 왔다 갔다 하는 것보다는 나을지도."

"예, 희망하신다면 그쪽이라도 괜찮은데요── 그게." 비터가 두 사람에게서 시선을 피했다.

"뭔가 문제가 있나?" 익스는 물었다.

"문제라고 할지, 아뇨, 익스 씨는 문제없지만요……."

"어, 내가 문제야?" 슈노가 놀란 듯 눈을 끔벅거렸다.

"어, 아뇨. 하나 확인하고 싶은데." 한 번 헛기침을 하더니 비터는 결심한 듯 말했다. "슈노 씨, 당신은 남성이신가요?"

"그게 무슨 관계가 있을까." 슈노는 미소 지었다.

"중요한 일이에요." 비터는 정중하게 말했다. "여자 수도원이 남자 출입 금지인 것처럼, 남자 수도원은 여자 출입 금지에요. 이건 어디든 다르지 않아요. 금욕적인 생활을 위해서 필요한 조치죠. 물론 예외적으로 인정되는 경우도 있어서, 예를 들면 이번처럼 특수한 장인을 부른 경우에는 문제없겠지만, 다만 묵는다면 이야기가 다르거든요. 좀 전에 모두가 익스 씨를 장인으로 희망한 것도 뭐, 그런 사정 때문이지 않을지……."

"그렇군, 그런 이야긴가." 팔짱을 끼고서 슈노는 천장을 올려다봤다. "으─음……. 그러네, 하지만 이 정도 일로 너한테 그런 걸 밝혀야 할 줄은 몰랐어. 나는 에스토샤의 여관에서 묵을게."

"알겠습니다." 비터가 고개를 끄덕였다. "익스 씨는 어떻게 하시겠어요?"

"나도 에스토샤로 돌아가지."

그렇게 대답하자 시야 한편에서 슈노가 작게 끄덕였다.

4

두 명이 쓸 불빛을 빌려서 그것을 들고 에스토샤로 돌아왔다. 눈발은 가늘어졌지만 이미 대지는 새하얗게 물들었다. 길도 완전히 가려져버렸다.

최소한의 복장인 익스와 달리 슈노는 외투를 입어서 부푼 모양이었다. 머리에는 커다란 비 모자를 써서 완전 방비의 차림새였다.

"익스, 너도 내가 신경 쓰여?" 나란히 걸으며 슈노가 말했다.

"아니, 딱히." 익스는 고개를 가로저었다. "솔직히 아무래도 상관없어."

"하하, 너답네……. 어째서 저쪽에서 머무르지 않기로 했어? 아, 나랑 같이 있고 싶었다든지?"

옆을 보자 하얀 숨결을 내쉬는 옆얼굴이 있었다. 손에 든 불빛을 아래쪽으로 받고 있었다.

비터가 말할 때까지 신경 쓰지 않았지만 확실히 슈노의 성별은 잘 알 수 없었다. 목소리도 얼굴도 중성적이고 겨울옷이라 체형은 가려져 있었다. 어느 쪽이라고 그래도 믿을 수 있었다.

다만 어느 쪽이든 이번 일에 영향은 없다. 중요한 것은 지팡이

제작 기술이니까 그밖에 일에 흥미는 없었다.

"그래"라며 익스는 수긍했다.

"오, 무엇에 대한 긍정?"

"슈노랑 대화를 나누고 싶었어."

"어, 어?" 어째선지 슈노는 주위를 둘러봤다. 그래봐야 설원이 펼쳐져 있을 뿐이었다. "크, 큰일이네, 그렇게나 솔직하게 말해버리면⋯⋯."

"모마──그걸 어떻게 아르테와 합칠 수 있지?"

"어?"

"내 생각으로는, 그걸 아르테 지팡이에 사용하는 건 무리야. 하지만 아까 슈노는 문제없다고 판단했지. 어떻게 그걸 지팡이로 만들지? 이전에 다뤄본 적이 있었나?"

잠시 의아하다는 표정으로 이쪽을 바라본 뒤, 슈노는 힘이 빠진 듯 한숨을 내쉬었다.

"지, 지팡이 이야긴가──⋯⋯. 아니, 본 건 오늘이 처음이야."

"계속 생각했지만 전혀 떠오르질 않아. 아무래도 도관 접속에서 지장이 생길 텐데⋯⋯."

"응, 틀림없이 새어나오겠지." 슈노는 이쪽의 걱정을 간단히 긍정했다. "하지만 말이야, 새어나오는 만큼을 흡공(吸孔)으로 이렇게, 고르게 넣을 수 있는 구조라고 할까, 뭐라고 할까⋯⋯, 그러니까 레드노프 세크안식의 채용인데, 으──음, 머리로는 만들었지만 설명이⋯⋯. 어쨌든 그렇게 하면 문제없겠다고 생각했거든."

그 설명을 익스가 머릿속으로 전개하는 데 몇 초가 걸렸다.

하지만 생각이 진행되자 서서히 소름이 돋았다. 추위 탓이 아니라 오히려 몸은 뜨거워졌다. 직감적으로 이해할 수 있었던 것이다. 그 방법을 통하면 완벽하게 지팡이로서 성립된다는 사실을. 하지만 그것은——.

"……슈노가 고안했나?"

"고안이라고 할 만큼 대단한 건 아니야. 기껏 마련했는데 필요 없다고 그러는 것도 미안하잖아? 그래서 생각했어."

말도 안 돼, 무심코 그렇게 말할 뻔했다.

슈노가 설명한 것은 요컨대 지팡이에서 마력의 입구와 출구를 가상으로 뒤바꾼다는 것이었다. 결코 복잡한 발상이 아니었다. 듣고 보니 과연 그렇다며 이해할 수 있는 정도였다. 하지만 익스가 아는 한, 그런 기술은 세계 어디에도 존재하지 않는다. 애당초 지팡이 장인의 사고방식으로는 지극히 이질적이었다. 지팡이 제작의 상식에서 동떨어졌다.

응용 범위는 좁지만 그러나 그런 발명을——그런 짧은 시간에 정말로 했다면.

슈노는 틀림없는 천재다.

익스는 다리가 휘청거렸다.

이제까지도 천재라고 불리는 인물은 몇 명인가 만났다. 하지만 이만큼 갑작스럽게, 아침 인사라도 하는 것처럼 거리낌 없이 나타날 줄은 생각도 못 했다. 이런 상황, 이런 장소에——천재가 있다.

"그런 것보다, 익스 쪽은 그 사람한테 제대로 말해줬어?" 자신이 얼마나 굉장한 일을 했는지 자각도 없는지 가벼운 말투로 슈노가 검지를 세웠다.

"……무슨 말이지?" 충격에서 빠져나오지 못한 익스는 어떻게든 그렇게 대답했다.

"그게, 가지에 엉망진창으로 가공을 한 사람이 있었잖아? 가공부터 다시 한다면 겨울 중으로는 무리일 테고, 이러쿵저러쿵할 것 같다면 내가 도와줄 생각이었는데."

"아니, 딱히……." 의아하게 생각하며 고개를 갸웃거렸다. "어, 슈노는 멀리서 봤을 뿐이어서 그런가? 그건 그만큼 심각한 상태가 아니었어. 그대로 만들 예정이야."

"어……, 하지만 그거, 짧은 지팡이용 가공을 했잖아. 아직 도중이었어?"

"공들여서 마지막까지 가공되어 있었어. 좋든 나쁘든 고지식한 것 같아."

"잠깐…… 자자자잠깐." 슈노는 관자놀이에 손을 댔다. "어, 그 상태의 가지를 어떻게 긴 지팡이로 만들지? 나, 그런 거 배운 기억이 없는데."

"가르쳐 줄 법한 기술도 아니겠지."

"그, 그건 무슨 의미로?"

"의미고 뭐고……." 익스는 미간을 찌푸렸다. 어째서 슈노가 이렇게나 묻는지 알 수 없었다. "기초적인 이론을 몇 가지 조합했을 뿐이야. 그런 것보다, 조금 전의 기술에 대해서 자세히 이야기를——."

"아—니, 잠깐잠깐." 슈노가 이쪽의 손목을 붙잡았다. "기다려, 그런 것보다 당연히 내 이야기가 먼저겠지. 빨리 가르쳐줘."

"그러니까——."

전혀 어려운 이야기가 아니라서 설명은 금세 끝났다. 하지만 슈노는 고개를 숙이고는 한동안 복잡한 얼굴로 걸음만 옮기는 상태가 되어버렸다. 빨리 다음 이야기를 듣고 싶었는데, 그렇게 살짝 짜증을 느끼는 익스였다.

"그렇지…… 두 가지는 접속할 수 있겠다고 나도 생각했어. 하지만 셋이라면……." 중얼중얼하던 슈노가 고개를 들고 이쪽을 응시했다. "……굉장하네, 너는."

"허어?" 너무나도 엉뚱한 발언에 그만 큰 소리를 내고 말았다.

비아냥거리는 것인가, 그런 생각에 슈노의 얼굴을 봤지만 이쪽으로 보내는 눈빛은 진지 그 자체였다. 아마도 자신이 우연히 생각하지 못했던 것을 과대평가하는 것이리라. 어찌 생각해도 슈노의 발상이 더 뛰어나니까.

"무슨 소리야, 천재적인 건 그쪽이잖아." 익스는 살짝 목소리가 거칠어졌다.

"허, 허어어?" 그러자 슈노도 반발했다. "잠깐만, 천재라고 그러는 건—— 뭐, 조금 기쁘지만, 너한테 천재적인 모습을 보여준 기억은 없다고. 혹시 모마를 말하는 거야? 그런 건 누구라도 떠올릴 수 있는 거잖아. 하지만 익스, 네 발상은 그렇게 간단한 이야기가 아니야. 핵심의 핵심까지 마법 지팡이 이론을 이해하

지 않고서는 나올 수 없는 이야기야. 세 가지 기초 이론의 접속이라는 까다로운 일을 굉장히 단순하게 도식화해 낸 거라고? 틀림없이 천재의 과업이야. 학원에서 발표할 수 있어."

"진심으로 하는 말이야? 내 건 덧셈을 곱셈으로 했다든지, 그 정도 응용이야. 하나씩 생각한다면 어린애라도 다다를 수 있어. 게다가 슈노처럼 단숨에 떠올린 게 아니야. 최근에 연구한 걸 조금 바꾸어서 썼을 뿐이지."

조잡한 구조 그대로 실제 사용에 견딜 수 있는 지팡이를 만든다는 연구를 최근에 익스는 진행했고, 그것이 발상의 밑바탕이 된 것이었다. 그저 행운이지 능력이나 재능과는 관계가 없었다.

"애당초 말이야"라며 계속 말했다. "이건 엉망인 지팡이를 어떻게든 수습하는 방법이지 뛰어난 지팡이를 만드는 방법이 아니야. 그러니까 지팡이 제작 기술로서는 아무런 유용성도 없다는 소리지. 그런 점에서 슈노가 한 건 발상의 역전이야. 누구라도 할 수 있는 일이 아니야. 아무리 지식을 쌓아올리더라도 천재가 아니고서는 영원히 나타나지 않을 테니까. 게다가 그 방법은 발전의 여지가 남아 있어. 슈노는 마법 지팡이의 미래를 개척한 거야."

"어, 어, 아니, 아무리 그래도 지나친 칭찬이지, 그건." 뺨에 한 손을 대고 슈노는 고개를 홱 돌려버렸다. "빈말이라도 너무 거창하다고, 정말……. 그러니까 내가 말하는 건 말이야——."

말다툼은 수습되지 않고 결국에 에스토샤에 도착해서 여관에 들어갈 때까지 이어졌다. 준비된 것은 개인실이었기에 끝낼 수밖에 없었던 것이다.

얼마나 슈노의 발상이 가치 있는 것인지 익스가 열변을 펼친 참에, 마침 방 앞에 다다랐다.

"알겠어, 익스? 이 일에 대해서는 내일로 넘기자고." 슈노가 이쪽을 가리키며 말했다. "네가 이긴 걸로 넘어갈 수는 없으니까."

"이제 그만 포기해." 익스는 고개를 가로저었다. "내 이야기를 이해한다면 천재는 그쪽이란 걸 알았을 테지."

"흐—응? 뭐, 지금만큼은 내가 천재라고 생각해둘게. 내일은 이제 네가 천재라는 걸 전혀 반론하지 못할 테니까."

"어디에 그렇게 생각할 요소가 있었는지 의문이야."

"뭐라고?"

문고리를 붙잡은 채로 서로를 노려보는 두 사람 뒤를, 다른 손님이 고개를 갸웃거리며 지나갔다.

5

결국에 그 화제가 다음 날까지 미루어지는 일은 없었다. 같은 날 중에 다른 화제로 넘어갔으니까.

수도원이 준비한 것은 낡은 싸구려 여관이었지만 마음씨 고운 노부부가 관리하여 방은 청결하게 유지되고 있었다. 도구 정비를 마친 뒤, 익스는 일찌감치 바닥에 누웠다. 하지만 눈을 감고서 잠이 들기 전, 문득 적절한 반론이 떠오르고 만 것이었다.

일단은 내일 전하자고 생각했지만 그러나 아무래도 말하고 싶어서 참을 수가 없었다. 지금이라면 아직 슈노도 깨어 있을 것이다. 그렇게 생각하여 방을 나가려던 그때였다. 맞은편에서 문을 노크하고, 그곳에는 완전히 똑같은 생각을 한 슈노가 서 있었던 것이다.

양쪽의 반론 모두 상대에게 문제점을 지적당하여 결국 그 논의는 마무리되지 않았다. 하지만 그곳에서 파생된 다른 논의에 불이 붙는 바람에 그것으로 날이 새고 말았다. 정신이 들자 아침 햇살이 비쳐드는 방바닥에 둘이서 쓰러져 있었다.

밖은 새벽의 옅은 안개로 뒤덮여 있었다.

잠을 깨우는 냉기 안에서 수도원으로 걸어갔다. 눈은 지면에 옅게 쌓여서 두 사람의 신발이 똑바로 발자국을 남겼다.

이미 수도원의 하루는 시작되어서 떠들썩한 작업 소리가 울리고 있었다.

"오늘은 수도사는 안 불러도 돼." 현관 입구에서 기다려준 비터에게 슈노가 말했다. "계측은 어제 마쳤으니까. 설계가 끝난 단계에서 확인을 받겠지만 그때까지는 혼자서 작업할 거야."

"알겠습니다." 비터는 끄덕였다. "그런데 오늘 간신히 도착한다고 그러시네요."

"어, 누가?" 슈노가 물었다.

"아뇨, 그게, 지팡이 장인 분 말이에요."

"……그랬지. 제대로 된 장인이 오는 거였구나. 으아…… 저, 저기, 익스, 조금 긴장되지 않아? 뭐, 나는 전혀 안 되지만."

"아니, 딱히."

"정말로 허세가 심하구나, 너는. 반대로 그런 부분은 든든하지만."

어제와 똑같은 방으로 안내를 받아 두 사람은 각자 설계를 시작했다.

책상을 널찍하게 몇 개 붙여서 간이 작업대로 만들었다. 설계도로 사용하는 것은 종잇조각을 몇 장이나 붙여서 만든 커다란 종이 한 장이었다. 여기에 자세한 내용을 써넣어서 마법 지팡이의 최종적인 구조를 결정한다.

대략적인 구조는 이미 정했지만 세세한 부분은 이렇게 검증해야 한다. 설계에는 어제 같은 발상이나 고안은 필요 없다. 그저 묵묵히 손을 움직여서 설계도를 메우는 작업이다. 옛날에는 이런 준비도 없이 소재에서 바로 지팡이 제작에 들어가는 장인이 대부분이었다고 한다. 그것이 장인으로서 기량의 증명이 되는 시대였던 것이다.

하지만 설계 없이 지팡이 제작은 있을 수 없다는 것이 지금의 상식이다. 마법 지팡이 이론은 고도화되어서 귀찮은 계산이나 세밀한 도관 배치가 필수다. 머릿속에서만 처리하는 것은 불가능하다.

익스는 묵묵히 작업을 진행했다. 어느샌가 몰두하는 바람에, 가끔 손이 멈췄을 때에는 계속 호흡을 잊고 있었던 것 같은 감각을 느꼈다. 장작 터지는 소리와 등 뒤에서 종이에 필기구 움직이는 소리를 2초 정도 듣고, 또다시 작업대로 향했다.

점심 종소리가 울리기 전에 비터가 얼굴을 내밀었다. 오전 시간을 잔뜩 쓰고도 설계도는 거의 못 채웠다. 평소보다 시간이 걸리고 있었다. 집중할 수 있는 만큼 평소에는 하지 않는 부차적인 계산을 하고 있으니까, 그렇게 분석했다.

"수고하십니다"라고 비터는 말했다. "간단한 음식이지만 식당에서 점심식사 준비를 하고 있어요."

"호오, 여기서는 세 끼를 먹는구나?" 슈노가 말했다.

"노동에는 충분한 식사가 필요하니까요. 다만 그 전에, 겨우 겨우 도착하셨는데요."

"어, 누가?"

"지팡이 장인 분이요."

"······아, 아—! 그러고 보니 그랬지."

"지금 모셔올 테니까 잠시만 기다려주세요."

비터가 방을 나간 뒤, 슈노가 천천히 이쪽을 돌아봤다.

"어, 어쩌지."

"또 잊고 있었나?" 익스는 물었다.

"서, 설마. 계속 기대하면서 기다렸다고. 걱정되는 건 익스, 너야. 괜찮겠어?"

"뭐가?"

이윽고 비터가 방으로 돌아왔다. 등 뒤에는 작은 체구의 노인을 데리고 있었다.

"코쿠 시타 씨입니다. 에스토샤에서 마법 지팡이 가게를 운영하시는 분이세요"라고 비터가 소개했다. 이어서 이쪽을 손으로 가리켰다.

"슈노 씨와, 익스 씨입니다. 두 사람 다 수습이지만 동일장을 맡을 수 있는 실력이에요. 이미 작업에 착수했어요."

평온한 얼굴의 노인이었다. 둥근 안경 안쪽으로 거의 감은 것 같은 눈이 보였다. 이쪽이 내려다볼 정도로 작은 키에, 다리가 좋지 않은지 지팡이에 기대듯 서 있었다. 얼룩 하나 없이 청결한 옷에 모자를 썼다. 장인이라기보다 노신사의 행색이었다.

"자, 잘 부탁합니다."

슈노의 인사에 맞추어 익스도 머리를 숙였다.

"예, 예, 잘 부탁합니다. 두 분."

코쿠는 모자를 벗어 가슴 앞쪽으로 들었다. 외모 그대로 온화한 말투였다. 작은 손을 내밀었기에 둘 다 악수에 응했다.

"장인이라고 해도 이미 반쯤 은거하다시피 한 사람이니까 너무 딱딱하게 그러지는 말고."

"아니, 그런 건……." 슈노가 과장스럽게 손을 내저었다. "으……음, 그 여섯 명 말고 다른 수도사가 있나. 그게, 저희가 여섯 명의 지팡이 설계를 시작해 버렸는데, 코쿠 씨는……."

"어, 아뇨. 저는 딱히 손을 대지 않고 두 분의 감독 역할이라는 걸로 부탁합니다. 뭐, 이런 늙은이가 뭔가 할 수 있을 것 같지도 않습니다만, 장식이나 부적이라고 생각해주시길."

"그, 그건 감사합니다…… 하하하." 미소를 지은 뒤, 슈노가 굳은 표정으로 이쪽에게 귓속말했다. "그러니까 훨씬 숙련된 장인이 감시한다는 건가?"

"든든하네." 익스는 끄덕였다.

"그, 그야 든든하지만 말이지……."

도착이 늦어진 것을 코쿠는 사과했다. 듣자하니 에스토샤에서 조력이 꼭 필요하다고 청한 용건이 있어서 어제까지 대신할 사람을 찾았다고 한다.

"뭐, 지팡이 제작에 대한 상담이라고 할까, 그런 느낌의 일이겠군요. 이 나이가 되면 선약이 있다고 내팽개칠 수도 없으니." 코쿠는 머리에 손을 댔다. 조금 남은 두발은 하얗고 정수리는 벗겨져 있었다.

"무사히 찾았습니까?" 슈노가 물었다.

"그래요, 옛 지인의 제자가 근처에 와 있어서. 더할 나위 없는 인재겠죠."

두 사람의 대화를 익스는 조용히 듣고 있었다. 자신의 스승이 문지르라는 사실을 이야기하는 편이 나을까, 생각했다. 하지만 어떻게 말하면 좋을지 모르겠고, 이야기해봤자 어떻게 될 일도 아닐 것이다. 그래서 뭐가 어쨌느냐, 그럴 뿐인 이야기였다.

결국에 말을 꺼내지도 못하고 대화는 끝나버렸다.

"그럼 저는 원장님을 뵙고 오겠습니다." 코쿠는 머리를 숙였다. "오후에도 이 방에서?"

"아, 예." 슈노가 끄덕였다.

"그럼 또 뵙지요."

"안내해드리겠습니다." 비터가 그러면서 문을 열었다.

두 사람이 등을 돌린 참에 슈노가 "설마 정말로 코쿠 시타가 올 줄이야"라며 한숨을 내쉬었다.

하지만 익스의 귀에 그 말은 들어오지 않았다.

비터와 코쿠가 나간 문 너머에 자그마한 그림자 하나가 남아 있었다. 조금 전에는 두 사람의 몸에 가려서 보이지 않았던 것이다.

그녀는 자기 얼굴을 가리켰다.

"조수야."

그렇게만 말하고 리스는 가벼운 발걸음으로 두 사람을 따라갔다. 정오의 종소리가 그녀의 발소리를 지웠다.

6

슈노는 정리할 것이 있다고 해서, 익스는 혼자서 먼저 점심식사를 하러 갔다.

식당에는 이미 수도사가 모여 있었다. 널찍한 방에 긴 의자와 긴 테이블이 죽 늘어서 있고, 테이블 양옆으로 깔끔하게 앉아 있었다. 어제 수레를 밀던 수도사의 모습도 있었다. 식사 중에도 넝마를 뒤집어써서 얼굴은 보이지 않았다. 대화나 잡담은 일체 없었다. 식기와 접시가 맞닿는 소리조차 들리지 않았다.

식사량은 정해져 있어서 일인분이 접시에 놓인 상태로 준비되어 있었다. 숫자도 수도사 숫자와 딱 같아 보였다.

그들과 함께 자리에 앉을 생각이 들지 않아서 익스는 접시를 들고 밖으로 나왔다. 아무래도 자신에게는 공기가 맞지 않아서, 사레가 들리는 것조차 허락되지 않는 분위기에 익숙해질 수 없을 듯했다. 수도원의 규칙을 자신이 따를 필요는 없을 것이다.

식당 뒷문으로 나오자 몸을 에는 바람이 뺨을 스쳤다. 처마 밑을 걸어서 적당한 장소에 앉았다. 햇빛이 그저 은색뿐인 대지를 비추고 있었다.

빵을 뜯어서 입으로 옮기는데 문득 시야에 그림자가 드리웠다.

"안녕하세요."

멍한 눈동자와 시선이 마주쳤다. 리스였다. 허리를 숙여 이쪽을 내려다보고 있었다. 양손으로 익스와 같은 접시를 들고 있었다.

"같이 먹어도 돼?"

"상관없어." 익스는 무표정하게 대답했다.

리스는 눈앞을 가로질러서 왼쪽에 앉았다.

"여기, 엄청 눈 부셔." 눈에 반사된 빛 때문에 눈살을 찌푸리며 그녀는 오른손을 들었다. "당신은 신경 안 쓰여?"

"딱히."

"그래……. 키 문제일지도." 중얼거리더니 그녀는 일어섰다. "아니, 안 되겠어. 역시 눈부셔. 내가 빛에 민감한 것뿐인가? 아니면 당신이 둔감? 어떻게 생각해?"

"양쪽 다 같은 의미야." 익스는 즉답했다.

"훌륭한 대답이야." 리스는 또다시 앉고는 이쪽을 올려다보며 입을 열었다. "응, 도저히 수도원에 있는 인간의 말로 여겨지진 않아."

"무슨 뜻이지?"

"요컨대 신을 생각하는 거야."

요컨대, 가 무엇을 가리키는지 알 수 없었지만 익스는 묵묵히 귀를 기울였다. 그녀의 말은 금세 비약했다. 비슷한 방식으로 이야기하는 아이를 알고 있지만 그것과는 조금 다른 방식의 비약이었다.

"눈 부시다고 생각하든 안 하든, 그건 신이 정한 일이니까." 리스는 속삭이듯 계속 말했다. "여기 사람들은 그런 기준을 가지고 있어. 찾고 있어, 라고 해야 할지도 모르겠지만 당신은 그렇지 않아. 그런 기준은 없다고 생각하는 거겠지?"

"그건 질문인가?"

"아니에요, 미안해요. 당신이 어떻게 생각하는지는 관계없이 내 안에서 그렇게 되었다. 그것뿐."

"……코쿠의 제자인가?" 익스는 화제를 바꾸었다.

"말했잖아? 나는 조수예요."

"내 이름은 코쿠한테서?"

"그런 거야."

"역에 온 것도?"

"그건 내 개인적인 흥미."

"그럼 코쿠는 나를 알고 있다는 거로군?"

"그래. 하지만 굳이 말로 꺼내지는 않겠지. 아니면 말하길 원해? 그렇다면 내가 부탁해 줄게."

"……아니, 그렇겠네."

그 이상은 대화가 이어지지 않고 조용히 식사를 했다.

리스는 무릎을 구부리고 앉아서 작은 입으로 빵을 씹었다. 신분도 자신의 이름을 알던 이유도 알았지만, 그럼에도 신기한 인상이 사라지지 않는 소녀였다. 어째서 이렇게나 자신에게 이야기를 건네는 것일까.

그릇이 비었을 무렵, 갑자기 수도원 안이 소란스러워졌다. 종소리는 들리지 않았지만 점심시간이 끝난 것이리라. 하지만 몸을 일으키려고 했을 때, "아, 이런 곳에 있었나!"라는 목소리가 들렸다.

"어째서 밖에서 먹는 거야, 나한테도 한마디 해달라고." 뒷문에서 얼굴을 내민 슈노가 이쪽으로 걸어왔다. "네가 불안해하지는 않을까 생각해서 찾았다고."

"안에서 먹었나."

"그렇다고, 혼자서 묵묵히 말이지." 슈노는 허리에 손을 댔다. "그보다도 말이야. 그게, 여기도 소란스러운 게 들렸을 테지? 그거, 무슨 일이 벌어진 거라고 생각해?"

"……오후 종소리가 울린 거 아냐?"

"그게 아니란 말이지." 슈노는 히죽 웃었다. "비터 이야기 기억해? 망령 이야기."

"망령이 어쨌는데"라며 고개를 갸웃거렸다.

"그러니까 나왔거든, 망령이."

"허어?"

"오, 보기 드문 표정이네. 역시 놀랐나."

"단순히 영문을 알 수가 없을 뿐이야. 누가 봤나? 망령을?"

"봤다고 할까——. 응, 이건 순서대로 이야기하는 게 낫겠네." 슈노는 앞머리를 만지작거리며 이야기했다. "조금 전의 일이야. 너를 찾는 걸 포기하고 밥을 먹고 있었을 때, 원장이랑 코쿠 씨랑, 그리고 비터가 밥을 먹으러 왔어. 이미 시간도 늦었으니까 최후의 삼인이지. 그런데 식사가 이 인분밖에 안 남아 있었거든."

"……그게?" 익스는 미간을 찡그렸다.

"설마 망령이 가져갔다는 이야긴가?"

"그야말로 그런 이야기인 모양이야, 아무래도." 슈노는 진지한 표정으로 끄덕였다. "여기서는 식사는 딱 인원수만큼 준비해. 부족하다니 말도 안 된다―― 뭐, 그래서 저렇게나 조용한 녀석들이 잔뜩 소란을 떠는 거지. 망령이 하나 섞여 들어서 잘못을 저질렀다고."

"잘못 센 거겠지. 우리 같은 손님이 먹을 걸 잊은 게 아닐까."

"나도 그렇게 생각했어. 하지만 손님 숫자도 제대로 포함해서 만들었다고 주장했거든. 인원수를 틀린 적은 이제까지 한 번도 없었대." 슈노는 검지를 세웠다. "게다가 사실은 문제가 하나 더 있단 말이지."

"그건?"

"비터가 말했던, 도망쳤다는 평수사―― 그 녀석들이 망령을 본 것도 같은 주방이었다나 봐. 그렇다 보니 다들 동요한 모양이야. 지금은 원장이 상황을 수습 중이야."

과연, 그렇게 납득했지만 그러나 큰 문제로 여겨지지는 않았다. 우연의 일치라면 그것뿐이고, 피해도 사소한 것이었다. 소란을 피울 정도의 일일까.

어쩌면…….

이 건물, 혹은 이 마을에는 원래부터 망령의 전설이 있었을지도 모른다. 익스는 그런 생각을 했다. 이런 오래된 마을에는 무언가 소문이 붙기 마련이다.

하지만 수도원인 이상은 그런 소문을 공공연하게 인정할 수도 없어서, 그래서 동요하는 것일지도 모른다. 그렇게 생각하면 어제 비터의 말투도 어쩐지 부자연스럽게 느껴졌다. 근거도 쓸모도 없는, 그저 상상이지만.

전승이라면 리스가 잘 알 것이다. 무언가 아는 것이 없는지 물어보려고 했지만 옆에 그녀의 모습은 없었다. 식사를 마치고 떠나버린 모양이었다.

"응, 그쪽에 뭔가 있었어?" 익스 옆을 들여다보고 슈노가 고개를 갸웃거렸다.

7

오후부터 코쿠도 참가하여 작업이 시작되었지만 그는 아무것도 하려고 하지 않았다. "두 분 다 무리하진 않도록"이라는 말만 하고, 난로 근처에 천을 깐 의자를 놓고는 그곳에서 가만히 있었다. 작업 책상과 반대 방향을 보고 있으니까 이쪽의 상황은 전혀 보이지 않을 터. 익스와 슈노는 몇 번인가 그쪽으로 시선을 향했지만 백발 뒤통수가 고개를 숙이고 있을 뿐이었다. 무엇을 하는 것일까. 이따금 들리는 숨소리를 봐서는 잠깐잠깐 잠들었던 것은 분명하지만.

그리고 그대로 하루가 끝나 버렸다. 코쿠는 마지막까지 조언도 주의도 입에 담지 않았다. 저녁 종소리와 동시에 일어나서 "그럼 내일 봅시다"라며 방을 나갔을 뿐이었다. 설계도 확인조차 하지 않았다.

어떤 엄격한 심사를 받을지 두려워하던 두 사람으로서는 맥이 빠진다고 할까, 마음이 탁 풀리는 것 같은 감각이었다. 둘만 남은 방에서 우두커니 서 있던 슈노가 "이거 무슨 일이야?"라고 중얼거린 것은 자연스러운 반응이라고 할 수 있었다.

다음 날부터도 코쿠는 그런 태도로 전혀 일이라고는 하지 않았다. 어떻게 해야 할지 익스와 슈노는 논의를 나누고, 그렇다면 그저 일에 매진할 뿐이라는 당연한 결론을 냈다. 장인에게 그것 이외의 해답은 없었다. 말없는 노인은 없는 셈치고 당초의 예정대로 진행할 뿐이었다.

그리하여 에스토샤와 수도원을 왕복하는 매일이 시작되었다.

조용한 이 수도원에서의 나날은 상상 이상으로 익스의 성격에 맞았다. 아침에 일어나서 밤에 잘 때까지, 계속 마법 지팡이를 생각할 수 있다. 레이레스트도 비슷한 환경이었지만 그쪽에서는 어디까지나 식객인 이상, 가게 업무를 봐야만 했다.

하지만 이곳에서는 전혀 방해를 받지 않고, 그야말로 잡소리도 없었다. 그저 눈앞의 소재와 마주하면 그만이다. 모든 장인이 바라는 환경이 아니냐고 생각할 정도였다.

작업은 막힘없이 진행되어 열흘 만에 설계가 끝났다. 일부러 맞춘 것은 아니지만 두 사람이 설계를 마친 것은 거의 동시였다.

설계를 하면서 물론 작은 문제는 몇 가지나 발생했지만 이제까지의 경험이나 지식을 조합하여 어떻게든 대응할 수 있었다. 이제부터는 드디어 본격적으로 지팡이를 만드는 단계다. 여기까지의 순조로운 진행에 손맛을 느꼈고, 즐겁다는 감각도 있었다. 그것이 익스에게는 신기했다.

그렇게 이야기한 참에 슈노는 의아하다는 표정을 지었다.

"대체 어디가 신기한 거야?"

"신기하다고 할까……." 익스는 입가에 손을 댔다. "나한테 지팡이를 만드는 건 살아가는 기술이야. 그것 말고는 할 줄 아는 게 없으니까 지팡이를 만들고 있지. 물론 진귀한 소재를 봤을 때는 흥분하고, 만족감을 느낀 적도 있지만, 그걸 목적으로 일을 하는 게 아니야. 그러니까――."

"여전히 까다로운 녀석이네." 슈노는 한숨을 내쉬고 다시 책상으로 시선을 떨어뜨렸다.

이날도 두 사람은 수도원에서 돌아온 뒤, 여관방에서 대화를 나누고 있었다.

방 전체가 빼곡히 글자가 적힌 종잇조각과 필기구로 어질러져서 바닥에는 발을 디딜 자리도 없는 참상이었다.

"그런 것보다도, 자"라며 휘갈겨 쓴 종이를 슈노가 이쪽으로 들이밀었다. "수정이 끝났어. 아까도 말한 그대로야. 이 계산식에 따르면 전파 효율 감쇠는 이 할로 억제할 수 있어. 보다 더 광범위한 대응이 가능하지."

"중요한 걸 놓치고 있어." 익스는 종이를 한 번 훑어본 뒤, 어느 부분을 가리키고 말했다. "이 소모는 생략 가능해. 누설을 고려할 필요는 없어. 이걸로 감쇠는 일 할로 그치겠지."

"아, 그런가. ……아니, 잠깐만. 그렇다면 쓸 수 있는 거 아닐까, 그게, 그저께 이야기했던 그거——"라며 슈노는 바닥에 엎드려서는 흩어진 종이를 버스럭버스럭 뒤졌다. "어라, 없는데. 혹시 그쪽 방이었던가."

"글쎄, 어쨌더라……."

첫날의 말다툼은 시시한 내용이었지만 그 후의 논의를 계기로, 두 사람은 이것저것 토론을 나누게 되었다. 내용은 전적으로 마법 지팡이의 기술적인 문제에 대한 것이었다.

수도원을 오가면서도 식사 중에도, 여하튼 작업을 하는 시간 말고는 계속 대화를 나누었다. 여관으로 돌아온 뒤에도 이야기하고 싶은 것이 차례차례 떠올라서 금세 상대의 방 문을 두드리고 만다. 상대 쪽에서 올 때도 많았다. 어느 쪽이 누구의 방이었는지, 두 사람은 이미 기억도 못 했다. 어느 쪽 방이든 마찬가지로 어질러졌고, 한계까지 계속 대화를 나누는 탓에 매일 밤 같은 방에서 잠들었으니까.

생각해보면 슈노 같은 입장의 인간과 대화를 나눈 적은 이제까지 없었다. 익스의 주위에 있던 것은 장인으로서 한두 걸음은 앞서가는 인물, 그렇지 않다면 손님이었다. 따라서 지팡이 제작에 대해서는 일방적으로 배우든지 가르치든지 둘 중 하나라서,

대등하게 논의를 나눌 상대가 있는 것은 신선한 체험이었다.

그렇다고는 해도 대등하다는 것은 지나친 말이고, 실제로는 이쪽이 배우는 경우가 많으리라고 익스는 생각했다. 며칠을 어울리는 사이에 슈노가 천재적인 장인이라는 확신은 더더욱 깊어졌다. 일단 발상력이 뛰어나서, 처음에는 기묘하게 들리더라도 조금 있으면 무척 이치에 맞는다는 사실을 알 수 있었다. 어떻게 그런 사고방식을 갖추었을까.

한편 슈노는, 어째선지 지팡이 제작 이론에 그다지 정통하지 않아서 ——그렇다고 해도 평범한 장인으로서는 손색이 없는 수준이었지만—— 익스가 웃도는 것은 그 지식량뿐이었다.

"아까 이야기 말인데." 슈노가 이쪽을 보고 말했다.

"도관 단락(短絡) 이야기? 아니면 변식(變式) 방법에 대해서?"

"그게 아니라, 지팡이 제작을 즐겁다고 생각하는 건 이상하다는 이야기." 슈노는 뺨을 괴고서 점점 어두워지는 바깥으로 시선을 향했다. 지금은 창문을 활짝 열어놓았다. 방은 이 층에 있으니까 길을 사이에 둔 맞은편 지붕이 잘 보였다. "뭐, 그러네. 자신의 의지와 관계없이 장인이 되는 녀석도 있나. 그러니까 너는 이유라고 할까, 궁극적인 목표가 없는 상태로 일을 시작했고, 지금도 계속하고 있다. 그게 이상하다는 거겠지?"

"슈노는 아닌가? 어릴 적에 누가 제자로 집어넣었다든지 그런 게 아니라?"

"나? 나는—— 뭐, 그러네. 내 발로 들어갔어."

"뭔가 이유가 있었나? 이유라고 할까, 목표라고 할까…… 예를 들면 궁극의 지팡이를 만들고 싶다든지."

"궁극의 지팡이라면, 또 레드노프 이야기?" 그 이름을 꺼낼 때, 반드시 슈노는 얼굴을 찌푸렸다.

에스토샤에 머무르는 이상은 지극히 자연스러운 흐름으로, 레드노프의 전설에 대해서는 몇 번인가 화제로 삼았다.

"지금 그건 어디까지나 비유야. 실존한다고 생각해서 말한 게 아니야."

"그런가? 그건 그것대로 흥미 깊네. 장인이든 수습이든, 보통은 누구라도 궁극의 지팡이를 목표로 계속 연구하는 법이라고 생각하는데. 익스는 목표로 하지 않는 거야?"

이제까지 생각한 적도 없었던 질문에 그만 말문이 막혔다.

슈노가 말하다시피 장인이라면 궁극의 지팡이를 목표로 하는 법이다. 그를 위해서 기술을 연마하고 지식을 쌓는 것이다. 하지만 자신은 정말로 그렇게 생각했을까——?

"하지만 애당초 궁극의 지팡이란 뭐지?" 익스는 고개를 갸웃거렸다. "뭘 가지고 그걸 판단할 수 있지? 성능인가? 아니면 사용한 소재인가? 예를 들면——용의 심장이라도 쓴다면 궁극의 지팡이가 되나?"

"용의 심장이라니, 의외로 익스도 어린애 같은 구석이 있네." 슈노가 재미있다는 듯 말했다.

"하지만 레드노프가 천재적인 인물이었다는 건 분명해. 자연 마법 지팡이 시절에 '마법 지팡이 장인' 같은 직업은 없었지. 그저 가지를 따올 뿐인 채벌꾼이었고, 그런 직업이 필요 없을 정도로 마법의 위력은 약했어. 그런 시대에 홀로, 채벌한 가지를 유사적인 '생명'으로 재현하는 방법을 찾아낸 거야. 인공 마법 지팡이의 탄생에 따라 채벌꾼은 처음으로 직업이 되었지. 그런 수준의 인물이라면, 몇 번인가 말했다시피 궁극의 지팡이도 어쩌면, 나는 그렇게 생각하는데."

"꽤나 존경하는구나."

"딱히 존경은 안 해. 그저 굉장한 건 굉장하다는 것뿐이야."

"하지만 긴 지팡이와 짧은 지팡이의 구분에서 이미 일장일단이 있어. 모든 성능에 뛰어난 지팡이라니, 원리상 만들 수 없지 않을까?"

"생각해봐. 레드노프가 인공 마법 지팡이를 만든 뒤로 아직 고작해야 수백 년밖에 안 지났다고. 그보다 훨씬 전부터 있던 것── 집이든 검이든 불이든, '궁극'이라 할 수 있는 기술이나 도구 따윈 완성되지 않았지. 조금 더 긴 안목으로 봤을 때, 현재로서는 생각할 수 없을 법한 혁신적인 이론이 생겨날지도 모르잖아. 지금의 상식만으로 생각해서는 안 되겠지."

"하지만……."

"게다가 말이야, 익스." 슈노는 미소를 지으며 손가락을 하나 세웠다. "애당초 궁극의 지팡이란 무엇인가, 그런 물음, 의미가 없어."

"어째서 그렇게 생각하지?"

"그게 말이지, 정의를 내릴 수 있다면 그건 궁극의 지팡이를 만든 것과 마찬가지잖아. 아니야?"

간단하게 던진 그 말에 익스는 허를 찔린 기분이었다.

그야말로 슈노의 말이 옳았다.

하지만, 그렇다면…….

"그럴지도 모르겠군." 익스는 중얼거렸다.

"어, 뭐가?"

"레드노프가 남긴 '궁극의 지팡이'의 정체 말이야. 인공 마법 지팡이의 발전에는 이론적인 구축은 물론이고 기술 혁신이 필수 불가결했어. 다양한 도구의 발명으로 감각에만 의지했던 작업을 정량적으로 측정할 수 있게 되었고, 공작 정밀도는 비약적으로 향상되었지. 그러니까 가령 레드노프가 궁극의 지팡이 같은 것을 남겼다면, 그건 지팡이 그 자체가 아니라 설계도 같은 게 아닐까 생각했어. 설계도만큼 구체적이지 않더라도── 정의라든지 이념 정도라면 가능했을지도 몰라."

"그건── 이제까지 없었던 시점이네." 슈노는 진지한 표정으로 끄덕였다. "생각하는 건 자유지만, 기술적인 제약은 개인이 모두 해결할 수 있는 게 아니야. 예를 들면 손가락 끝 정도 면적에 수백 개의 유각공(流刻孔)을 뚫는다고 한다면…… 확실히 그래. 아니, 지금 네가 말한 거, 실제로 무척 정곡을 찌른 것 같다는 생각이 들었다고. 잘 생각해보면 그만한 장인이 기술서 한 권도 적지 않았던 건 부자연스럽잖아……. 응, 재미있어, 지금 그건 재미있어, 익스!"

"근거가 있는 이야기는 아니다만……."

"그래도 무책임한 전설 따위보다 훨씬 현실적인 고찰이야! 이것 참, 어째서 생각을 못 했을까……."

무언가 떠오르는 것이 있었는지 슈노는 바닥에서 적당한 종잇 조각을 주워들더니 틈새에 무언가 적었다. 만족스럽게 고개를 끄덕였다.

"어, 아니. 어느샌가 화제가 튀어버렸잖아." 그 종이 너머로 슈노가 이쪽을 봤다. "어디까지 이야기했더라? 으—음…… 아, 그렇지. 지팡이 장인으로서 나의 목표였던가?"

"뭐, 그러네." 거기까지 돌아가는가, 그런 생각을 하며 긍정했다.

"그건 말이지—, 으—음." 슈노는 팔짱을 꼈다. "물론 있기는 있지만, 어떻게 할까—. 이제까지 아무한테도 이야기한 적이 없으니까 말이지—."

"이야기하고 싶지 않다면 딱히 상관없는데."

"어, 아니, 하, 하지만 신경 쓰이잖아? 그렇게까지 신경이 쓰였다면 말해 줘도 상관없거든, 나는."

"그런가? 이제까지 누구한테도 이야기한 적이 없었다면서?"

"뭐, 그건 그게, 상대가 너니까 특별히 말이야." 바닥의 종잇 조각을 몇 장 주워들고 가볍게 흔들었다. "게다가 여기서 너랑 이야기를 나눈 덕분에 조금 기술적인 실마리가 보였거든. 그 답 례라고 할 건 아니지만—."

그때 문득 창문에서 강한 바람이 불어들어 슈노가 손에 든 종 잇조각을 낚아챘다.

"아앗" 하고 뻗은 슈노의 손가락은 허공을 할퀴고 종잇조각은 창밖으로 흘러나갔다.

　창가로 다가가자 거리에 쌓인 눈이 종잇조각을 받아들여 젖어버린 것을 알 수 있었다. 글자는 번져서 읽을 수 없을 것이다.

　"……내, 내용은 지금 봐서 기억하니까 또 쓰면, 되겠지?" 슈노가 천천히 이쪽을 봤다. "화, 화 안 났지?"

　"어차피 그건 대단한 내용이 아니야."

　"그렇지는 않다고 생각하는데…… 응? 저 사람——."

　내려다본 길 위에 어두운 색 외투를 걸친 인간이 있었다. 둘이서 나란히 걷고 있었다.

　이쪽에 가까운 쪽의 한 사람이 날아온 종잇조각 하나를 손에 들고 있었다. 아직 젖지 않았다. 공중에서 붙잡은 모양이었다.

　슈노가 손을 내저으며 외쳤다.

　"이봐—! 잠깐만 기다려줘, 지금 가지러 갈 테니까……."

　상대는 그 목소리를 깨닫고 한 번은 시선을 들었다. 하지만 옆의 인물이 어깨를 두드리자 이쪽에게 머리를 숙이는 태도를 취하고는 길가에 종잇조각을 놔버렸다. 그대로 총총히 길을 걸어갔다.

　"아아……, 저것도 젖어버렸어." 슈노가 아쉽다는 듯 말했다. "잠깐은 기다려 줄 수도 있을 텐데."

　"급했던 거겠지." 길에 떨어진 종잇조각이 축축해져서는 힘을 잃은 듯이 늘어지는 모습을 바라보며, 익스는 맞장구를 쳤다.

　"음, 왜 그래, 익스."

　"왜 그러냐니, 뭐가?"

"아니, 이상하게 멍하니 있구나 싶어서." 창틀에 손을 대며 슈노가 이쪽의 눈을 봤다. "그렇게나 중요한 내용이 적혀 있었던가, 저거?"

"딱히 그런 건……, 별다른 일은 아니야."

"별다른 일이 아니라면 가르쳐줘."

"……지인과 닮은 모습을 보고 조금 놀랐을 뿐이야."

"지인이라니, 친구?"

"아니, 손님이야. 여름에 지팡이를 수리했지."

"호오오, 아까 녀석들? 둘 다 얼굴은 안 보였는데." 슈노는 눈을 깜박였다. "기분 탓 아니고?"

"아니, 기분 탓이겠지. 지금 여기에 있을 리가 없는 상대야." 익스는 어깨를 으쓱였다.

"그보다도 아까 이야기를 계속해줘. 슈노가 목표로 하는 지팡이는 뭐야?"

"응? 아, 아아. 물론이지. 그럼, 귀를 좀 빌려줘." 그러면서 슈노는 바로 옆으로 몸을 갖다 댔다. "내가 만들고 싶은 건 말이지――."

그때 작은 눈송이가 날리기 시작해서 두 사람은 나란히 시선을 위로 향했다.

"――뭐라고?"

익스가 그렇게 중얼거린 것은 상대의 말이 들리지 않았기 때문이 아니라 자신의 귀를 의심했기 때문이었다.

"하늘을 날기 위한 지팡이야, 내가 만들고 싶은 건. 몇 번이나 말하게 만들지 마. 조금 부끄럽다고, 이거." 슈노가 입술을 삐죽 였다.

"하늘을……, 어째서……?"

멍하니 중얼거리는 익스를 보고 슈노는 의아한 듯 고개를 갸 웃거렸다.

"어째서기는……. 그야, 즐거울 것 같으니까."

8

그 건물은 예배당 근처에 있었다. 둘 다 거의 같은 연대에 세 워진 듯했다. 창문에서 뾰족한 종루가 잘 보이지만 지금은 밤. 어둠 속으로 어렴풋하게 윤곽이 떠 있을 뿐이었다.

실내에는 십여 명이 모여 있었지만 의자는 각자 충분히 거리 를 벌려두었고 불빛은 불안해서 ──그래봐야 방의 넓이와 숫 자를 생각하면 호화롭다고 할 수 있었지만── 서로의 얼굴은 잘 보이지 않았다.

많은 사람이 모여 있지만 실제 참가자는 그 절반, 다른 사람은 각자의 종자나 시종이었다. 그들은 자리에 앉지 않고 주인의 등 뒤에서 직립부동 자세였다.

"괜찮았던, 건가요?"

"뭐가 말이죠?" 등 뒤에서 말을 건넨 상대에게 유이 라이카는 앉은 채로 조용히 되물었다. 완벽한 미소를 잊지 않고.

"모처럼, 이니까, 인사를 할 시간 정도는 있지 않았을까요."

"노바 씨는 이것도 알고 있었나요?"

"이건 정말로 우연, 이에요." 긴 앞머리로 가려진 표정과 마찬가지, 감정이 보이지 않는 목소리로 노바는 말했다. "저도 깜짝, 놀랐어요."

"말을 건넨 쪽은?"

"몰라요."

"그 종잇조각에는 뭐라고?"

"모르겠어요." 노바는 짧게 대답했다. "수식, 같았지만, 모르는 기호가 사용되었어요."

"나중에 같은 내용을 베껴서 써주세요."

"예."

방의 시선이 자신에게 모여 있는 것을 유이는 알아차렸다. 무시하고, 준비된 음료를 입에 댔다. 이야기하고 싶지 않다, 그런 의사 표현를 하려는 의도였다.

"조금 전에는 멋진 움직임이었어요." 대각선 맞은편에서 목소리가 울렸다. 위엄과 압력을 갖춘 노파의 그것이었다. "불규칙한 궤도를 그리는 종잇조각을 어려움 없이 붙잡았죠. 간단하게 보여도 숙달을 요하는 기술이에요."

등 뒤에서 옷 스치는 소리가 울려, 노바가 조용히 인사한 것을 알 수 있었다. 그녀는 일단 지금은 자신의 종자라는 신분인 것이었다. 대답하는 것은 주인의 역할이다.

"칭찬해 주셔서 영광입니다." 유이는 짧게 대답했다. "보고 계셨나요?"

"이쯤 하는 게 어떨까, 메레이." 그때 다른 참가자인 남자가 낮은 목소리로 대화에 끼어들었다. "미나하 양에게 무언가 사정이 있다는 건 쉽게 헤아릴 수 있는 부분, 당신의 말투는 너무 배려가 없어. 연장자의 사소한 말이 젊은이에게는 성고(聖告)처럼 들리지. 당신이 그걸 이해하지 못하지는 않을 텐데?"

"무척 기특한 소리를 하는군요, 가스타바스. 사제의 설교를 가로막아서 재판 소동을 일으킨 남자가 어느새."

"또 그 이야기인가." 가스타바스가 한숨을 내쉬었다.

"어떤가요, 미나하 씨. 한 번 정도는 낮의 빛 아래에서 저랑 만나는 건?" 메레이가 또다시 이쪽에게 말을 걸었다. "걱정 안 해도, 당신의 정체를 파헤치지는 않아요. 그저 찬찬히 대화를 나누고 싶은 것뿐이에요. 저만이 아니라 당신을 부른 모두가 그렇게 생각할 것 같은데요……."

"과연 그럴까요." 유이는 담담하게 대답했다.

"여전히 매정한 태도시네요. 예, 물론 지금은 그걸로 괜찮아요. 이므라를 흔들 생각은 없으니까요. 하지만 회의에서는 적극적인 참가를 바랄게요. 뭐, 최근의 당신은 열심히 발언하게 되었으니까 그다지 걱정할 필요는 없겠지만요."

"저도 이해해요."

"그렇다면 됐어요." 메레이는 만족스럽게 고개를 끄덕이는 것 같았다.

그때 마침 방 문이 열렸다. 외부의 광원이 한순간 실내를 비추었지만 금세 사라졌다. 방 전체의 등불이 같은 방향으로 흔들렸다.

들어온 것은 호리호리한 남자였다. 긴 머리카락을 뒤쪽에서 하나로 묶었다. 다른 참가자와 마찬가지로 어두운 색 외투를 걸쳤지만 입구에서 벗더니 종자에게 건넸다. 방 중앙으로 걸어왔다. 그곳에는 작은 원형 테이블이 놓여 있었다. 그의 정위치였다.

서기가 말없이 필기구를 꺼내는 것과 남자가 중앙에 선 것은 동시였다.

"제933회 회의를 시작합니다." 평소처럼 서두도 설명도 없이 그는 조용히 입을 열었다. "신앙 기준안은 곧 제50고를 배포할 예정입니다. 문제없이 봄의 회의에 제출할 수 있을 것으로 예상됩니다만, 더욱 세세한 검토가 필요하다는 건 말할 필요도 없습니다. 오늘 의제에 대해서 다시금 설명이 필요할까요."

참가자들이 고개를 가로젓는 기척이 전해졌다.

"알겠습니다." 남자는 끄덕였다. "그리고 회의에 들어가기 전에 연락 사항입니다. 이전부터 지적되었던 마법 지팡이에 대한 전문가 부재 말입니다만, 좋은 인재를 발견했습니다. 다음 번, 그러니까 올해 마지막 회의입니다만, 참석할 예정입니다."

"보기 드문 표현이군, 세오." 가스타바스가 말했다. "네가 굳이 좋은 인재, 라고 한다면 혹시 유명인일까. 에스토샤에서 지팡이 장인이라면, 우선 떠오르는 건 코쿠 시타 씨인데……."

"그에게는 선약이 있었던 모양이라, 안타깝지만." 남자——세오는 어깨를 으쓱였다. "하지만 바로 그 코쿠 씨에게 소개를 받았습니다. 확실한 인선이겠죠. 여러분도 물론 아시겠죠, 왕국

최고라고 칭송을 받던 장인, 문지르 알레프의 이름을."

호오, 다들 감탄 같은 한숨을 흘렸다. 당연히 이 자리에 있는 인물 중에 그의 이름을 모르는 자는 없었다.

"하지만 문지르는 이미 죽었을 텐데요." 메레이는 날카롭게 지적했다.

"그렇습니다." 세오가 가볍게 수긍했다. "이번에 부른 건 그의 제자입니다."

무심코 유이는 등 뒤를 돌아봤다. 노바는 절레절레 고개를 가로저었다. 정말로 우연이다, 그러고 싶은 것이리라. 뭐, 아무리 그녀라도 역시나 지나치게 노골적이냐며 납득했다.

시선을 앞쪽으로 되돌리자 방 안도 다소 술렁이고 있었다.

"제자──라고 했나." 가스타바스가 또다시 발언했다. "부족한 지식으로 미안하지만, 문지르 씨의 제자라면 수도의 라유마타 씨밖에 안 떠오르는군."

"어둠과 마찬가지, 강렬한 빛은 모든 것을 뒤덮는 법입니다." 세오는 한 손을 얼굴 앞으로 들었다. "저도 그들 모두와 아는 건 아닙니다만── 문지르 씨의 제자들은 태양을 부끄러워하는 분이 많습니다. 실력은 확실하지만 스승의 이름에 의지하는 것을 옳게 여기지 않는 것입니다. 학원이나 군 외부에서는 알 수 있는 기회가 그다지 없겠죠."

"미나하 씨는 짚이는 바가 있는 모양이군요." 메레이가 갑자기 이쪽으로 이야기를 돌렸다.

"그건 또 흥미 깊은 점이 하나 더해진 것 같군. 지팡이 장인과의 인맥인가." 가스타바스가 중얼거렸다. 이럴 때만큼은 호흡이 맞는 두 사람이었다.

유이는 조심스러운 말투로 설명했다.

"몇 명 정도, 이름을 들은 적이 있을 뿐이에요."

하지만 조금 전 두 사람의 발언으로 인상은 정해져버린 듯했다. "여럿을 알고 있다니……"라고 참가자들이 수군대는 소리가 들렸다.

또다시 착각하게 만든 것 같기도 하지만, 그러나 "이름을 들었다" 정도의 관계가 아닌 것도 사실이었다. 애당초 그녀의 지팡이를 만든 것이 문지르 알레프 본인이었다.

이 지팡이가 부서졌을 때에는 제자 중 하나에게 수리를 부탁했고, 다른 제자의 가게에 묵은 적도 있고, 또 다른 제자에게 일을 부탁받은 적조차 있었다. 그렇게 생각하면 어느샌가 문지르 일문과 얕지 않은 관계인 유이였다. 그것을 다른 사람에게 이야기할 생각은, 현재로서는 전무했지만.

"그럼 혹시 아실지도 모르겠군요." 재미있다는 듯이 세오가 말했다. "지팡이에 대한 지식에 특히 밝고, 항상 이인조로 행동하는 장인, 이라고 하셨습니다만——."

"이인조?" 그렇다면 유이도 떠오르는 사람은 없었다.

1

회의는 심야에 끝이 났다. 바깥은 완전한 어둠으로 뒤덮였다. 참가자와 종자들이 물러나고 방에는 세 사람만 남았다. 유이, 노바, 세오였다.

유이는 의자에 앉은 채로 세오의 뒷모습을 바라봤다. 여기저기 놓인 등불을 차례대로 불어서 끄고 있었다. 그녀의 눈앞에 있는 것 말고는 모두 꺼버렸다.

마침내 하나만 남자 세오는 그 등불을 손에 들었다. 뒤로 묶은 긴 머리카락을 나부끼며 이쪽으로 걸어왔다. 손에 든 불빛에 비쳐서 그의 모습만이 드러나 보였다.

"이곳에서 지내는 건 어떻습니까?" 세오는 그렇게 말을 건넸다.

"차분하게 있을 수가 없네요." 유이는 정직하게 대답했다.

"그에 대해서는 죄송하게 생각합니다." 등불을 얼굴 근처로 들어 올리고 그는 말했다. "하지만 달리 괜찮은 장소를 찾을 수가 없었습니다. 제 시선이 닿는 곳이면서 안전이 보장되는 건물이라면 역시 이곳 말고는 없어서요."

"아뇨, 불평을 할 생각은 없어요. 식사도 방도 제공받는 입장이에요." 유이는 고개를 가로저었다. "그래도 머무르는 장소를 숨길 필요까지는 모르겠어요. 회의 때마다 한 번 밖으로 나갔다가 다시 돌아오는 건 쓸데없는 수고겠죠."

"어라……." 의외라는 듯 세오는 미간을 추어 올렸다. "유이 씨 종자의 조언으로 그렇게 대응했습니다만."

"어, 그런가요?" 유이가 돌아보자,

"예"라며 노바가 끄덕였다.

"저기……, 한 곳에 틀어박히는 편이 안전하지 않나요?"

"현재 가장 위험한 것은 참가자에게서 정보가 새는 것, 이에요. 그들을 속이려면 이 수단이 최적, 이지 않을까 해서."

"외출 결과, 제 정체가 들키는 쪽이 위험하다고 생각하는데요."

"저는 그렇게 보지 않아요. 유이 씨—— 아니, 미나하 씨가 이곳에 있다는 건 지극히 한정된 인간밖에 몰라요. 예상하지 않은 일은, 사람은, 좀처럼 알아차리지 못하는 법, 이에요. 어지간한 일이 아니고서는, 문제, 없겠죠."

"지나친 경계라고 생각하는데요……."

하지만 노바에게 생각을 바꾸어 줄 마음은 없는 듯했다. 긍정도 부정도 않고서 묵묵히 이쪽을 보고 있었다.

그녀가 이렇게나 걱정이 많아진 이유에 대해서는, 짚이는 구석이 없지는 않았다. 가을에 말려든 사건 때문일 것이다. 어느 연회가 습격을 당하여 많은 사람들이 인질이 되었다. 마침 그 자리에 그녀들도 있었던 것이다.

하지만 그것은 유이를 노린 것이 아니었고, 최종적으로는 이 두 사람이 수습했다. 단 한 번뿐인 사건에는 지나친 경계가 아닐까, 그녀에게는 그리 여겨졌다.

문을 두드리는 소리가 들리고 고용인이 요리를 가져왔다. 수

레에 김이 나는 요리가 실려 있었다. 유이와 노바 근처의 테이블에 각각 음식을 차려주었다. 어느샌가 근처에 앉아 있던 세오가 접시를 받으며 "잠시 사람을 물리도록" 하고 말했다.

고용인이 나가자 곧바로 노바가 먹기 시작했다. 그래봐야 뒤에 있으니까 작은 소리가 들릴 뿐이지만.

식사는 하루 두 번, 고용인이 저 수레로 가져다준다. 주된 생활 장소는 이 회의실 옆방으로, 평소에는 하루 종일 그곳에서 보낸다. 밤이면 열리는 회의에 나가는 것 말고 대부분 누구와도 만나지 않는다. 대화 상대로 노바, 그리고 가끔씩 이렇게 세오가 있는 정도였다.

처음에는 이 마을 영주의 호의라고 들었다. 지나가다가 들른 참에 우연히 비가 이어지는 날이 있었다. 그래서 날씨가 안정될 때까지 사용하지 않는 건물을 빌려주겠다는 이야기였다. 하지만 일주일 이상이나 같은 이유로 붙잡아 둔다면 아무리 그래도 그런 이야기만이 아니라는 사실은 깨닫는다. 적어도 겨울 동안, 이 마을을 나갈 수는 없을 것이다.

그렇다고 해서 불평할 수 있는 입장이 아니니 처지를 받아들일 수밖에 없었지만……

'그렇다고는 해도——'라며 그녀는 미간을 찌푸렸다.

자신이 놓인 상황을 이해하지 못하고서는 받아들이고 자시고도 없다.

눈앞에서 우아하게 식기를 다루는 세오가 이쪽의 시선을 깨닫고 "무슨 일이십니까?"라며 미소 지었다.

"아직 가르쳐 주시지 않는 건가요?" 유이는 물었다.

"뭘 말입니까?"

"저를 이 마을로 부르고, 이렇게 회의에 참석시키는 이유 말이에요."

"또 그런 말씀을 하시는 겁니까?" 세오가 곤란하다는 듯 어깨를 으쓱였다. "유감이군요. 저는 계속 진실만을 말씀드리고 있는데— 당신의 지혜를 빌리고 싶었다고."

"고작 그것만을 위해서 이런 후한 대우를 준비하진 않겠죠. 지금 생각해보면 영주의 호의라고 들은 시점에서 알아차렸어야 했어요."

"어라, 그건 사실입니다. 아니라면 이런 회의를 개최할 수 있을 리가 없겠죠? 여하튼 신파의 신앙 기준을 정하는 회의입니다. 수도는 물론이고 구파의 세력이 강한 지역으로 간다면 처형의 공포로 제대로 된 논의는 나눌 수 없습니다. 이곳처럼 강력한 영주의 비호가 없다면— 말이죠."

"그건 사실, 이라면 그것 말고 거짓말이 있다는 거군요."

"정말 엄격한 사람이군요." 세오는 쓴웃음 지었다. "표현의 기교 정도야 대화에서는 자주 있는 일이겠죠. 당신은 그렇게까지 엄밀하게 말을 사용합니까? 조금 과민해지신 건 아니신지?"

"둔감한 것보다는 이상적이에요."

"좋은 대답입니다." 세오는 만족스럽게 고개를 끄덕였다. "그 명석함을 빌리고 싶은 겁니다. 학원에서도 높은 성적을 거두었다는 두뇌를."

"제 성적은 평범했을 텐데요."

"명석하면서도 시점이 다른 인간이 필요한 겁니다." 그는 천천히 말을 이었다. "유이 씨, 당신은 날카로운 두뇌를 지녔으면서, 그러나 말레교도가 아니죠. 그런 인재를, 적어도 이 왕국에서는, 바로 손에 넣을 수는 없습니다."

"그만두셨으면 좋겠네요, 그런 건."

유이는 한숨을 내쉬었다.

이 마을에 온 뒤로 걸맞지 않는 칭찬을 받는 일이 많아졌다. 이런 나이, 또는 정체를 감추고 있다는 사실이 자신을 크게 보이도록 만들어버리는 것일지도 모른다. 어쨌든 엇나간 칭찬이라 항상 불편한 기분이었다.

"기분은 알겠습니다. 하지만 그 기분을 논하지 않더라도 분명한 사실이 있습니다. 완성되었다고 여겨진 신앙 기준이, 당신의 지적을 계기로 이미 한 번 개정되었다── 그 사실이 말입니다." 세오는 양손을 맞댔다. "구파는 언제까지고 통일 해석을 내놓지 않고, 모순투성이인 교의를 방치하고 있습니다. 공공연하게 목소리를 높이지 않더라도 그에 의문을 느끼는 성직자는 교양 깊은 시민들 중에도 다수 있습니다. 그렇기에 우리 신파는 명확한 신앙 기준을 만들어야만 합니다. 순수 신학적인 논의를 통해 이론적인 교의를 나타낸다── 이것이 지지자를 늘리는 일로 이어집니다. 우리가 대대적인 개혁을 시작했을 때, 그들은 강력한 후원자가 되겠죠. 아무리 교황에게 힘이 있을지라도 말레교를 구성하는 것은 세속 성직자이고, 그들에게 가르침을 받은 시민이니까요. 그렇기에 필요한 것입니다. 우리에게 근본적인 의심의 시선을 보내는, 당신 같은 사람이."

자신의 필요성은 제쳐두고, 경위는 그러한 것이었다.

말레교는 왕국에서 국교이지만 성전 해석이나 교의는 각양각색으로 갈리어, 역사상 수도 없이 내부 항쟁이 벌어졌다. 현재는 구파――물론 당사자들이 그렇게 부를 리가 없다――가 주권을 쥐고 있지만, 그 지위를 노리는 것이 신파라 불리는 새로운 세력이었다. 그들은 나라 전체에 침투하여 찬동자를 늘리고, 무력을 사용하지 않고 단숨에 개혁을 진행하는 계획을 세우는 중이라고 한다.

조금 전의 회의는 그 계획의 일환으로 열리는 것이었다. 신파의 주장을 모아서 통일적인 교의를 정하는 종교 회의였다.

한 나라의 주류 종파를, 그것도 무력 없이 개혁한다는 것이니까 계획의 수준은 범상치 않았다. 이 회의에서도 나라 여기저기서 신학자나 성직자를 초대하여 참가자를 유동적으로 변화시키며, 이미 오 년에 걸쳐서 이어졌다고 한다.

계획에서는 이번 겨울에 신앙 기준을 완성시키고 봄부터 시작되는 회의에 제출할 예정이었다. 그런 대단원을 맞이한 이 상황에서―― 어째선지 유이가 초대된 것이었다. 초대되었다고 할까, 속아서 끌려왔지만.

유이 라이카는 지금 이곳에 있을 리가 없는 인간이다. 본래라면 가을 중으로 왕국을 떠나, 일 년 정도 고국에서 지낼 예정이었다. 루크타――왕국에 패배한 동방의 소국에서.

후드를 쓰지 않으면 외출도 못 하는 왕국보다 다소는 편하게 숨을 돌릴 수 있으리라, 그런 기대가 있었다. 부모도 친구도 없는 고국이지만 적어도 국민들은 다들 그녀와 같은 피부색이니까. 하지만 어째선지 왕국의 지방 도시에 붙잡혀 있었다.

그런 사정이라 어째서 이 회의에 초대되었는지, 그녀로서는 전혀 이해할 수 없었다. 애당초 왕국으로 끌려온 이유가, 루크타에서 어느 혈통을 잇고 있으니까, 그 정도에 불과했다. 의제인 신학에 대해서도 교의에 대해서도, 학원에서 이 년 정도 배웠을 뿐이었다.

세오에게는 그럴듯한 설명을 받았지만 그것이 결정적인 이유라고는 여겨지지 않았다. 이 장발의 신학자가 무언가 감추고 있는 것은 확실하리라.

"으──음, 역시 당신은 스스로를 과소평가하신다고 생각합니다." 식사를 마친 세오가 입가를 훔치며 말했다. "제가 평가하는 건 말이지요, 유이 씨, 당신이 지극히 객관적인 시점을 가졌다는 사실입니다."

"그건 제 능력과는 관계가 없어요." 유이를 고개를 가로저었다. "신앙이 없다면 누구라도 말레교에는 객관적이 되겠죠."

"그렇지 않아요. 아닙니다." 입가에 미소를 머금은 세오가 말했다. "알겠습니까, 말레교를 믿지 않는 지역에는 반드시 다른 신앙이 있습니다. 굳이 이 단어를 사용하겠습니다만── 다른 '신'이 있습니다. 당신의 조국 루크타에서도 그렇겠죠?"

"어, 그건, 예."

"그런 이상, 보통은 말레교를 부정하고자 생각하는 법입니다. 우리가 다른 신앙을 부정하듯이. 특히 당신의 경우에는 그렇게 되리라고, 저는 생각했습니다."

"무슨 뜻이죠?" 유이는 날카롭게 말했다.

"아뇨아뇨, 대단한 의미는." 세오는 목을 움츠렸다. "부정은 긍정과 마찬가지, 객관에서 가장 동떨어진 시점이라 할 수 있습니다. 하지만 유이 씨는 그러지 않지요."

"그렇다면 부정할게요. 당신들의 신은 존재하지 않아요." 유이는 분명하게 발음했다. "······어떤가요? 이걸로 제 가치는 사라졌겠죠?"

"······그럼."

세오는 느긋한 동작으로 일어섰다. 양손을 비비며 유이 정면으로 다가왔다.

"여쭈어도 괜찮겠습니까?" 그는 몸 앞으로 손을 겹쳤다. "당신은 어째서, 신은 존재하지 않는다고 생각하시는 겁니까?"

"존재한다는 근거가 없으니까요." 바로 그렇게 대답했다.

"신은 이 세계를 만드시고 생명을, 그리고 인간을 만들어 내었습니다. 이렇게 우리가 있다는 사실이 신이 존재한다는 증거입니다."

"완전히 같은 논리로, 제 고향의 신을 증명할 수 있어요." 유이는 그 자리에서 단언했다. "어째서 같은 근거에서 다른 결론을 이끌어 낼 수 있는가? 양쪽 모두 증거로서 성립되지 않으니까요."

"그렇습니다." 세오는 수긍했다. "학원에서는 지금처럼 설명하고 있겠죠? 논리적이라고는, 뭐, 말하기 힘듭니다."

"반론하지 않는군요."

"예, 반론의 필요는 없습니다." 그는 어깨를 움츠렸다. "애당초 당신의, 증거가 없다는 반론이 틀렸으니까요."

"무슨 뜻이죠?"

"증거를 제시해야 하는 것은 당신이니까요, 유이 씨. 의미는 알겠습니까?"

"그건……." 유이는 눈을 감았다. 그가 말하고자 하는 바는 금세 알았지만, 예상 밖의 방향성에서 날아든 반론이었다. "하지만 그건……, 학문적이라고 할 수는 없는 태도네요. 먼저 신의 부재를 증명하라니……."

"태양을 증명할 필요가 있습니까?" 세오는 천장을 가리켰다. "달은? 별은 어떻습니까? 말할 것까지도 없이 그것들의 존재는 자명합니다. 혹시 태양 같은 것은 없다, 그렇게 주장하는 인물이 있다면 유이 씨도 그 증거를 청하겠죠? 당신의 반론이 틀렸다는 건 그런 의미입니다."

가볍게 양팔을 펼치고 그는 이쪽으로 시선을 던졌다.

"우리에게 신의 존재는 자명합니다. 따라서 증거를 제시할 필요는 없습니다."

"논리가 순환되는 것 같네요." 유이는 차분한 목소리로 지적했다. "신은 있으니까 신은 있다, 그렇게 말하는 것과 전혀 차이가 없어요."

"안타깝게도 그쪽도 마찬가지입니다. 당신도 신은 없으니까

신은 없다, 그렇게 주장하는 것에 불과합니다. 아닙니까?" 세오는 미소 지었다.

유이는 고개를 숙이고서 입을 다물었다. 잠시 생각할 시간이 필요했다.

기척을 느끼고 올려다보자 바로 눈앞에 세오의 모습이 있었다.

"유이 씨, 당신은 우리의 주장이 완전한 평행선을 그린다는 걸 인식했습니다. 지금의 침묵은 그것을 받아들이기 위한 몇 초겠지요?"

"받아들인다고 할까, 으음." 유이는 허둥대면서도 수긍했다. "양쪽 모두 같은 수준의 정당성을 지녔으니까 이 이상의 논의는 무의미하지 않을까 해서요."

"그래요, 그것이 당신의 특별한 점입니다." 그는 한 걸음 더 다가오더니 이쪽의 의자 팔걸이에 손을 얹고 얼굴을 들여다봤다. 그림자가 드리운 얼굴이 말에 맞추어 움직였다. "대부분의 인간에게는 무리입니다. 이해할 수 있더라도 받아들일 수는 없습니다. '그래도 내가 옳다'라고 치우치는 것이 보통. 저조차도, 말로는 이런 소리를 하면서도 내가 옳다고—— 신은 존재한다고 생각하죠. 논리 앞에 감정이 있습니다. 그런데 당신은 시원스럽게 자신의 의견을 버리고 보다 더 상위의 시점에 설 수 있습니다. 신은 존재한다는 주장과 신은 존재하지 않는다는 주장을 동시에 다룰 수 있습니다. 무언가 그런, 부감적(俯瞰的)인 시선을 얻는 계기가 있었던 겁니까?"

"글쎄요, 딱히 떠오르는 건……." 유이는 고개를 갸웃거렸다.

딱히 명확한 계기는 떠오르지 않지만 왕국에서 지낸 경험 상, 자신의 사고에 그다지 가치는 없다는 사실을 아는 것뿐이었다. 서로 이해할 수 없는 것을 억지로 통합하려고 하기에 한쪽으로 치우치게 되니까 양립하는 것으로 다루면 그만일 뿐이었다.

"그렇게 자기 자신마저도 객체로 볼 수 있는 능력—— 그것이 당신을 초대한 이유입니다. 당신이라면 자신에게 구애되지 않고 더욱 높은 시선에서 판단해 주겠죠." 세오는 만족스럽게 말하더니 등불을 들고 방 반대편으로 걸어갔다. 문 앞에서 한 번 돌아봤다. "괜찮으시다면 메레이 씨, 그리고 다른 분들의 초대도 받아주시길. 같은 성직자라도 생각은 제각각입니다. 틀림없이 참고가 될 겁니다."

무거운 소리와 함께 문이 닫혔다. 불빛은 이제 유이의 눈앞에서 흔들리는 하나만 남았다.

잠시 앉은 자세로 가만히 있었지만 이윽고 노바의 재촉에, 유이도 그 방을 나왔다. 방의 등불은 모두 꺼졌다.

그녀에게 준비된 방에는 창문이 딱 하나 있었지만 오늘밤은 하늘을 뒤덮은 구름이 보일 뿐이었다.

그리고 잠에 들 때까지, 유이는 계속 생각에 잠겨 있었다. 처음에는 신에 대해서, 질린 뒤로는 태양과 달과 별을 증명하는 방법에 대해서. 마지막에는 방 밖에서 호위를 맡고 있는 노바가 언제 자는 것일지 생각했다.

2

회의는 매일 열리는 것이 아니라서, 열리지 않는 기간에 유이는 주어진 방에서 하루 종일 보냈다. 말레교에 대한 서적 외에는 아무것도 없는 방이었다. 대화 상대로 노바가 있지만 그녀도 이따금 모습을 감추어 버렸다. 무슨 용건인지는 알 수 없었다. 그러면 방은 결국 묘지처럼 조용해진다.

하지만 그날 아침은 소란스러웠다.

지난번 회의 이후로 일주일이나 지났을 무렵이었다. 평소라면 아침식사가 나올 시간대였지만 아직 문을 두드리는 사람은 나타나지 않았다. 유이는 침상에서 몸을 일으키며, 슬슬 오려나, 멍하니 생각했다.

창밖은 맑았다. 밤에 내려서 쌓인 눈이 아침 햇살을 반사하여 온 마을을 반짝반짝 빛내고 있었다. 이 풍경이 유이는 마음에 들었다. 루크타에 눈은 내리지 않는다. 왕국에서 맞이한 첫 겨울에는 거의 외출한 적이 없었는데, 쌓인 눈 위를 걷는 방법을 몰라서 고생했던 것이다.

창밖을 바라보며 유이는 여기저기서 나는 소리를 듣고 있었다.

문을 열고 닫는 소리, 종종걸음으로 걸어가는 누군가의 발소리, 누군가를 타이르는 것 같은 말소리. 아침부터 그런 소리가 계속 울리고 있었다. 이곳에 온 뒤로 처음 있는 일이었다.

이 건물에 몇 명의 인간이 있는지 그녀는 모른다. 외관을 봐서는 회의 이외에도 사용될 터. 영주가 관리하고 있으니까 공적인 집회장이나 시청 같은 시설이라 상상할 수 있었다. 오래된 역사는 권위를 드러내기에 최적의 장식이었다.

그곳의 한 방에서 머무르고 있으니까 모르는 사람이 보면 자신도 상당한 신분으로 보일지도 모른다. 실제로는 정반대이지만.

식사를 가져온 것은 평소의 고용인이 아니라 노바였다.

"고용인 분은 바쁘신 모양이라, 제가." 그녀는 그러면서 문을 닫았다. 테이블에 접시를 놓았다. "안녕하세요."

"무슨 일이 있었나요?" 유이는 물었다.

"예." 노바가 긍정했다.

"무슨 일인가요?"

"그 전에." 드물게도 노바는 즉답하지 않고 이쪽을 가리켰다.

"예?"

"국이 식어요."

"아, 확실히 그러네요."

수긍하고 유이는 식기를 손에 들었다.

이쪽의 모습을 노바는 지그시 응시하는——것처럼 보였다. 앞머리에 가로막혀서 시선이 어디로 향하는지 알 수 없었다.

'하지만……' 하고 유이는 식사를 한순간 멈췄다.

그녀는——노바는 자신의 역할에 대해서 어떻게 생각하고 있을까.

현재는 종자라는 지위이지만 그녀의 진짜 역할은 유이의 감시인 동시에 호위였다. 그 두 가지는 거의 같은 의미지만, 그러나 감시 대상을 위해서 위험한 상황에 맞닥뜨리는 것은 무척 부조리한 처지이리라. 불만을 느끼지는 않을까.

"밀고장이 왔어요."

아침식사를 마치려던 그때, 갑자기 노바가 입을 열었다. 조금 전의 이야기가 이어진다고 이해하는데, 빵 마지막 한 조각을 씹어서 삼킬 때까지의 시간을 필요로 했다.

"밀고장—— 그런가요." 다시 말해 아침부터 벌어진 소동은 그 밀고장이 온 탓이다. 그렇게 설명하는 것이리라. 상황을 파악한 유이는 다음으로 무엇을 물어봐야 할지 생각했다. "누구 앞으로?"

"세오 씨, 혹은 에스토샤의 영주님 앞으로." 노바는 입만을 움직여서 대답했다. "아침, 현관 앞에 놓여 있었다는, 모양이에요."

"내용은?"

"날려버리겠다."

"무엇을 말인가요?" 유이는 고개를 갸웃거렸다.

"이 건물을." 노바는 발밑을 가리켰다. "그리고, 이단들의 회의를 끝내겠다고."

"그건 밀고장이 아니라 협박장 아닌가요?"

"발신인이, 자신도 범인의 일당이라고 자칭, 했어요. 하지만 결행이 가까워지며 죄책감이 싹터서, 이렇게 경고했다나."

"그렇다면 경고장이네요." 유이는 적당히 대답하며 그릇에서 차를 마셨다. "그래서 노바 씨는 지금 당장 이곳을 나가야 한다, 그렇게 말하고 싶은 거군요?"

"예."

"혹시……"라며 검지에 턱을 얹었다. "이미 세오 씨한테 말했나요? 그리고 거절당했고?"

"예. 함부로 움직이는 건 위험하다, 그랬어요. 그것이 적이 노리는 것일지도 모르고, 그저 장난일 가능성도 있다고."

"일리 있는 의견이라 생각해요. 그저 편지 한 통만으로는, 근거로는 빈약해요. 적——이라고 부르는 게 옳을지조차 모르겠네요. 내용을 신용한다면 오히려 아군이겠죠."

"적어도 이 적은, 회의를 알고 있어요." 적, 노바는 또다시 그 말을 입에 담았다. "내용도, 장소도, 참가자도 알고 있어요. 계속 숨기던 이 회의의 존재를. 그저 장난은 아니에요."

"아무리 감추려고 했더라도 오 년이나 진행되었다고요? 상세한 내용은 어렵더라도 개요를 아는 사람은 적지 않겠죠. 신앙 기준의 완성에 위기감을 느낀 구파 세력이 회의를 해산시키기 위해 가짜 편지를 보냈다—— 이게 가장 그럴듯하게 여겨지네요."

"그건 알아요, 하지만……." 노바는 잠시 고개를 숙인 뒤, 이쪽으로 얼굴을 향했다. "하지만 혹시 방해를 한다면, 이런 편지를 보내는 것보다 중앙에 밀고하는 편이 확실, 해요. 게다가 애당초, 이제 와서 회의를 방해하는 의미를 알 수 없어요. 신앙 기준은 거의 완성되었는데."

"그렇다면……." 하며 유이는 일어섰다. "세오 씨는 어디에?"

"안내할게요." 노바가 매끄러운 동작으로 문을 열었다.

외투에 후드를 깊이 뒤집어쓰고 방을 나섰다.

야외나 다름없는 냉기 속을 걸었다. 몇 번인가 고용인과 마주쳤지만 그들은 반드시 고개를 숙여 이쪽을 못 본 척했다. 제대로 교육받은 모양이다.

　종종걸음으로 돌아다니는 사람은 없고 벽이나 바닥을 살피는 사람이 대부분이었다. 창문 너머로 밖과 대화하는 사람의 모습도 보였다.

　도중에 계단을 올라갔다. 두 번 돌아서 최상층으로 이어졌다. 그 안쪽에 세오의 방이 있다고　한다. 유이는 최상층에 오는 것은 처음이었다.

　문은 반쯤 열려 있었다. 틈새에서 여성 고용인에게 무언가 속삭이는 세오의 뒷모습과 그의 긴 머리카락이 보였다. 노바가 먼저 가서 그 문을 두드렸다.

　"호오, 당신이 먼저 찾아오시다니 별일이군요." 이쪽을 보고 세오는 미소 지었다.

　고용인이 인사를 하고 두 사람과 엇갈리듯 방을 나갔다. 문을 닫는 것도 잊지 않았다.

　"상황은…… 이미 들으셨나보군요." 세오는 눈앞의 의자를 손으로 가리키며 말했다.

　유이는 그곳에 앉았다. 노바는 문 바로 옆에 계속 서 있는 모양이었다.

　작은 방이었다. 주인을 위한 책상과 의자가 문 쪽을 보고 있었다. 그와 마주하듯이, 지금 유이가 앉아 있는 손님용 의자. 벽은 거의 선반으로 채워져서 노랗게 바랜 종이다발이 깔끔하게 수납되어 있었다. 선반이 없는 부분은 난로와 창문으로, 다른 색상을 방으로 퍼트리고 있었다.

"저는 딱히 위험을 과소평가하는 게 아닙니다." 세오는 의자를 끌어당기며 심각한 표정을 지었다. "하지만 이해해 주셨으면 하는 건, 그런 편지가 왔을지라도 제가 아는 한, 이 마을에서 가장 안전한 장소는 이곳이라는 사실입니다. 최대한 경비 중이고, 이 건물 자체도 무척 튼튼합니다. 그러니까 오래토록 남아 있던 것이고——."

"아뇨, 당신의 대응에 불평하러 온 게 아니에요." 유이는 말에 미소를 머금었다. "세오 씨의 판단은 냉정하다고 생각해요. 허둥지둥 장소를 바꾼다면 반드시 경비가 약해지겠죠. 상대가 그 틈을 찌르는 게 가장 위험해요. 편지 내용 자체도, 건물을 날려버리겠다—— 그만한 파괴력을 내려면 어지간한 군 지팡이 규모의 마법 지팡이를 준비해야 해요. 그런 걸 비밀리에 준비하는 건 불가능하죠."

"그렇습니다. 조금 전에 보고를 받았습니다만, 역시 침입의 흔적은 발견하지 못했습니다. 당장의 위험은 없다고 할 수 있습니다. 고용인에게는 사정을 설명하고, 벗어나고 싶다는 사람에게는 그것을 허가했습니다. 하지만 저는 이곳에서 계속 머무를 겁니다. 그 정도 이성은 있습니다."

"예, 저도 계속해서 신세를 질 것 같네요. 벗어난다면 감시하기도 어려울 테고."

"이것 참……." 세오는 쓴웃음을 지었다. "당신은 때때로 그런 말씀을 하는군요. 정중한 말투인 만큼 더더욱 매섭게 느껴집니다."

"저는 이 말투밖에 모르니까요"라며 어깨를 으쓱였다. 중앙 공통어를 배우기 시작하고 아직 이 년도 되지 않은 유이였다. "겸손만 떨고 있다가는 쓸데없는 손해를 떠안게 되겠죠."

그렇군요, 라며 세오는 끄덕였다. 책상 위로 손을 깍지 끼고 이쪽을 응시했다.

"그럼 용건을 말씀하시겠습니까."

"그 전에, 하나." 유이는 검지를 세웠다. "세오 씨는 이번 일, 어떻게 생각하시나요?"

"판단할 수 있는 상황이 아닙니다." 세오는 즉답했다.

"당신의 개인적인 생각이라도 상관없는데──."

"그것도, 없습니다. 말로 표현한다면 예단을 낳습니다. 그런 예단을 멀리하고 다양한 가능성을 동시에 검토해야 할 상황입니다. 굳이 말한다면, 그것이 제 생각입니다."

"그럼── 세오 씨, 검토하는 것들 가운데, 내부범의 가능성은 있나요?"

그러자 그는 몇 초 동안, 긍정도 부정도 하지 않고 입을 다물었다. 하지만 시선을 헤매지는 않고 이쪽을 똑바로 바라봤다.

"내부범일 가능성이에요." 유이는 다시금 말했다. "회의 참가자라면 장소도, 목적도 전부 알고 있어요. 편지를 보내는 것 정도는 쉬운 일이겠죠."

"예, 그건, 당연히." 세오는 천천히 발음했다. "생각하고 싶지는 않습니다만── 생각하지 않을 수는 없습니다. 다만 가능성은 낮을 것으로 짐작하고 있습니다."

"어째서죠?"

"이유가 없으니까요, 그런 짓을 할. 대체 무슨 이유가 있어서 회의를 방해하는 겁니까? 신파를 위해서, 자신의 몸을 아끼지 않고, 굳이 이런 마을까지 찾아온 그들이."

"예를 들면——."

"구파의 간첩이라고 말씀하진 마시길." 세오는 한 손을 펼쳐서 이쪽을 가리켰다. "현재 참가하고 계신 분들의 공헌은 누군들 헤아릴 수 없습니다. 그들의 경우, 이런 편지보다도 처음부터 회의에 참가하지 않는 것이 가장 큰 방해입니다."

"그렇군요……."

"그러니까 걱정하지 않으셔도——."

"아뇨, 제가 걱정하는 건 그런 거창한 이야기가 아니에요."

그러더니 유이는 자리에서 일어나, 천천히 창문으로 다가갔다. 마침 자신의 방 바로 위인 듯했다. 평소와 같은 풍경이 평소보다 높은 위치에서 보였다.

현관 앞의 길은 그저 하얗고, 그곳에 작은 발자국이 이어져 있었다. 그 발자국을 따라가자 어린아이 둘이 눈 위를 뛰어다니고 있었다.

실내를 돌아보자 의아하다는 표정의 세오가 이쪽을 보고 있었다.

"현재 의제예요." 유이는 창문으로 시선을 되돌리며 말했다. "순수 신학적으로 논의를 진행하고 싶다는 건 알겠어요. 하지만 지금의 논의가 어떻게 진행되든 ——혹은 돈좌되든—— 개혁이 진행된 뒤, 세간에 미치는 영향은 막대하겠죠. 금전적으로도, 군사적으로도."

"물론 알고 있습니다." 그의 목소리가 등 뒤에서 들렸다. "하지만……."

"예. 참가자 분들이 이제 와서 부나 권력을 원한다고는, 저도 생각하지 않아요. 하지만 그들이 원하지 않더라도 그들 주위의 사람들은 원할지도 몰라요. 성직자로서 세상과 인연을 가진다면 그런 굴레도 생기겠죠."

"그것이 참가자 중 누군가를, 이번 행동으로 몰아넣었다고?"

대답하지 않고, 어린아이들이 건물 뒤로 사라지는 것을 유이는 눈으로 좇았다.

타인에 대한 의심을 입에 담는 것은 무척 어려운 일이다. 그런 일은 무척 저급한 행위라고 어릴 적부터 배웠다.

그럼에도—— 이 문제는.

다시 돌아보고 유이는 말했다.

"저는 이제부터 메레이 씨나 다른 분들의 초대를 받을까 해요."

"……범인 수색, 이라는 겁니까." 침묵한 뒤, 세오는 훗 웃으며 말했다.

"일대일로 대화를 나누면 알 수 있는 것도 있을까 해서요."

"예, 괜찮다고 생각합니다. 전부터 권유하던 건 저고, 당신이라면 모두의 입을 가볍게 만들겠죠."

감사합니다, 라고 고개를 끄덕이고 유이는 문 옆으로 시선을 향했다.

"노바 씨, 그걸로 괜찮을까요?"

"예." 그녀는 평소처럼 받아들였다.

바로 준비하겠습니다, 그러면서 인사하는 세오를 남겨두고 두 사람은 복도를 걸어서 돌아갔다. 그 길에 고용인의 모습은 거의 없었다.

밖을 봤더니 또 눈이 흩날리고 있었다. 이번에는 얼마나 내릴까.

비스듬히 뒤에서 걷는 노바를 향해 유이는 말했다.

"미안해요, 멋대로 결정해 버려서."

"아뇨."

"폐가 됐나요?"

"유이 씨의 판단에, 저는 따라요."

노바는 그런 말로 대답했지만, 계단을 내려간 뒤에 그녀 쪽에서 질문을 던졌다.

"하지만, 그렇게까지 대단한 이야기, 일까요?"

"현재의 의제 말인가요?"

"뒤에서 회의를 들은 바로는, 사람과 마수에 대한 화제라고 느꼈는데요."

"예, 그래요."

"하지만 금전적이라든지 군사적이라든지, 그랬죠."

"아, 그건……, 이 문제를 논한다면 반드시 나오는 화제가 있으니까요. 그게 문제가 되고, 그 때문에 전문가를 요청한 거예요."

"무슨 문제, 인가요?"

"으음, 그건 말이죠……."

유이는 천장을 보며 어떻게 전해야 할지 생각했다.

그리고 마침 방 앞에 도착했을 때, 제대로 설명이 정리되었다.

"간단하게 말하면, 앞으로의 회의에서는 마법 지팡이는 교회가 일원화하여 관리해야 한다――라는 논점이 될 테니까요."

3

그날 중으로 외출할 수는 없었지만, 다음 날 아침부터 메레이와 만날 수 있었다. 그녀도 이 마을의 주민이 아닌지 장소는 교회가 아니었다.

지정된 주소에는 높다란 건물 사이로 마을 안에 아담히 세워진 저택이 있었다. 아담히, 라고 했지만 비교하면 그렇게 보일 뿐, 실제로는 상당한 크기였다. 메레이의 소유는 아니고 이번 겨울에만 지인에게서 빌렸다고, 나중에 유이는 들었다.

지붕에도, 돌출된 창문에도 눈이 쌓여 있었다. 하지만 현관 앞 계단의 눈은 깔끔하게 좌우로 치워져 있었다. 누군가가 올 것을 예상한 듯이.

문을 두드리고 불과 몇 초 만에 나온 고용인은, 한마디도 하지 않고 바로 두 사람을 안으로 들였다. 노바와도 종류가 또 다른 무표정으로, 입을 일직선으로 굳게 다문 채로 전혀 열지 않았다. 어떻게 얼굴을 가린 이쪽을 알아본 것일까.

일반적으로는 들어와서 바로 외투를 맡겨야 했을 테지만 상대는 딱히 요구하지 않았다. 바닥이 젖어버리겠다며 한순간 주저했지만, 고용인은 신경 쓰는 기색도 없이 정면의 문을 열고 안으로 걸어갔다.

"회의 때, 메레이 씨 뒤에 있던 분, 이에요"라고 노바가 속삭였다.

"알 수 있나요?" 유이는 되물었다.

"걸음걸이를 보면."

대화가 들렸는지 고용인은 한순간 멈춰 섰지만 금세 또다시 걷기 시작했다. 어쩌면 상대 역시 같은 방법으로 두 사람을 구분했을지도 모른다.

몇 번인가 방을 가로지른 뒤, 고용인은 어느 방의 문을 열더니 그곳으로 들어가지 않고 옆으로 비켰다. 뒷짐을 지고서 이쪽을 바라봤다.

"고마워요." 유이는 그렇게 말하고 안으로 들어갔다.

장작이 터지는 소리가 두 사람을 맞이했다. 방은 충분히 따뜻하게, 덥지는 않은 적절한 온도를 유지하고 있었다. 가구는 모두 새것처럼 빛을 내고, 먼지 하나도 떨어져 있지 않았다. 숨을 들이마시자 어디선지 모르게 좋은 향기가 감돌았다. 이곳만 봄이 된 것같이 편안했다. 바깥과는 전혀 다른 세계였다.

그 방 중앙에 노파가 서 있었다.

"안녕하세요, 잘 오셨어요." 그녀는 그러면서 두 팔을 펼쳤다.

"갑작스러운 방문에 응해 주셔서 감사합니다, 메레이 씨." 유이는 머리를 숙였다.

당연하게도 유이는 메레이의 얼굴은 몰랐다. 알던 것은 어둠 속에 울리는 노파의 목소리뿐이었다. 하지만 그 모습을 본 순간, 이 상대야말로 그녀라고 직감했다. 그만큼 품격이 있는 인물이었다.

조심스러운 소리를 내며 등 뒤에서 문이 닫혔다. 그쪽을 봤더니 평소처럼 노바가 문 옆에 서 있었다.

시선을 되돌리자 메레이가 정면에서 이쪽을 응시하고 있었다.

"저 같은 사람과 만나는 건 처음인가요?"

"아뇨── 지인 중에 하나." 유이는 후드를 고쳐 쓰며 대답했다.

"어머나……, 그분은 별고 없으신가요?"

"예. 최근에는 그다지 이야기를 나누진 않았지만요."

"동포의 무사는 기쁜 일이에요." 메레이는 두 번 깜박였다. "그렇다고는 해도, 놀라운 일이겠죠."

"실례라는 건 알지만……."

"실례라니, 설마요. 무리도 아니에요. 여성 사제라면 다소 드문 정도이지만 우코드라크, 게다가 교회에서 이런 지위에 다다른 사람은, 현재로서는 저뿐이에요. 무척 안타깝지만."

은색의 긴 털이 그녀의 온몸을 덮고 있었다. 입가에는 날카로운 엄니. 녹색 눈동자는 부드러운 미소를 짓고 있지만, 온화한 노인의 미소가 아니라 강자가 머금은 여유에 가까웠다.

왕국이 과거에 침략하여 지배하에 둔 종족── 우코드라크.

"대단한 환대는 못 하겠지만, 차와 과자가 있어요. 그쪽에 편히 앉도록 해요." 메레이는 그러면서 방 안쪽을 가리켰다. "지금 가져올게요. 같이 즐기죠."

난로를 둘러싸듯이 의자가 몇 개 놓여 있었다. 부드러워 보이는 가죽 재질에, 어느 의자든 등받이가 높았다.

메레이는 인사를 하고 방을 나갔다.

유이는 방을 둘러보며 조심스러운 발걸음으로 난로에 다가갔다. 비스듬히 난로를 향해 놓인 의자에 앉았다.

그대로 옆을 보고 그녀는 마치 숨이 멎는 심정이었다.

사람이 있었다── 그것도 둘.

딱 난로와 마주보는 이인용 의자에 남자 둘이 앉아 있었다. 뒤에서는 등받이에 가려서 보이지 않았던 것이다.

한쪽은 눈을 감고, 입을 반쯤 벌리고 있었다. 잠든 것이리라. 몸을 비스듬히 기울이고 다른 한 사람의 어깨에 머리를 기댄 자세였다. 그쪽 남자는 깨어 있는 모양이지만 이쪽의 존재를 알아차리기는 했는지, 정면을 보는 상태로 미동도 하지 않았다. 눈동자에 난로의 불꽃이 비치고 있었다.

더욱 놀란 것은 그 두 사람이, 얼굴도 모습도 쏙 빼닮았다는 사실이었다. 완만하게 물결치는 금발도, 콧날이 선 얼굴 생김새도 무척 닮았다. 눈의 색깔은 알 수 없지만 아마도 같은 것이다. 유일하게 다른 것이 표정으로, 잠든 쪽의 태평하게 풀린 표정과 깨어 있는 쪽의 험악한 표정은 정반대였다.

유이가 그쪽을 가만히 보고 있었더니, 자는 남자가 "음" 하고 중얼거리며 몸을 꿈틀거렸다. 규칙적인 숨소리가 멎었다. 시야 구석에서 노바가 움직이는 모습이 보였다. 그녀도 두 사람의 존재를 지금 알아차렸을 것이다. 천천히 걸어서 이쪽의 등 뒤로 다가왔다.

"응──…… 응." 남자는 눈을 반쯤 뜨더니 팔을 크게 천장으로 뻗었다. 하품을 하며 머리를 좌우로 내젓고, 유이와 시선이 마주쳤다.

"아……, 안녕하세요." 어떻게든 먼저 말을 건넸다.

"어라, 손님인가!" 남자의 맑은 목소리가 울렸다. 도저히 이제까지 잠들어 있던 것으로는 여겨지지 않았다. 그는 만면의 미소를 지었다. "그렇게 딱딱하게 굴 것 없어, 우리도 손님이니까 입장은 같거든! 뭐, 잠들어 있던 건 너그러이 봐달라고? 여하튼 이 방은 무슨 낮잠을 자려고 만든 것처럼 따뜻하니까 말이야! 음, 야, 헴슬리! 너는 깨어 있었으니까 먼저 인사를 하라고. 아니면 벌써 했나?"

굉장한 기세로 떠들어 대는 남자를 상대로 유이가 허둥대는 사이, 헴슬리라고 불린 쪽의 남자는 미간을 찌푸리고 한마디,

"시끄러워."

"이런이런이런이런! 그럼 내가 이야기할게. 이 녀석은 헴슬리, 그리고 나는 로르페야. 잘 부탁해, 얼굴도 이름도 모르는 손님!" 로르페는 계속 이야기했다. "너도 그 할머니한테 불려왔어? 억지스러운 녀석이야. 대체 어디서 들었는지, 회의에 초대된 다음 날에는 여관 앞에 심부름꾼이 서 있었으니까. 겨울 동안에는 느긋하게 지낼 생각이었는데, 정말이지, 엄청난 재난이야!"

"아, 예……." 유이는 애매하게 맞장구쳤다. "그 회의에 참가,

하시나요?"

"아, 그럼 너도 참가자인가? 뭐, 그래. 딱히 내 쪽에서 부탁한 건 아니지만, 뭐, 보수를 준다니까 말이지. 가서 떠드는 것 정도라면 별일도 아니거든. 그렇지?"

그러면서 로르페는 옆에 있는 헴슬리를 팔꿈치로 쿡 찔렀지만 그는 찌릿 노려볼 뿐이었다.

계속 이야기하려는 로르페를 가로막고 유이는 입을 열었다.

"혹시 두 분이, 회의에 불렀다는 지팡이 장인인가요?"

"어, 그래." 로르페가 가볍게 끄덕였다.

"그렇다면—— 문지르의 제자 분?"

"하하하, 그 영감의 이름은 듣고 싶지 않네. 다음에 또 말하면 때릴 거니까 조심해!" 로르페는 미소 그대로 계속 이야기했다. "으음······."

"아, 미안해요. 제 이름은——."

"어, 됐어됐어! 솔직히 네 이름에는 흥미 없거든!"

"그, 그런가요."

"하지만 내 앞에서 영감의 이름을 꺼낸 배짱만큼은 대단해! 그걸 봐서 나도 질문해 주지. 너——"라며 두 눈을 가늘게 떴다. "다른 제자랑 만난 적이 있구나. 누구야?"

그 시선을 똑바로 맞닥뜨리고 유이는 말을 잃었다.

어떻게 고작 그것뿐인 ——그것도 일방적으로 계속 떠들기만 한—— 대화로, 그런 것까지 통찰했을까.

하지만 지금 이 언동으로, 이들 두 사람이 문지르의 제자임은 확신했다. 그들에게 특유의 분위기라고 할까, 공기 같은 것이 드리워 있었다.

"이전 일이지만, 익스와 만난 적이 있어요." 유이가 신중하게 대답하자,

"오, 익스 그 멍청이냐!" 로르페는 크게 외치고는 그 후, 우스워서 참을 수 없다고 그러듯이 배를 붙잡고 웃음을 터뜨렸다.

"들었냐, 헴슬리! 하하하하, 익스! 그 멍청이야!"

"닥쳐." 퉁명스럽게 헴슬리가 말했다.

"그 멍청이는 잘 지내나? 어, 아니지, 대답할 필요 없어. 그 녀석이 살아있든 죽었든 아무래도 상관없으니까!"

"메레이 씨는 어째서 당신들을 불렀나요?" 유이는 억지로 화제를 전환했다. 이 상대에게는 제대로 된 대화를 시도해도 헛수고임을 슬슬 깨달았다. "다음 회의에서 무슨 이야기를 하려는지, 묻지 않던가요?"

"무슨 소리야?" 로르페는 보란 듯이 어깨를 으쓱였다. "다음 회의라는 거기서 무슨 이야기를 할지 내가 어떻게 알겠어? 무슨 회의를 하는지도 모르는데. 나는 그저 질문을 받으면 대답할 뿐이야!"

"그거—— 그거예요."

메레이의 빠른 움직임에 유이는 전율을 느꼈다. 그녀라면 이미 다음 회의에서 다룰 의제도, 그 자리에서 지팡이 장인에게 던질 질문도 예상하고 있을 것이다. 그러니까 그들을 찾아서, 앞질러서 같은 질문을 한 것이었다. 사전에 그 대답을 알아두면

압도적으로 유리한 입장에서 회의를 진행할 수 있다.

"그녀는, 대체 무슨 실문을 했나요?"

그러자 로르페가 "재미있는 걸 묻는 녀석이네!"라고 외치며 일어섰다.

그는 이쪽으로 다가와서, 펼친 오른손을 이쪽으로 내밀었다.

"저기, 이건?" 유이는 고개를 갸웃거렸다.

"내 지식은 공짜로 넘겨 줄 만큼 싸구려가 아니야." 그는 태연한 미소로 말했다. "돈을 낸다면 가르쳐 주지. 그러네, 가격은 대충——."

입에 담은 것은 굳이 주머니를 확인할 필요도 없는, 도저히 지불할 수 없을 거금이었다.

유이가 고개를 가로젓자 "아쉽게 됐네"라며 로르페는 어깨를 으쓱였다.

"그럼 낮잠도 다 잤으니까 슬슬 돌아갈까!" 그는 이쪽에게서 빙글 등을 돌리고 헴슬리의 팔을 붙잡아서 일으켜 세웠다. "그럼 또 보자고, 어어……, 뭐, 이름은 아무래도 상관없나! 그렇지, 헴슬리!"

"나한테 말하지 마."

그대로 방을 나가려고 하는 것을 보고 순간적으로 유이는 두 사람을 불러 세웠다.

"자, 잠깐만 기다리세요." ·

"뭔데?" 로르페가 고개를 슬쩍 돌렸다. 훤칠한 인상의 옆얼굴이었다. "우리는 바쁜데?"

"다음 회의에서 무슨 이야기를 할지, 메레이 씨는 말씀하셨나요?"

"아니, 그런 건 아무래도 상관없어."

"지팡이 장인이라면 반드시 흥미가 있을 테죠. 왜냐면——." 유이는 천천히 말을 꺼냈다. "마법 지팡이에 대한 화제니까요."

로르페는 고개를 갸웃거리고 빤히 이쪽을 봤다. 무척 의아하다는 듯 미간을 찡그렸다.

하지만 잠시 후, 목 안쪽에서부터 울리는 것 같은 웃음소리가 들렸다. 로르페가 웃는 것이었다. 목소리는 서서히 커지고, 끝내는 건물 전체를 울리는 큰 소리로 웃기 시작했다.

"하하하하하! 무슨 소리를 하는가 싶었더니!"

그는 양팔을 펼치며 천장을 봤다.

"나는 말이지, 지팡이 따위에 흥미 없거든!"

"어……."

말을 잃은 유이 앞에서 로르페는 계속 웃었다.

"마법 지팡이가 어떻게 되든 상관없다고! 내가 흥미 있는 건 말이야, 지팡이가 만들어내는 막대한 이익! 그것뿐이야!"

"어, 예?" 이제까지 만난 적 있는 장인이 절대로 하지 않을 발언에 유이는 간담이 서늘했다. 도움을 청하듯이 옆으로 시선을 향했다. "헤, 헴슬리 씨는? 당신도 지팡이 장인이겠죠?"

"어쩌든 상관없어." 그는 선뜻 대답했다.

"하하하하, 이 녀석은 말이지, 나랑은 반대로 눈앞의 일에만 흥미가 있거든!" 그의 어깨에 손을 두르며 로르페가 말했다. "이 녀석은 지팡이에 사용하는 나무나 숲에 대한 생각만 한다고! 제 대로 맛이 갔지?"

"더워, 떨어져." 헴슬리가 차갑게 말했다.

"뭐, 어쨌든 그런 거야."

"하지만──."

어떻게든 붙잡아 두려는 유이를 보고, 이미 방 밖으로 나간 로 르페가 귀찮다는 듯 한숨을 내쉬었다.

"아직 할 이야기가 있어? 우리는 쌍둥이냐는 질문이라면 그건 아닌데?"

"어, 그런가요?"

그만 본래 모습으로 돌아온 그녀 앞에서 문이 닫혔다.

적막해진 방으로, "어머, 돌아가 버렸나요"라며 접시를 든 메 레이가 돌아왔다.

                                    4

나온 차와 과자에, 웬일인지 노바는 입을 대지 않았다. 그녀 에게 내놓은 음식이 아니고, 초대받은 입장에서 그런 행위는 실 례라고 배려한 것이리라. 둘 다 무척 맛있어서 가능하다면 먹게 해주고 싶었다.

"뒤숭숭한 편지가 온 모양이네요." 이쪽이 이야기를 꺼내기도 전에 메레이가 그렇게 말했다.

"메레이 씨는 어떻게 생각하나요?" 유이는 물었다.

"저로서는 전혀 검토할 수가 없어요. 누가 무엇을 목적으로 그랬는지……. 가령 고발이 사실이더라도, 그런 폭력적인 수단에 나선다면 아무도 이득을 볼 일은 없겠죠."

"때로 사람은 불합리한 행동에 나서는 법이에요. 레이레스트 사건은 아시나요?"

"예. 그건 저희와 같은 신파가 벌인 사건이었어요. 어리석은 짓이죠. 무엇이 바뀐다고 생각했는지……." 그녀는 문득 아련한 눈빛을 했다. "확실히 그래요, 이번에도 마찬가지. 저나, 그 회의를 없앤다고 해도 사라지는 건 지극히 일부 신파뿐. 대세에는 전혀 영향이 없죠. 하지만 그런 행위에 희망── 같은 것을 찾아내고 마는 것일지도 모르겠네요. 몰려버린 사람들은."

"위험은 느끼지 않나요?"

"물론 느껴요. 그저 이 나이가 되면 위험도 일상의 일부가 되는 법. 경고처럼 건물과 함께 날아가는 것보다 내일 눈을 밟고 미끄러져서 죽을 확률이 높으니까요."

"그건 그것대로, 독특한 사고방식이지 않나 싶은데요……."

"과도하게 걱정할 필요는 없다, 그런 이야기에요. 망령의 장난 정도로 생각해두는 편이 낫겠죠."

"망령──인가요." 유이는 중얼거렸다. "이전에도 말씀하셨죠. 이 마을의 옛날이야기라든지."

"어머, 그걸 들으러 왔나요?" 메레이는 놀라서 눈을 크게 뜨더니 쿡쿡 웃었다. "그렇군요……, 그러네, 이렇게 눈이 오는 날, 난로 앞에서 할머니가 할 이야기라면 누가 뭐래도 옛날이야기겠죠."

"유명한 이야기인가요?"

"미안해요, 저도 자세하게 아는 건 아니지만, 하지만 이곳에서는 유명해요"라며 메레이는 말했다. "──밤마다 사람들의 대화소리나 발소리, 그리고 으르렁거리는 것 같은 고함소리가 울린다. 큰 저택도 작은 집도 관계없이, 어디에 있어도 들린다. 하지만 사람의 모습은 어디에도 없다. 수풀 뒤에도 지붕 밑에도, 어디에도 없다── 그런 이야기. 그것이 어느샌가 망령의 소행이 된 거예요. 최근에는 그런 이야기도 들리지 않지만, 옛날에는 수많은 사람이 실제로 들었다고 해요."

"그건, 언제부터 퍼졌나요?"

"글쎄요, 거기까지는……. 뭐, 그 이야기에 나오는 풍습을 생각하면 레드노프가 있던 시대 정도일까요. 조금 신기한 이야기."

그렇다면 수백 년 전부터 전해지는 이야기다. 무척 오래된 전승인 듯했다.

그건 그렇고, 레드노프인가…….

지팡이와 관계된 이야기일까, 유이는 한순간 생각했다. 인공마법 지팡이가 발명되고서 전해지게 된 이야기, 그렇게 볼 수도 있었다.

다음은 메레이 쪽에서 화제를 던졌다.

"조금 전의 대화, 주방에까지 들렸어요. 무척 재미있는 분들이셨죠?"

"예?" 유이는 고개를 들었다. "예, 재미있다고 할까, 뭐라고 할까……."

"오해하지 말아요, 당신의 정체를 파고들려는 게 아니지만요." 찻잔을 테이블에 내려놓으며 메레이가 이쪽을 봤다.

"하지만 미나하 씨, 그걸 듣고서 당신의 정체가 더더욱 신경 쓰였어요. 지팡이 장인에 대한 취급이 다음 논점이라는 것——알아차리고 있었군요."

"논의의 흐름을 보면 당연한 결과가 아닐까요." 유이는 고개를 끄덕였다. "실제로 이전부터 장인을 요청했다고 그랬으니까요."

"대부분의 참가자는 다른 사소한 논점을 위한 일이라고 생각하겠죠. 하지만 재미있네요. 하필이면 에스토샤에서 지팡이 장인을 따지게 되다니……."

"무슨 뜻인가요?"

"아뇨, 대단한 이야기는 아니에요." 메레이는 어깨를 으쓱였다. "그래서 미나하 씨, 당신은 어떻게 생각하나요? 지팡이가 중요한 의제가 되는 것을."

"그것이 구별의 문제니까요." 유이는 바로 대답했다.

"그래요, 그렇죠." 메레이는 미소 지었다. "특히 제게는 중요한 문제예요. 성전에 적혀 있는 것은 '인간'과 마수의 차이뿐. 그럼 저희 같은 우코드라크와 늑대를 나누는 것은 무엇일까요? 그것을 정해야만 해요."

그것이 회의에서 현재 제기되고 있는 문제였다.

성전에는 인간에 대한 내용밖에 적혀 있지 않은 것은, 유이에게는 성전을 적은 것은 인간이기 때문, 그것으로 설명이 되지만 그들에게는 중대한 문제일 것이다.

구피에게도 일단 그에 대한 설명은 있었다.

"말레교를 이해할 수 있는 자가 사람, 그 밖의 존재가 마수, 그렇게 설명되어 있었을 테죠?" 유이는 고개를 갸웃거리며 상대를 봤다.

"너무나도 협소하고, 그리고 모순된 정의예요." 메레이는 고개를 가로저었다. "과거에 말레교를 믿기 시작한 사람은 마수에서 사람으로 바뀌었다는 건가요? 성전에 있는 그대로, 세계는 모두 신의 아이. 그릇된 성전 해석이라고 할 수밖에 없어요."

그녀는 양손을 문지르며 이쪽으로 시선을 향했다.

"그런 무리한 설명을 덧붙이지 않더라도, 지극히 시사적인 묘사가 성전에 있어요. 미나하 씨도 그것을 알아차렸을 테죠?"

"'다섯 발의 짐승'이군요."

그래요, 메레이는 고개를 끄덕였다.

"자세한 내용은 아시나요?"

"두발짐승은 신의 은총을 알고 세 번째 손을 만들었다. 사람을 질투한 네발짐승은 신의 팔을 훔쳐서 다섯 번째 다리로 삼았다. 짐승은 영원한 멸망으로 추방당했다──." 유이는 막힘없이 읊었다. "일반적으로는, 신을 속이는 것이 얼마나 깊은 죄인지 설파하는 단락일 텐데요."

"무척 공부를 했군요." 메레이는 기쁜 듯 손을 맞댔다. "그러니까 스스로 '세 번째 손'을 만들어 낼 수 있는지──그것이야말로 분수령이고, 우리와 마수를 구분하는 기준이 되는 거예요.

논리적으로 성전을 해독한다면 반드시 그 결론에 이르러요. 물론 세 번째 손이란 마법이고, 동시에 마법 지팡이를 가리킨다고 해석해야 해요. 그렇게 생각하면 역사에 멋지게 설명이 붙는다는 걸 깨달았겠죠? 고대 숲 현자는 왕국의 숲에 살았어요. 인공 마법 지팡이를 발명한 레드노프도 왕국의 백성이죠. 신앙에 따랐기에, 왕국은 세계에서 최초로 마법 지팡이 기술을 손에 넣을 수 있었던 거예요."

"하지만 그렇다면 문제가 하나 발생하네요." 유이는 손가락을 하나 세웠다. "그만큼 중요한 마법 지팡이── 그것을 만드는 장인을, 교회는 풀어둘 수 없어요. 그렇지 않나요?"

"풀어둔다, 라는 건 좋지 않은 표현이지만요." 메레이는 쓴웃음 지었다. "하지만, 예, 그래요. 신이 준 기술이 그렇게 간단히 다른 나라로 새어 나가는 건 곤란하니까요. 그래요, 이상적으로는 교회가 조합을 흡수하는 거예요. 그리고 그를 위해서 무엇이 필요한지, 미나하 씨는 이미 알고 있겠죠? 제가 좀 전의 두 분에게 확인한 건 그것뿐이에요."

그렇게 이야기하는 그녀의 웃음을 보고, 원하는 대답을 얻을 수 있었다고 유이는 직감했다.

그러니까 다음으로 입에 담은 것은 질문이 아니라 확인을 위한 말이었다.

"하자는 없었던 거군요."

"예, 지팡이 장인을 성직자로 삼는 것에, 장애물은 전혀 없어요. 성전과 모순 없이 정리할 수 있죠."

물론 그렇게 되리라고 처음부터 유이는 예측하고 있었다. 성전 해석에서 마법 지팡이를 성스러운 도구라는 위치에 올리는 이상, 그렇게 정리할 수밖에 없다. 적어도 메레이는 그런 방향으로 회의를 이끌 것이다.

다만 동시에 기묘하게 생각하는 부분도 있었다.

지팡이 장인을 성직자로 삼는다── 그 생각 자체는 이론을 파고든다면 나타나는 결론이다. 그렇기에 자신도 생각할 수 있던 것이다. 성전과 어떻게 정합성을 취할지는 모르지만, 일단 그 부분은 문제가 아니었다.

문제는 말레교 외부에 있었다. 마법 지팡이는 고급품이라 소재 구입부터 판매에 이르기까지 거대한 시장을 형성하고 있다. 주된 고객도 귀족이나 대상인 같은 유력자뿐이다. 군 지팡이를 고려하면 이야기는 국방의 범주까지 확대된다. 교회가 조합을 흡수한다고 그러지만 그렇게 간단한 이야기가 아니다. 상당히 긴 시간이 걸릴 것이다. 혹시 흡수할 수 있을지라도 그것이 나라나 사람들에게 미치는 영향은 막대하다.

하지만 메레이의 말을 듣기로는, 그런 일을 걱정하는 기색은 없었다. 마치 성전과의 일관성만이 중요하고, 그것 말고는 별다른 문제가 안 된다고 생각하는 것만 같았다.

조금 더 깊게 파고들고 싶었지만, 메레이는 그 이상 속셈을 밝히지 않았다. 뒷이야기는 회의장에서, 그러듯이 미소를 짓고는 싱거운 잡담으로 넘어가 버렸다.

점심 전에는 메레이의 저택을 나왔다. 점심식사를 권유했지만 정중히 거절했다.

"익스 씨를 위해서, 인가요?"

돌아가는 길, 뒤를 걷는 노바가 말을 걸었다.

"어, 뭐가 말이죠?" 돌아보고 유이는 물었다.

"유이 씨가 이 일에 적극적으로 나선 이유, 말이에요." 평소의 무표정으로 노바는 계속 말했다. "지팡이 장인의 조건에 성직자여야 한다는 내용이 추가되면, 익스 씨한테는 무척, 힘들어지겠죠. 그러니까, 그것을 저지하기 위해서, 움직이는 게?"

"으—응, 조금 지나친 생각이에요." 유이는 어깨를 으쓱였다. "이제까지 함께 하면서 알고 있잖아요? 저는 좀 더 단순한 인간이에요. 곤란해 하는 사람이 있으니까 돕겠다든지, 동기는 그 정도예요."

"그런, 가요." 납득을 했는지 못 했는지, 노바는 작게 끄덕였다.

정오의 종이 울렸다. 예배당 바로 근처까지 돌아왔기에 무척 크게 들렸다. 이것도 에스토샤에 온 뒤로 완전히 익숙해졌다. 충분하게 사이를 두고서 한 번씩, 높은 음색이 거리로 퍼져 나갔다. 공기마저도 떨듯이 흔들렸다.

세 번째 종이 울렸을 때였다. 몇 걸음 뒤를 걷던 노바가 갑자기 옆으로 나란히 섰다. 이쪽의 오른손을 붙잡고 앞으로 잡아당겼다.

"왜 그래요?" 유이는 말했다.

노바가 입을 움직이는 것이 보였지만 종소리가 시끄러워서 무슨 말을 하는지 알 수 없었다. 그녀는 체념한 듯 입을 닫고 모퉁이 너머로 유이를 끌어들였다.

종소리는 다섯 번째. 예배당에 가까워서 음량은 더욱 커졌다.

곧바로 모퉁이 하나를 더 돌아서 큰 길로 나왔다. 노바는 걸음을 멈추고 유이의 몸을 건물 벽으로 떠밀었다. 귓가로 입을 가져다댔지만 역시 들리지 않았다. 고개를 가로저었다.

아직 종이 울리고 있었다.

유이는 품속의 지팡이에 손을 댔다. 노바는 의미가 없는 행동을 할 인간이 아니다. 아마도 무언가 위험을 탐지한 것이다. 미행인가, 습격인가. 그녀의 당황한 모습을 보기에 후자의 가능성이 높았다. 반격에 나서지 않는 것은 적의 숫자가 불명이기 때문일까.

유이의 시선 앞, 조금 전에 지난 모퉁이 밑에서 지면을 뒤덮은 눈이 들썩였다.

광범위한 눈이 떠올라서는 안개가 되어 지면이 드러났다.

종소리 탓에 아무런 소리도 없이 그렇게 된 것처럼 보였다.

반사적으로 움직인 유이의 몸을 노바의 팔이 억눌렀다.

그런가, 적은 자신들의 모습을 놓친 것이라 깨달았다.

하지만 이만큼 당당하게 마법을 사용했다. 숨어서 지나갈 수 있는 상대가 아닐 것이다. 반격하지 않는 이상, 남은 선택지는 도주뿐이었다.

마침 지금 가는 곳, 회의장 건물로 갈 수 있다면 방비의 측면에서는 최선이지만, 그러나 미행을 당해서 거처만 알려지는 것이 무섭다. 노바가 망설이는 것은 그 부분이리라.

또다시 눈이 떠올랐다. 이번에는 바로 눈앞의 지면이 드러났다. 눈 덩어리가 두 사람의 얼굴에도 부딪쳤다. 적은 더욱 다가온 듯했다.

노바가 품으로 손을 넣었다. 지팡이를 뽑았다.

다음 종소리가 울리는 것에 맞추어, 그녀는 길 한가운데로 뛰어들고자 했다.

순간적인 판단이었다. 그녀의 등으로 유이는 뛰어들었다. 뒤쪽에서 손을 둘러 노바의 양쪽 눈을 가리더니 자신도 눈을 꽉 감고 마법 지팡이를 하늘로 향했다.

눈꺼풀 너머로 눈부시게 하얀 섬광.

바로 지팡이를 내리고 노바의 눈에서 손도 뗐다.

노바는 한순간 무언가 말하려는 안색을 드러냈지만, 금세 이쪽의 손을 붙잡고 조금 전의 눈안개로 뛰어들었다.

자신의 생각이 제대로 적중했는지, 유이로서는 알 수 없었다. 하지만 그늘에서 노바가 나타났을 때, 적은 그쪽을 주시했을 것이다. 그 순간 강렬한 섬광이 눈을 태운다면 한동안 시야는 돌아오지 않을 터.

적이 눈을 떠오르게 만든 것은, 어쩌면 자신의 접근을 감추려는 것이었을지도 모르지만, 그것이 지금은 이쪽에게 유리하게 작용했다. 또다시 눈이 내리면 발자국도 사라질 것이다.

몇 번인가 미끄러져서 넘어질 뻔하면서도 원래 건물로 돌아갔다. 숨을 헐떡이며 뛰어든 두 사람을 보고 마침 지나가던 고용인이 미간을 찌푸렸다.

5]

습격을 당한 사실은 세오에게만 전했다.

현장을 조사해보겠습니다, 그는 그렇게 말했지만 역시나 무리였나 보다. 며칠 뒤, "헛수고였습니다"라며 어깨를 떨어뜨리고서 나타났다. 단서 하나 찾지 못했다고 한다. 회의의 다른 참가자에게도 알려서 주의를 환기하겠다고 이야기했다. 범인도 목적도 여전히 불명이었다.

모두가 떠올린 것은 그 밀고장을 보낸 인물── 혹은 그 인물이 소속된 세력에게 습격을 당했다는 추측이지만, 그것은 있을 수 없었다.

몇 번이나 생각했지만 의문만 깊어질 뿐이었다. 유이를 배제한다고 해서 대체 누가 이익을 볼 것인가. 그 회의에서 자신은 가장 아무래도 상관없는 인물일 터. 애당초 백주대낮에 당당하게 습격하다니, 진심으로 죽일 생각이 있었다고는 여겨지지 않았다.

메레이 말고도 초대는 받았지만 이 일 탓에 더는 응할 수가 없었다. 결국 이제까지 그대로 매일 방에서 지루하게 보내는 유이였다.

하지만 그때, 회의 참가자 중 하나인 가스타바스가 바로 근처에 와 있다는 정보가 들어왔다. 방으로 찾아온 세오가 말한 것이었다.

"바로 근처라면?" 유이는 물었다.

"에스토샤 예배당입니다." 세오가 대답했다. "어떻게 하시겠습니까? 만나시겠습니까?"

"세오 씨는 어떻게 생각하시나요?"

"제 의견이 당신의 판단에 영향을 주는 겁니까?" 그는 의외라는 듯 미간을 추어올렸다. "저는 억지로 권유하지도, 말리지도 않겠습니다. 이곳으로 부른 뒤로 계속 같은 태도였다고 생각합니다."

"노바 씨는? 위험을 어떻게 평가하시나요?"

"예배당이 있는 곳은 길을 사이에 둔 반대편, 이고, 지금은 많은 사람이 모여 있어요. 일단 습격의 위험은 없다고, 생각해요." 노바는 담담하게 대답했다.

"뭣하면 저도 동행할까요?" 세오가 말했다.

그의 동행은 거절하고, 유이와 노바가 둘이서 방문하기로 했다.

겨울의 이른 석양이 찾아오려 하고 있었다. 태양의 위치는 낮고, 하늘의 색깔이 시시각각 변하는 중이었다. 평소와 다르게 길 반대편에서 떠들썩한 분위기가 전해졌다. 많은 사람들이 무언가 작업을 하는 모양이었다. 그곳에 예배당이 있다.

부지로 들어서자 법의를 입은 사람들이 모여 있었다. 토지 한편에 자재 같은 것이 쌓여 있어서 그것을 나르고 있었다. 몇 명은 그것들을 조합했다. 공사, 혹은 무언가 설치하는 듯했다.

마침 근처에 있던 인간이 이쪽을 알아차리고 다가왔다. 뺨에 주근깨가 있는 젊은이였다. "가스타바스를 만나러 왔다"라고 전하자 예배당으로 달려갔다.

이윽고 역시나 법의를 입은 인물이 건물에서 나타났다. 장년 남자였다. 머리는 조금 듬성듬성하고, 그 아래의 얼굴에는 온화한 미소를 짓고 있었다.

"누군가 했더니 미나하 양인가?" 그는 양팔을 펼치며 이쪽으로 걸어왔다. 회의에서 들은 가스타바스의 목소리와 같았다. "이것 참, 이런 곳에서 만날 수 있을 줄은 몰랐어."

"근처를 지나갈 일이 있었으니까 인사를 드릴까 싶어서." 유이는 머리를 숙였다.

"밖은 춥겠지. 안으로── 그리 말하고 싶은 참이지만, 사실은 예배당 안에서도 한창 작업 중이거든. 미안하지만……."

"아뇨, 여기면 충분해요. 오래 실례를 할 생각은 없으니까요."

세 사람은 부지 구석으로 이동했다. 노바는 조금 떨어진 장소에서 서서 주위를 둘러봤다.

"자……, 어쨌든, 이렇게 대화를 나눌 기회를 가질 수 있어서 기쁘게 생각해." 양손을 비비며 가스타바스가 말했다.

"저도 그래요."

"어─, 나 말고도 만났을까? 그러니까, 회의가 아닌 곳에서, 그런 의미인데."

"메레이 씨와 대화를 나누었어요."

"메레이…… 그런가." 그는 한순간 떨떠름한 표정을 지었다. "아니, 뭐, 그렇군. 참가자 중에는 가장 중진이야. 먼저 이야기할 건 그녀겠지."

가스타바스는 회의에서 메레이에게 정면으로 반대하는 유일한 인물, 유이는 그렇게 인식했다. 두 사람의 나이에는 차이가 있을 테지만 항상 겁먹지 않고 발언하는 모습이 인상에 남아 있었다.

세오가 문제를 제기하면 메레이와 가스타바스가 의견을 다투고 다른 참가자들이 어느 쪽을 지지하는지 표명한다, 그것이 회의의 일반적인 흐름이었다. 때때로 메레이가 가스타바스의 모순을 찌르고 우위에 서기는 하지만, 두 사람이 회의의 핵심을 맡고 있는 것은 분명했다.

그렇기에 메레이와 함께 반드시 이야기를 들어두고 싶은 상대였다.

"지금은 다들 뭘 하시는 건가요?" 작업 중인 사람들을 보며 유이는 물었다.

"응? 아, 제례 준비야."

"이 시기의 제례라면, 성배인가요."

"그렇지. 일단 예정으로는, 다음 회의와 같은 날에 개최돼. 그때에는 모쪼록 미나하 양도 출석해 줬으면 해."

"으음……, 검토해 둘게요."

"그렇게 사양할 것 없어. 다른 많은 축제와 다르게 술이나 요리가 나오는 건 아니고, 제구(祭具)나 세세한 의례도 필요 없는, 작은 제례야. 그저 밖에 나와서 조용히 하늘을 보면 그만이지. 그러니까 사실은 이런 준비도 필요 없어. 예배당에 많이 모이는 관계상, 이래저래 잡무가 있을 뿐이라서."

"가스타바스 씨는 이 마을 분이신가요?"

"지금은 그래. 이곳의 사제와는 악연이 있거든. 가끔씩 불러서는 이런 일을 떠넘기고는 하지."

"하지만 에스토샤의 사제는 구파가 아닌가요? 애당초 신파는 그런 제례 행사를 싫어하니까, 도우러 오시는 것도 수도사 분들이겠죠."

수도원은 구파의 시설이자 신파에게는 배제의 대상이었다. 수도원에서 영위하는 생활은 일반 시민의 일상에서도 실천할 수 있는 것이다, 그것이 신파의 기본적인 사고방식이니까.

그러자 가스타바스는 훗 웃었다.

"마치 메레이나 세오가 할 것 같은 말이네. 그렇군, 미나하 양도 그쪽에 가까운 인간이라는 건가."

"그쪽이라뇨?" 유이는 고개를 갸웃거렸다.

"학자적, 이라는 의미야. 나처럼 사제적인 인간은, 그런 식으로는 생각할 수가 없지."

문득 주위를 봤더니 작업 중인 수도사들이 이쪽으로 시선을 향하고 있었다. 갑자기 나타나서 가스타바스와 열심히 대화를 시작한 의문의 인물이 신경 쓰이는 모양이었다. 얼굴도 모습도 가리고 있으니까 당연하다고 할 수 있었다. 설마 이렇게나 어린, 게다가 동방의 백성이라고는 생각하지 않을 것이다.

그들을 향해 손을 벌리고서 가스타바스는 미소 지었다.

"나는 계속 마을 교회의 사제를 맡았어. 지식만큼은 있으니까. 한 곳에 머무르지 않고 이곳저곳 부르는 곳으로 갔지. 많은 사제와, 그들의 말을 듣는 시민과 만났어. 그리하여 깨달은 것이, 이론과 실천은 양립하지 않는다는 사실이지. 그러니까 학자는 이론을 주장하지만 사제는 실천에 따라." 그것이 사제적이라는 의미야, 그는 말했다. "물론 이론은 중요해. 교의한테도 신학한테도. 하지만 이론으로 납득할 수 있는 건 일부의 인간뿐——우리 같은 성직자나 신학자뿐이야. 이건 딱히 일반 시민이 어리석다는 말은 아니야. 이해는 하더라도 납득하려면 막대한 전제 지식이 필요해. 그들에게는 그것을 배울 시간이 없거든. 의미는 알겠지?"

"어찌어찌, 그렇지만요……." 유이는 애매하게 수긍했다.

"예를 들어볼까. 우리는 자주 이런 질문을 받아. 어째서 신은 세상의 불행이나 부조리를 바로잡으시지 않는가? 정직한 사람이나 착한 사람이 괴롭힘을 당하고 악한 사람이 만연하는 것은 어째서인가? 자, 미나하 양은 이 질문에 어떻게 대답하겠어?"

"'인간으로서는 이해할 수 없다'." 유이는 즉답했다.

"그게 이론이야." 가스타바스는 하얀 숨결을 내쉬었다. "전지하신 신의 생각은, 전지하지 않은 인간으로서는 이해할 수 없다. 신께 '어째서'라고 묻는 것 자체가 신을 이해하지 못한 증거라고 할 수 있다. 그래, 이 답변으로 메레이나 세오는 납득하겠지, 순수 신학적으로는 옳으니까."

"그렇군요……, 확실히 지금의 답변은 통용되지 않겠죠."

"당연한 일이야. 시민이 원하는 것은 설명이지 이론이 아니야. 신을 이해할 수 없다면 교의에 따를 필요도 없다, 그렇게 생각하는 게 그들이지. 하지만 그래서는 곤란하거든, 그들을 가르치고 이끄는 지위인 사제로서는. 그러니까 이것저것 설명을 붙여. '가난을 기뻐하라. 부유할수록 타락에 가깝고, 오히려 시련이 주어지는 법이다'—— 같은 식이지. 이론을 따지자면 틀렸어. 하지만 이것이 실천을 위한 대답이야."

그렇군요, 그렇게 유이는 간신히 회의에 임하는 가스타바스의 자세를 이해할 수 있었다.

세오나 메레이가 목표로 하는 것은 순수 신학적인 논의다. 중시하는 것은 성전뿐이라서 어떤 의미로는 시야가 좁다. 그렇기에 확실한 주장을 하고 지지도 쉽게 받는다.

하지만 가스타바스는 조금 더 광범위한 시점으로 논의에 임하고 있다. 필연적으로 의견은 애매해지고 모순도 생긴다. 실천에 입각한 주장일지라도 그런 논쟁의 자리에서는 불리해질 것이다.

"큰 소리로 말할 수는 없겠지만——"하며 가스타바스는 목소리를 낮추었다. "현재 신파의 방침에, 나는 그다지 적극적이지 않아. 물론 명확한 교의를 수립하는 건 찬성이야. 하지만 단번에 개혁을 진행하면 반드시 불화나 왜곡이 발생하겠지. 주권을 쥔 신파가, 내일부터 수도원을 폐지하겠다고 전달하는 건 간단해. 하지만 그렇다면 현실의 수도사들은 어떻게 하지? 책상 위에서 개혁을 펼치더라도 현실은 그리 간단히 움직이는 게 아니야. 나는 그걸 잘 알고 있지."

그렇게 이야기한 뒤, 그는 입가에 손을 댔다. 쓴웃음을 짓고 있었다.

"이것 참, 이래서는 내가 밀고장을 보낸 범인 같군."

"가스타바스 씨는 예의 그 일에 대해서 어떻게 생각하시나요?"

"그러네……."

부지에서는 울타리 같은 것을 조립하고 있었다. 남자가 네다 섯 명이나 모이더니 "하나, 둘" 하고 목소리를 맞추어 지면에 세 웠다.

아마도 화톳불일 것이다. 유이는 그렇게 생각했다. 성배는 밤에 진행된다. 캄캄한 상황에서 많은 사람이 모이는 것은 위험하다.

제대로 되었는지 남자들은 미소로 마주봤다. 몇 명은 하늘을 올려다보고 있었다. 그에 이끌려 하늘을 봤지만 어느샌가 회색 구름이 하늘을 뒤덮어서 태양조차 볼 수 없었다.

"진심으로 한 계획이든 장난이든, 의미 없는 행동이라고 생각 해. 이론상으로는 말이야." 가스타바스는 진지한 말투로 말했 다. "하지만 여긴 현실이야. 현실에서는, 의미는 개인 안에만 존 재해. 가볍게 여겨서는 안 되겠지. 회의의 비밀성을 생각하면 내부범일 가능성도 충분히 있어. 너는 그걸 의심하는 거겠지?"

"어, 아뇨, 저는 그게……"라며 유이는 말끝을 흐렸다.

"아니, 괜찮아. 그런 사정이 있었기에, 자신의 생각에 대해서 이야기할 생각이 들었어. 틀림없이 메레이도 마찬가지겠지."

그 후로도 가볍게 잡담을 나누었다.

자세하게 물어보지는 않았지만, 가스타바스는 다음 회의에서 메레이에게 반대하겠지, 유이는 그렇게 확신했다. 지팡이 장인 을 성직자로 삼는 것은, 성전과의 모순은 없더라도 현실적인 과

제가 너무도 많다. 그것을 깨닫지 못할 인물이 아니다.

가스타바스는 부지 밖까지 배웅을 나와 주었다. 헤어질 때, 어쩐지 생각이 나서 유이는 물었다.

"가스타바스 씨, 당신은 에스토샤의 망령에 대해서 아시나요?"

"응? 아, 메레이한테 들었나."

그도 망령의 옛날이야기를 해주었다. 메레이의 이야기와 큰 줄기는 같았지만 조금 더 자세한 내용이었다. 어떻게 자세하냐고 묻는다면, 망령의 소리를 들은 사람들의 증언이 정리된 서적이 있다고 한다.

"그건 굉장하네요……, 어디서 얻을 수 있을까요?" 순수한 호기심에서 유이는 물었다.

"지금은 세오가 가지고 있지." 가스타바스는 끄덕였다. "이야기로서 재미있지는 않지만, 겨울철의 지루함을 덜기에는 괜찮을 거야."

"하지만 조금 신기하네요. 마을 전체에 그렇게나 망령 이야기가 성행하다니……." 유이는 뺨에 손을 댔다. "설마 진심으로 믿는 사람도 없을 텐데."

"아, 그건……" 하며 어째선지 가스타바스는 미묘한 표정을 지었다.

"왜 그러시나요?"

"아니, 이 마을의 망령 이야기는 아무런 근거도 없이 전해지는 게 아니거든. 그저 말레교도로서는 복잡한 문제라서. 아무래도 입 밖으로 꺼내는 것을 꺼리는 사이, 뭐였는지 잊어 버린 사람도 많지만…….”

그는 고개를 좌우로 돌려 자신들밖에 없다는 것을 확인했다. 그리고 속삭였다.

“용이야.”

“예?”

“어느 날 에스토샤 근처에 용이 나타나서, 그의 마법으로 만들어낸 생명—— 그것이 망령이다. 그런 이야기가 있었지. 옛날에는.”

“옛날이라면 어느 정도…….”

“아니, 그저 옛날이야기야.”

조금 더 자세히 물어보고 싶었지만 “그럼 회의에서”라는 말로 대화를 중단해버렸다.

“빨리 돌아가도록 해. 구름이 지나가는 걸 보면, 아마도 눈보라가 칠 거야.”

하늘을 가리키는 가스타바스와 움직임이 빠른 구름을 보고 어째선지 갑자기, 성배 날 밤은 반드시 맑다는 우화를 유이는 떠올렸다.

6

어젯밤부터 구름이 수상쩍었지만 익스와 슈노는 개의치 않고 수도원으로 걸음을 옮겼다. 빨리 일을 진행하고 싶었으니까.

하지만 오후부터 눈이 강해지더니 순식간에 맹렬한 눈보라가 되어버렸다. 한 번 밖을 봤을 때에는 아직 괜찮다고 생각했는데 다음으로 봤을 때의 풍경은 이미 새하였다.

바닥에 쌓인 톱밥을 쓸어 모으며 익스는 창문을 바라봤다.

안도 밖도 하얗구나, 생각했다.

이곳의 생활은 새하였다.

큰 사건은 전혀 벌어지지 않는다. 그저 매일 같은 시간에 일어나서, 같은 일을 하고, 같은 요리를 먹는다. 그곳에는 아무런 색깔도 없다. 하얀색을 거듭 덧칠하는 그림 같았다.

실제로 지팡이 제작을 시작한 지 이미 삼 주가 지나려는 참이었다. 세어볼 때까지 익스는 그것을 깨닫지 못했다. 하루하루가 무척 빨랐다.

일은 그저 순조롭게 진행되는 정도가 아니라 평소의 몇 배 속도로 공정을 소화하고 있었다. 환경 덕분일지도 모른다. 나무를 깎는 감각은 오랜만이었지만 역시나 마음이 편안했다.

이미 익스도 슈노도 이 작은 세계의 일부가 되었다. 매일 같은 시간에 찾아와서, 같은 방에서 같은 작업을 계속한다. 문제의 발생조차 그 해결과 합쳐져서 일상으로 들어왔다.

"마치 우리 같네요"라며 비터가 말한 적도 있었다.

"그건 무슨 의미로?" 그때는 슈노가 그렇게 되물었다.

"수도사 같구나, 했거든요. 익스 씨도 슈노 씨도, 정말로 열심히 일에 몰두하신다는 걸 알겠어요. 그저 수도원에 살고 있는지 아닌지의 차이겠죠."

"그런가?" 슈노는 고개를 갸웃거렸다. "나는 말레교 공부 같은 건 한 적 없는데."

"그게…… 농담이 아니라, 저는 반쯤 진심인데요." 비터는 목소리를 낮추었다. "익스 씨, 슈노 씨도 혹시 원한다면 어딘가 수도원을 소개해 드릴까요?"

"갑자기 무슨 소리야." 익스는 놀랐다.

"수도원의 생활이라는 건, 맞지 않는 사람에게는 정말로 맞지 않거든요. 들어오고 며칠 뒤, 혹은 들어온 날 바로 나가는 사람을 저는 몇 번이나 봤어요. 하지만 맞는 사람에게는 정말로 멋진 거처가 되죠. 그렇게 익숙해진 사람은, 무언가 사정이 있어서 한번 나가더라도 반드시 다시 돌아와요. 두 분도 그런 성격으로 보여서……, 주제넘은 소리를 해서 죄송합니다."

대화는 그것으로 끝났지만 그 후, 익스는 몇 번인가 그의 말을 떠올렸다. 이전에 유이라는 손님에게서 비슷한 소리를 들었구나, 생각하면서.

장인과 경건한 신도의 자세는 닮았다―― 그런 내용이었다.

그럴지도 모르겠다, 이제 와서 익스는 생각했다. 그들과 자신의 생활은 무척 닮았다. 아니, 그들의 생활이야말로 자신의 이상이다, 그렇게 말해야 할까.

하지만 결정적인 차이도 있었다. 그들이 일하는 것은 "신께서 기뻐하시기에"이고, 그것이 전부라고 한다.

그럼, 자신은?

자신은 무엇을 위해 지팡이를 만드는 것일까.

그것이 그날부터 계속 맴도는 물음이었다.

그날, 그 밤.

"하늘을 날기 위한 지팡이"를 만들고 싶다고 슈노는 말했다.

지금은 그를 위한 이론을 생각하는 중이고, 언젠가 틀림없이 지팡이를 만들어 내겠다── 참으로 즐거운 표정으로 그렇게 이야기했던 것이다. 이전에 익스가 생각하고 그 자리에서 포기한 지팡이 구상을.

천재다, 라는 감상조차 들지 않았다.

대등한 입장이라니, 이 무슨 자만.

슈노는, 자신과는 다른 차원에 있는 장인이었다.

반대로, 자신은 대체 무엇을 하면 되는 것일까.

스승 문지르는 과거에, 익스에게는 지팡이를 만드는 재능이 있다며 이야기했다고 한다. 마력을 잃었기에 마법 지팡이 밖으로 나갈 수 있다고. 하지만 마력 대신에 얻은 능력 따위는 없다는 것을, 그는 알고 있었다.

궁극의 지팡이도 하늘을 나는 지팡이도, 만들 수 있을 리가 없다.

그리하여 그저 살기 위해서 지팡이를 계속 만드는 것인가.

평생, 아무런 목적도 없이?

그 앞에 있는 것은──.

하얀 풍경.

그렇게 될 바에는 수도원에 들어가서 익숙하지 않은 성전을 읽고 신을 위해 지팡이를 만드는 편이, 그나마 의미가 있을지도 모른다. 그런 생각도 스치는 익스였다.

밖을 바라보며 멍하니 있는 사이, 작업실로 비터가 들어왔다.

"방이 준비됐어요."

"음, 고마워." 익스와 마찬가지로 지팡이를 든 슈노가 돌아봤다. "미안하네, 조금이라도 눈보라가 약해지면 돌아갈 생각이었는데."

"아뇨, 그렇게까지 하실 필요는……."

여자 출입 금지의 문제가 있다고는 해도, 이런 날씨다. 오늘 밤은 수도원에서 묵고 가도 된다는 이야기를 낮에 전달받은 것이었다.

"그렇지, 두 분 다 들어주세요"라며 갑자기 비터가 표정을 바꾸었다. 젊은이다운 천진난만한 미소였다. "저, 어제 에스토샤 예배당에 다녀왔어요."

"호오오, 그건 잘 됐네." 슈노도 미소 지었다. "계속 가고 싶다고 그랬잖아. 용건이 있었어?"

"예, 성배 준비를 하고 왔어요. 사실 저는 관계가 없었는데, 원장님께 애써 부탁을 해서…… 이것 참, 굉장하더라고요." 그는 진지하게 눈을 감았다. "익스 씨는 보셨던가요."

"밖에서 종루를 본 정도야." 익스는 대답했다.

"외부도 굉장하지만, 내부는 정말로 굉장했단 말이죠. 에스토샤에 왔다면 반드시 봐야 한다고 생각해요."

그렇다, 이곳의 생활에 변화는 없다고 그랬지만 실제로는 딱 하나 변한 것이 있었다. 그것이 비터와의 관계였다.

처음에는 단순히 필요 사항이나, 마법 지팡이에 대한 질문을 받으면 가르쳐 주는 것뿐이었지만, 어느샌가 이렇게 잡담을 나누는 사이가 되었다. 이제는 일이 끝나면 대화를 나누는 것이 일상이었다. 수도원에 그 또래 젊은이는 적다보니 그런 의미에서 친근해졌을지도 모르겠다.

"이것 참, 저는 외부 담당이었지만, 우연히 들어갈 기회가 있어서요. 평생을 안 봐도 될 만큼 제대로 눈에 새겼어요." 어지간히도 기뻤는지 그는 계속 이야기했다. "하지만 역시 지하실은 못 찾았어요. 전설은 그저 전설인 걸까요."

"전설? 예배당에도 뭔가 이야기가 있나." 익스는 고개를 갸웃거렸다.

"어라, 모르시나요?" 비터는 의외라는 듯 미간에 힘을 줬다. "어……, 그러고 보니 그랬지. 외부 사람한테는 이야기를 안 하는 게 낫다고 그랬거든요, 이거. 일단 마법 지팡이와 관련된 이야기인데."

"조금 흥미가 있는데, 그거." 이야기를 듣던 슈노가, 들고 있던 지팡이를 세워놓더니 책상에 앉았다. "이야기해 봐, 비터. 저기에 지하실이 있는 거야?"

"으음, 뭐, 두 분이라면 괜찮을까. 아뇨, 그렇게 대단한 이야기도 아닌데요." 쓴웃음 짓고 비터는 입을 열었다. "저도 선배 수도사한테 들었는데……, 에스토샤 예배당이 세워질 때, 당시의 영주가 어느 지팡이 장인을 불렀다고 해요. 그리고 이렇게 부탁했죠. '이 수도원의 가호를 반석으로 하기 위해, 궁극의 지팡이를 만들었으면 한다'라고. 그 무렵에는 이웃나라와의 관계도 나빠서 언제 전화에 말려들지 알 수 없었다나 봐요."

"어?" 슈노가 중얼거렸다. "그거——."

"아니, 일단 계속 듣자." 익스는 뒷이야기를 재촉했다.

"그 장인은 한 번 거절했지만, 저지르지도 않은 죄를 뒤집어
쓰고는 투옥되고 말았어요. 그리고 수도원 지하실에 ——그래
봐야 당시에는 아직 짓는 중이었다지만—— 갇혀서, 억지로 지
팡이를 만들게 되었죠."

"우와, 기분 나쁜 이야기네." 슈노가 얼굴을 찌푸렸다. "그래
서, 그 장인은 지팡이를 만들어 냈어? 아니면 처형을 당하고 말
았다든지?"

"그게 재미있는 부분이에요." 비터는 주먹을 쥐었다. "지하실
입구를 다시 한번 열었을 때, 안에는, 마법 지팡이 한 자루**만**이
남아 있었다고 해요."

"지팡이만 남았다니……, 그럼 장인은?" 슈노가 고개를 갸웃
거렸다.

"물론 신께서 기적을 일으키신 거예요. 시련에 지지 않고 훌
륭하게 지팡이를 완성시킨 장인을 몰래 풀어주신 거죠." 그는
뺨에 홍조를 띠며 계속 말했다. "신의 힘을 본 영주는 부들부들
떨며 지하실 입구를 막아 버렸어요. 그럼에도 공포는 사라지지
않아서, 젊은 나이에 죽었다고 해요."

대략 이런 느낌의 이야기에요, 비터는 그렇게 마무리했다.

두 사람은 몇 초 조용히 있었다. 누가 먼저 입을 열지, 침묵의
견제가 있었다.

"저기, 비터." 그렇게 말한 것은 슈노였다. "지금 그거 말이지, 그— 레드노프의 이야기 아냐?"

"레드노프……?" 비터는 의아한 듯 고개를 갸웃거렸다. "저기, 죄송해요, 저는 뭐라 말할 수가 없지만, 그 사람은 유명한 장인인가요?"

"유명하다고 할까……."

익스와 슈노는 얼굴을 마주봤다.

뭐, 지팡이 장인에게는 말할 필요도 없는 존재이지만, 관계없는 사람에게는 그 정도 존재일지도 모른다. 익스도 말레교의 성인 이름 따위는 모르니까.

하지만…….

레드노프의 이야기와 지금의 이야기는 너무나도 공통점이 많았다. '궁극의 지팡이'라는 단어부터 마지막에 행방불명이 되는 부분까지, 멋들어지게 일치했다.

"뭐, 하지만 결국 그 지하실도 발견하지 못했으니까 전설은 그저 전설이라는 거겠죠." 비터는 머리에 손을 대고는 이야기를 끝냈다.

"어째서 지금 그 이야기가 비밀이 된 거지?" 그리고 익스는 물었다. "신의 기적이라면 적극적으로 이야기해도 될 것 같은데."

"으—음, 그 예배당은 이 마을의 상징적인 장소니까요. 그런 희생 위에 세워졌다면 평판에 썩 좋지 않잖아요. 그러니까 두 분도, 그 이야기는 누설하지 않으시길 부탁드려요."

그때 복도 쪽에서 비터의 이름을 불렀다. "아, 예"라고 대답한 뒤, 그는 이쪽에게 인사했다.

"아, 그렇지. 사실은 아까 이야기 말인데, 다른 결말이 또 하나 있어요"라며 문고리에 손을 댄 비터가 위를 보고 말했다.

"그건 어떤 내용이야?" 슈노가 말했다.

"그 장인은 결국에 구원받지 못하고 지하실에서 죽어 버렸어요. 하지만 그 후, 원한을 풀고자 망령이 되어 되살아나요. 영주는 망령이 나오지 않도록 지하실을 막았다나."

"그렇구나, 그쪽 이야기도 비밀이야?"

"비밀이라고 할까…… 아마도 과거의 수도사 중 누군가가 만들어 낸 이야기에요, 이거. 원래 신입한테는 겁을 주거든요. 왜, 요전에 식당에서도."

"아……."

전설이라기보다는 국소적으로 공유되는 이야기일 것이다. 소동이 벌어진 것도 공포보다는 재미있다는 기분이 강했을지도 모른다. 수도사에게도 의외로 세속적인 구석이 있는 듯했다.

그럼, 그 말을 남기고 비터는 방을 나갔다.

방 청소와 정리를 마치자 난로 앞에 있던 코쿠가 일어섰다. "재미있는 이야기를 하더군요"라는 한마디만 남기고 방을 나갔다. 존재를 깜박 잊고 있었기에 둘 다 놀랐다.

식당의 망령 소동이 벌어진 그날부터 리스의 모습은 보이지 않았다. 마을에 용건이 있나, 단순히 수도원이 지루했던 것일까. 코쿠도 슈노도 신경 쓰는 기색이 없으니까 굳이 물어보는 것도 이상한 것 같아서 여전히 이유는 알지 못했다.

"우리도 방으로 갈까." 크게 기지개를 켜며 슈노가 말했다. "아무리 그래도 오늘은 대화를 못 나누겠네. 침실은 좁으니까, 아마도 대화를 나눴다가는 혼나겠지?"

"뭐, 그런 느낌은 드네."

"그 대신 느긋하게 잘 수 있겠어. 그 여관이랑 다르게 취객도 없을 테고⋯⋯, 어떻게 하지? 엄청 코골이가 시끄러운 녀석이 있다면." 슈노는 이를 드러내며 웃었다.

익스는 조용히 어깨를 으쓱였다. 이런 시시한 대화도 이제는 익숙해졌다. 조용히 잘 수 있겠다, 그 말에는 동의했지만.

하지만 그날 밤, 사건이 벌어진 것이었다.

시각은 심야였다. 익스는 자고 있었다. 추위가 심해서 온몸에 모포를 둘러 애벌레처럼 만들 필요가 있었다. 그래도 추웠지만 잠시 있으니 체온으로 따뜻해지고, 눈보라 소리에도 익숙해졌다. 눈을 감자 금세 의식이 흐릿해졌다.

갑자기 누군가가 몸을 흔들어서 그는 어렴풋이 눈을 떴다.

"이, 이, 익스⋯⋯ 일어나 봐⋯⋯." 그런 목소리가 들렸다.

코끝에 뜨거운 무언가가 닿는 것을 느끼고 익스는 무심결에 몸을 젖혔다. 순간적으로 입구로 시선을 향하여 문이 열려 있는 것을 확인했다. 그러고 보니 그랬다, 라며 떠올렸다. 여관과 다르게 수도원 개인실에는 자물쇠 따위 달려 있지 않았다.

"알았어, 일어날 테니까, 일단 손을 놔줘." 익스는 황급히 말했다. 코에 손을 댔더니 물방울이 묻어 있었다.

"어, 어어, 미안해." 슈노가 곧바로 떨어졌다.

나란히 침대에 앉아서 모포를 어깨에 걸쳤다. 불빛은 촛대의 양초뿐이지만 주위가 어두운 만큼, 눈이 익숙해지자 잘 보였다.

일단은 진정했는지 슈노는 이미 울음을 그쳤다.

"아니, 딱히 운 건 아니었는데?" 슈노는 팔짱을 꼈다. "싫어라, 익스. 아무리 자다 깼어도 그렇지. 내가 울 리가 없잖아?"

"그럼 무슨 일이 있었던 거야."

"어—, 그건 그게, 뭐라고 할까……." 크게 헛기침을 하고 슈노는 계속 말했다. "마, 마, 망령을 봤거든. 너한테도 가르쳐 줄까 싶었어."

"…………."

"뭐, 뭐야? 그 표정은?"

"……무서운 꿈을 꿨구나."

"꾸, 꿈이 아니야, 절대로! 정말로 사람이 있었다고!"

"그렇다면 망령이 아니라 사람이겠지."

"어? 어어, 그래……, 아니아니. 됐으니까, 일단 내 이야길 들어줘."

마지못해 끄덕이자 슈노는 이야기를 시작했다.

그 이야기에 따르면, 슈노는 조금 전에 눈을 떴고, 목이 말라서 식당으로 내려갔다고 한다.

캄캄한 가운데, 촛대만 의지해서 식당으로 들어가자 주방에서 소리가 났다. 쥐나 바람 같은 종류가 아니라 명백하게 사람이 내는 소리였다.

깨어 있는 사람이 또 있나 싶어서 보러 갔는데——.

"누구의 모습도 없었거든. 거의 훤히 보이는 곳이니까 어디에 숨은 것도 아니야. 하지만 소리는 여전히 들리더라고. 좀 더 가까운 곳에서." 슈노는 양팔로 자신의 몸을 끌어안았다. "그래서 말이지, 그렇다면 말이지……."

"확실히 주방이라면 지난번 소동과 같은 장소네."

"그래, 그렇잖아? 그럼 떠오르겠지?!" 슈노는 이쪽을 가리켰다.

"하지만 소리뿐이잖아. 울 정도의 일은 아니라고 생각하는데."

"그―러―니―까―, 나는 안 울었다니까. 내 이야기 제대로 듣고 있어?" 슈노는 몸을 들썩이다가 다시 고쳐 앉았다. "응응, 그래서 말이지, 나도 말을 걸었거든. 누가 있느냐고. 그랬더니 어떻게 됐을 것 같아?"

"글쎄."

"사라졌다고, 소리가! 그러니까 내가 잘못 들은 게 아니라, 그 주방에 '무언가'가 있는 건 확실해."

"그런 소리를 해도 말이지……." 익스는 복잡한 표정을 지었다.

지금 이야기가 사실이라면 망령보다는 도둑을 의심해야 하지 않을까. 그래도 심야에 소리가 들렸다, 그것만으로 원장에게 이야기하는 것은 꺼려졌다. 모습이 보이지 않았다는 것도 이상한 이야기였다.

생각하는 동안, 슈노가 "어쨌든 말이지"라며 이쪽을 봤다.

"무서운지 어떤지는 별개로 하더라도, 꺼림칙하다는 건 알 수 있잖아? 그러니까 다시 한번 주방에 가는 거, 같이 가주지 않을래?"

"……어째서 다시 한번 갈 필요가 있지?" 익스는 미간을 찌푸렸다.

"보면 알잖아!" 살짝 화난 것처럼 슈노가 양팔을 펼쳤다. "깜짝 놀라서 촛대를 떨어뜨려버렸으니까!"

7

밤중의 수도원에 돌아다니는 사람은 달리 없었다. 낮보다 더 적막했다. 밖에서 휘몰아치는 눈보라와는 대조적이었다.

자신의 촛대를 앞으로 내밀고서 복도를 걸었다. 역시나 이렇게나 어두우면 발밑이 불안했다.

계단이 조금 위험했던 것 말고는 딱히 문제없이 익스는 식당에 도착했다.

"소리는…… 안 들리네." 뒤에서 슈노가 중얼거렸다. 식당에 들어온 뒤로 계속 이쪽의 등에 매달리는 통에 더없이 걷기 힘들었다.

"소리가 나도 딱히 상관없잖아. 직접 위해를 끼치지만 않으면." 익스는 코웃음 쳤다.

"그, 그런 문제인가?"

슈노의 지시에 따라 주방으로 들어갔다. 역시나 아무런 소리도 들리지 않았다.

익스는 무릎을 굽혀서 등불을 바닥으로 갖다 댔다.

촛대는 바로 찾았다. 떨어질 때의 충격으로 불은 꺼졌을까,

양초만 다른 장소에 떨어져 있었다.

"자, 여기 있어. 이제 그만 떨어져." 촛대를 건넸다.

"어, 어어, 고, 고마워……." 슈노는 어색하게 인사했다.

그대로 양초도 주우려다가 문득 익스는 손을 멈췄다.

"응……?"

"뭐, 뭐야?! 겁주지 마." 슈노의 목소리가 떨렸다.

"아니……, 그렇게 대단한 건 아닌데." 양초 아래의 바닥을 비추며 말했다. "여기에 지하실이 있네. 아마도 식량 따위를 보존하는 걸 테지만."

바닥 일부만이 주위와 다른 색깔이었다. 가느다란 틈새가 사각으로 자리 잡아서 아마도 뚜껑처럼 되어 있을 것이다.

"호오—, 아, 정말이다." 들여다보며 슈노가 말했다. "……지하실? 그건 그러니까, 사람이 드나들 법한 크기로……?"

"그렇게 크진 않겠지. 작은 수납공간 정도 아닐까." 양초를 주우며 익스는 말했다.

"그, 그렇겠지……. 아, 불 붙여줄래?"

시키는 대로 슈노의 촛대에도 불을 붙였다. 불빛은 이인분이 되었지만 밝기는 그다지 변하지 않았다. 여전히 어두운 주방이었다.

목적도 이루었으니까 빨리 돌아가자, 익스는 그렇게 생각했지만 어째선지 슈노가 그 자리에서 멈춰 버렸다. 주방 바닥을 가만히 바라보고 있었다.

"왜 그래? 먼저 돌아가도 될까?" 익스는 말했다.

"저, 저기, 익스, 잠깐만, 이 밑을 봐도 될까?" 조금 전의 바닥을 가리키며 슈노가 말했다. "아니! 아무것도 없다는 건 알아. 그러니까 아무것도 없다는 걸 확인한다고 할까, 그런 느낌의 그 걸 해두고 싶어서……."

"……알았어. 빨리 확인하자." 익스는 한숨을 내쉬었다.

둘이서 바닥을 들어올렸다. 두꺼운 돌바닥으로 보였지만 맥 빠질 정도로 가벼웠다. 구멍을 들여다보고 그만 두 사람은 침묵했다.

"……의, 의외로 깊지 않나?" 슈노가 말했다.

"그러네."

구멍 너머는 검게 덧칠된 것처럼 어두웠다.

목제 사다리가 달려 있어서 아래로 이어지는 것은 알 수 있었다. 다시 말해 그만한 크기의 ——사람이 드나들기에는 충분한 크기의—— 방이 있다는 의미였다.

몇 초 정도, 두 사람은 마주봤다.

"조, 좋아. 그럼 이렇게 하자." 먼저 슈노가 검지를 세웠다. "일단 내가 내려가서 아래 상황을 보고 올게. 문제가 없으면 익스를 부를 테니까, 그러면 내려와."

"괜찮겠어?"

"무, 물론이지. 나를 누구라고 생각하는 거야? 알겠어? 이럴 때는 당연히 선배가 먼저 가는 거야."

"아니, 그런 의미가 아니라."

"어?"

"내려간 곳에서 문제가 생길 경우에는 어떻게 할 거지?"

"아——……, 그, 그러네, 어———……." 살짝 굳은 표정으로 슈노는 말했다. "뭐, 뭐어, 내 목소리가 안 들린다면……, 일단 뚜껑을 닫고, 사람을 부르러 가주겠어?"

"그런가……, 알았어. 미끄러지지 않게 조심해."

"마, 말리진 않는 거지? 어, 아니, 딱히 말려달라는 건 아니니까! 좋아, 다녀올게. 뭐, 이런 건 결국 대단한 것도 아닐 테니까 말이야, 하하하……."

메마른 웃음과 함께 슈노는 사다리에 발을 얹었다. 한 손에 촛대를 든 채, 재주도 좋게 내려갔다. 그 모습을 익스는 위에서 지켜봤다.

"으으—, 여기 엄청 춥다고, 익스……"라며 가냘픈 목소리가 들렸다.

"무리하지 말고 돌아와도 돼."

"어, 뭐? 좀 더 큰 소리로 말해줘."

"…………."

"아, 여기가 바닥인가. 이봐—, 밑까지 내려왔어."

목소리가 메아리치며 올라왔지만 너무나도 어두운 탓에, 위에서는 어렴풋한 주황색 불빛만 보였다. 주변 모습도, 슈노의 얼굴도 보이지 않았다. 다만 의외로 깊지는 않은 모양이었다. 뛰어내려도 착지만 잘하면 다치지 않을 정도였다.

"우와—, 여기 의외로 넓어. 응, 저장고로 사용되는 모양이야. 조금 조사해 볼게."

일단 불빛이 보이지 않게 되었다. 방 안쪽으로 이동했을 것이다. 이윽고 돌아오더니 "문제없어"라는 목소리가 들렸다.

슈노와 마찬가지로 사다리를 타고 내려갔다. 위에서 본 것과 달리 어둠 때문에 영원히 계속되는 것만 같았다. 거대한 생물의 몸속으로 들어가는 듯한 착각을 익스는 느꼈다.

지하실은 예상보다 넓었지만 고작해야 수도원의 개인실 정도로, 선반이 두 열로 놓여 있을 뿐이었다. 보존 식량이 빼곡하게 채워져 있었다. 그 정도 방이니까 사람이 숨을 법한 장소는 없었다. 물론 망령도.

"이렇게 눈보라가 치는 날도 있으니까 그에 대비한 거겠지. 흐응, 의외로 깔끔하잖아. 바닥에 먼지 하나도 안 떨어져 있어." 슈노가 말했다. "꽤 재미있는데. 이렇게나 추운 건……, 이 방이 그렇게 만들어진 건지 겨울이라서 그런지, 아니면 둘 다일까."

"슬슬 돌아가자. 우리가 도둑 같잖아." 사다리 바로 밑에 서서 익스는 말했다."

"어, 도둑이라고?"

무슨 소리냐, 그러면서 돌아본 슈노는, 하지만 이쪽을 보고 움직임을 멈췄다.

"익스, 그거——."

슈노의 검지가 이쪽으로 향했다.

그 손가락이 가리키는 곳을 보고 익스도 한순간 굳었다.

익스가 든 촛대——양초의 불꽃이 희미하게 흔들리고 있었다.

그것은 이런 밤중에, 게다가 둘이서 내려오지 않았다면 깨달지 못했을 것이다.

낮이라면 굳이 불빛을 가져오지 않더라도, 위에서 비쳐드는 햇빛만으로도 충분히 볼 수 있다. 밤중에도 혼자서 왔다면 손에 든 불꽃을 일일이 확인하지는 않는다.

하지만 지금 이 양초의 불꽃은 익스가 전혀 움직이지 않는데도 흔들리고 있었다. 어디선가 바람이 부는 것이었다.

익스는 신중하게 촛대를 사용하여 주위를 뒤졌다.

그 결과, 바람은 아래쪽에서 불어오는 것 같다고 깨달았다. 바닥에 얼굴을 갖다 대자 확실히 미약하지만 차가운 공기가 뺨에 닿았다.

이 지하실 바닥은 판자가 깔려 있었다. 시험 삼아서 바람이 강한 장소의 판자에 손을 대자 간단히 들어 올릴 수 있었다.

"저기…… 그러니까, 어떻게 된 거지?" 슈노가 중얼거렸다.

"이쪽이 진짜겠지."

그렇게 대답했지만 익스 본인도 이 상황에 반쯤 얼이 빠졌다.

판자 밑에는 사람이 충분히 설 수 있을 정도의 공간이 있었다.

들여다보자 그것이 멀리 이어지는 것을 알 수 있었다. 보이는 것만으로는, 같은 폭으로 계속. 자연스럽게 생긴 동굴일 리가 없었다.

누군가가 만든 통로였다.

이 수도원과 어딘가를 잇고 있다.

아래로 내려가자 더욱 강한 바람을 느꼈다. 이것은 무척 넓지 않을까.

"이, 이봐, 익스." 바닥에 손을 짚고서 슈노가 이쪽을 내려다 봤다.

"왜 그래?"

"왜 그러기는……. 아무 말도 없이 갑자기 들어가지 말라고. 깜짝 놀랐잖아, 정말이지." 투덜투덜 중얼거리며 슈노도 내려왔다. "그래서? 탐험인가?"

"허?"

"아니, 살짝 탐험하는 거 아냐? 기껏 이런 걸 발견했으니까. 그러니까 내려온 거잖아?"

"아니, 딱히 그런 생각은 없어. 슈노는 조사하고 싶은 건가?"

"어, 나는 그게, 뭐, 응……, 그래, 그러네." 슈노는 가슴을 폈다. "옛날부터 이런 걸 동경했거든. 모험이라고 할까, 어쩐지 두근두근하지 않아? 수도원 사람들도 모르는 장소일지도 모르니까."

"그럴지도 모르겠지만, 들켰다가는 혼날 거라고. 최악의 경우에는 쫓겨날지도 모르지."

"괜찮아괜찮아. 잠깐 가서 보고 오는 것뿐이야. 아직 심야니까 도중에 돌아오면 걱정할 거 없어."

"하지만……."

"뭐야, 익스. 혹시 무서운 거야?"

"그런 게 아니야."

"그럼 찬성이라는 거네! 좋아, 가자! 아, 거기 천장은 일단 닫고 표시만 해둘까. 네 촛불은 일단 꺼줘. 내 촛불이 꺼질 것 같다면 불을 옮겨 붙이고 돌아오자."

결국 그 말에 떠밀리는 모양새로, 익스도 동행하게 되었다. 아니, 사실은 신경이 쓰였던 것이다. 그러니까 슈노보다 먼저 내려왔다.

당연히 뇌리에 있던 것은 비터에게 들은 그 이야기── 예배당 지하실과, 사라진 레드노프의 전설이었다. 슈노도 마찬가지일 것이다.

단 하나, 슈노에게 이야기하지 않은 걱정거리가 있었다.

어째서 저 지하실은 깔끔하게 청소가 된 것일까.

물론 꼼꼼한 수도사가 매일 청소하는 것일지도 모르지만, 하지만 그런 불편한 장소를 그렇게나 부지런히 드나들까. 먼지 하나 떨어져 있지 않은 것은 부자연스럽다.

하지만 최근에 이곳을 드나든 인물이 있다면 이야기는 다르다.

그 바닥 판자를 떼어내면 일부분만 먼지가 떨어져서 주위와 다르게 보인다. 그것을 들키지 않도록 깔끔하게 청소한 것은 아닐까──.

익스는 그런 상상을 하고 있었다.

뭐, 지나친 생각인가. 고개를 내저었다.

멈춰 선 이쪽을 보고 앞서 걷던 슈노가 손을 흔들었다.

"이봐── 익스, 왜 그래? 혹시 무서우면 내 등 뒤에 숨어도 돼. 일단 내가 선배니까."

익스는 대답하지 않고 종종걸음으로 슈노를 따라갔다. 무서워서 그런 것이 아니라, 떨어지면 어두워지기 때문이었다.

1

어두운 통로는 끝도 없이 이어지는 것 같았다. 올라가지도 내려가지도 않고 길게 이어졌다. 길을 잃을 걱정이 없는 것은 고맙지만 중간에 돌아갈 계기도 없어서, 터벅터벅 계속 걷고 있었다. 출발할 때와 마찬가지로 슈노, 익스 순이었다.

처음에는 긴장한 모습이던 슈노도 시간이 지나자 싫증이 나는지 이런저런 잡담을 건넸다.

"그런가, 마법 지팡이 가게 앞에⋯⋯. 익스도 이래저래 고생했구나." 이쪽의 이야기를 듣더니 슈노는 절절하게 고개를 끄덕였다. "그러니까 너는 선천적인 지팡이 장인이라는 건가. 그런 점에서, 나하고는 반대일지도 모르겠네."

"그럼 마를란에게 제자로 들어간 건 최근인가?" 익스는 놀라서 말했다.

"아니 뭐, 최근이라고 할까 뭐라고 할까 그런데." 슈노는 부끄러운 듯 말꼬리를 흐렸다. "나는 계속 가업을 이을 생각이었거든. 아버지한테 사사해서. 하지만 뭐, 집안이 기우는 바람에. 한동안 이리저리 헤맸지만, 문득 생각이 나서 마법 지팡이로 전향해봤어. 그러니까 주변 사람들과는 온도 차이를 느낀 적도 많아서 말이지. 애당초 지팡이에는 아무런 생각도 없었고."

그 이야기를, 익스는 믿을 수 없다는 심정으로 듣고 있었다.

그만큼 지팡이 제작에 뛰어난 인간이 그런 배경으로 제자가 되었다니. 틀림없이 오래 수행하지 않았을까, 생각했다.

"그렇다고 해도……, 어째서 지팡이 장인이지?" 익스는 말했다. "그것 말고도 선택지는 많았을 텐데."

"딱히 깊은 의미는 없어. 뭐, 대항 의식 같은 걸까."

"대항 의식?"

의미는 잘 모르겠지만, 그 이상 이야기할 생각은 없는 듯했다.

"그건 그렇고 기네. 가자고 그런 건 나지만, 이렇게까지 똑같은 길이 이어지는 것도 말이야……." 하아, 슈노가 한숨을 내쉬었다. "이거, 대체 어디까지 이어지는 걸까."

"에스토샤로 이어지지 않을까. 방향은 맞을 텐데."

"어―…… 으음, 주방이 저쪽에 있고, 건물 방향이 이렇게였으니까……." 중얼거리며 자신의 팔을 교차시키더니, 슈노는 이마에 손을 댔다. "마을까지 직통이라면, 으―음, 상당한 거리겠는데."

"항상 왕복하는 거리고, 일직선인 만큼 더 짧지 않을까. 저쪽에 출구가 있다면, 말이지만."

"기분 나쁜 소리를 해주시는데." 슈노는 어깨를 풀썩 떨어뜨렸다. "아니, 하지만 말이지, 익스, 아마 너도 같은 생각일 것 같은데, 솔직히 지금 나는 살짝 의심 쪽으로 기울었거든."

"어째서 갑자기?" 익스는 미간을 찌푸렸다.

지하실에 갇혔을 터인 장인이 비밀 통로를 이용해서 탈출했다. 그것이 뭐, 그럴싸한 해석이 아닐까.

슈노는 고개를 절레절레 내저었다.

"그게 그렇잖아? 이런 긴 통로를 인력으로 파다니, 혼자서는 도저히 무리고 시간도 걸려. 상당한 권력이나 돈이 필요하겠지. 게다가 한쪽 출구가 수도원이라는 건, 종교적으로도 잘 알려진 인간이 만들었을 거야. 고작해야 일개 장인을 구하기 위해서 할 수 있는 일이 아니야. 영주의 도주로──라고 하는 게 확 와 닿는데, 나는. 국경 근처의 마을이라면 언제 포위전의 먹잇감이 되어도 이상하지 않으니까." 태연하게 설명했다. "무엇보다 이 통로, 심심하다고! 아무래도 군사용이라는 느낌이잖아."

"그러면 저쪽 출구는 영주의 저택이나 그 부근이 될까."

"그래그래. 이제까지 사용된 흔적도 없으니까……." 슈노는 지루하다는 듯 이야기했다. "하지만 조금 이상한데, 이 통로는 어떻게 팠을까."

"……그건 확실히." 익스는 수긍했다.

듣고서 깨달았지만, 과연 이렇게나 긴, 게다가 일직선인 통로를 만드는 방법은 잘 알 수가 없었다. 수작업으로 한다면 터무니없는 노동력이 드는 것은 물론, 다소나마 구부러지는 것이 보통이리라. 지하에는 바위 같은 장애물이 있었을 터.

굳이 똑바로 파내는 것은, 물리적으로는 불가능하지 않지만 과연 그렇게까지 할 이유가 있을까, 그런 생각을 하고 만다.

"마법이라면, 어떨까, 가능할까?" 슈노가 손가락을 세웠다.

"시대에 따라 다르겠지"라고 익스는 대답했다. "최근 수십 년 정도의 마법 지팡이라면 가능하겠지만, 그보다 전이라면 효율

이 지나치게 나빠."

"그렇구나……."

통로에 거의 물건은 없고, 있어봐야 누더기나 부서진 나무상자 따위였다.

하지만 조금 더 나아간 곳에, 나무통 몇 개가 늘어선 장소가 있었다. 중간 정도 크기의 나무통이 통로 가장자리에 놓여 있었다.

대체 무엇이 들었을까, 그런 생각에 보러 갔더니 하나만 뚜껑이 부서진 통이 있었다. 그득그득할 정도로 내용물이 채워져 있는지 일부는 밖으로 흘러나왔다.

땅바닥에 떨어진 그것을 퍼 올리고, 익스는 고개를 갸웃거렸다.

"먼지인가, 이거?"

어두워서 색깔은 알 수 없지만 감촉은 완전히 먼지의 느낌이었다. 물기를 먹어서 굳은 부분은 있지만 바슬바슬한 분말 형태의 물체였다.

어째서 그런 것이, 게다가 이렇게나 대량으로 놓여 있을까. 더없이 이해할 수 없었다.

하지만 고개를 갸웃거리는 익스 옆에서, 그 물체를 코로 갖다 댄 슈노가 갑자기 당황한 듯 통에서 떨어졌다. 한 손에 든 불빛이 흔들렸다.

"오오오…… 깜짝 놀랐어." 슈노는 반대쪽 벽에 들러붙듯이, 가슴에 손을 댔다.

"그렇게나 냄새가 나, 이거." 익스는 고개를 갸웃거렸다. "아니면 위험한 건가?"

"응, 뭐, 그러네. 하지만 그렇게까지 위험하진 않아. 조금 놀랐을 뿐이지. 자, 갈까, 익스."

"어?"

그쪽을 봤을 때에는, 이미 익스를 두고 슈노는 앞서 걷고 있었다. 양초 불꽃이 점점 멀어졌다.

"왜 그래, 갑자기." 그 뒤를 쫓아가서 익스는 물었다. "슈노는 신경 쓰이지 않나? 누가 저런 걸 뒀는지."

"생각해봐야 어쩔 수 없으니까 말이지." 슈노는 말꼬리를 늘였다. "여기라면 비바람도 막을 수 있고, 우연히 발견한 누군가가 살았던 게 아닐까. 아무리 그래도 너무 어둡지만."

통로에는 광원이 전혀 없었다. 양초의 불빛에만 의지할 수밖에 없었다. 그것도 통로를 부는 바람으로 언제 꺼질지 알 수 없었다. 여차하면 슈노가 간단한 마법을 쓸 수 있다지만, 장인이라고는 해도 초보임에는 변함이 없었다. 과신은 금물이다.

"방어의 핵심은 지하에 있다——인가." 문득 떠올라서 익스는 말했다.

"응? 갑자기 뭐야?" 슈노가 이쪽을 봤다.

"전에 리스가 그랬거든. 에스토샤 방어의 핵심은 지하에 있다고. 그게 예배당 지하실을 가리키는 것이었는지는 모르겠지만, 아는 녀석을 아는 이야기일지도 모르겠네."

"흐응……, 그런데 리스란 건 누구야?"

"어?"

수도원에서 슈노도 만났을 텐데, 이름을 듣지 않았던 것일까.

"하지만 그러네, 방어인가⋯⋯." 그쪽이 신경 쓰였는지 슈노는 이야기를 다시 되돌렸다. "예를 들면, 적에게 마을을 지배당했을 때는, 도망치는 것만이 아니라 이 통로를 이용해서 반격할 수 있을지도. 마을 안에서 병사가 나타난다면 적도 혼란에 빠질테니까."

"지배당한 시점에서 패배 아닐까, 이런 건."

"나한테 그래도 말이지⋯⋯. 하지만 방어 측면으로는 불합리하다고 생각해. 노력에 비해서 너무도 의미가 없는걸."

그에 대해서는 익스도 같은 의견이었다. 전쟁 시에 도움이 되리라고는 여겨지지 않았다. 조금 전에 슈노가 말했다시피 권력자의 도주로일 것이다. 혹은, 이것이 만들어졌을 때에는 역할이 있었던 것일지도 모르지만⋯⋯.

조금 더 나아간 참에, 슈노가 목소리를 높였다.

"오, 저기만 다른 곳과 달라."

봤더니 일부분만 벽 색깔이 다른 장소가 있었다. 불빛의 영향 때문이라고 생각했지만, 다가갔더니 확실히 달랐다. 그보다도 이건──.

"문이네, 역시." 불을 갖다 댄 슈노가 중얼거렸다.

벽에 동화된 것 같은 형태로 작은 문이 끼워져 있었다.

시선 높이와 발밑에, 각자 가늘고 긴 구멍이 뚫려 있었다. 아쉽게도 안은 캄캄해서 아무것도 보이지 않았다.

문고리는 안 달린 것 같지만, 그렇다고 미닫이문은 아닐 것이다. 슈노가 한 손을 대자 의외일 만큼 간단하게 맞은편으로 열렸다.

"오, 열리잖아." 그러면서 슈노가 안으로 들어갔다.

작은 방일 것이라 생각했지만 안은 의외로 넓은지, 양초 불빛만으로는 전체가 보이지 않았다.

"굉장한데, 여기. 뭘까?" 먼저 안쪽으로 들어간 슈노의 목소리가 메아리치며 들렸다. 바닥도 벽도 돌로 만들어졌다. "익스도 빨리 와봐."

이끄는 그대로 방으로 들어가자 문이 혼자서 닫혔다. 애당초 경사가 있었던 것이리라.

한바탕 조사하고서 안 사실은, 이 방이 커다란 원형이라는 점이었다. 연회장 같은 수준은 아니지만 부호의 저택에 있는 방 정도 넓이는 충분히 있었다. 하지만 가구나 물건은 적어서 작은 침대와 책상, 그리고 나무상자 따위가 벽 쪽에 놓여 있을 뿐이었다.

아니── 그뿐, 이 아니었다.

방 중앙, 다시 말해 원의 중심에 기둥이 세워져 있었다. 석조 벽돌을 쌓아 올린 것인데, 묘하게 일그러진 형태로 윤곽이 울퉁불퉁했다. 방이 넓은 만큼 천장을 받치기 위한 것이리라. 처음에는 익스도 슈노도 그렇게 생각했다.

하지만 마침 다가갔을 때에 깨달았다. 기둥을 구성하는 석재, 그 일부가 무너져서 내부가 노출된 것을.

불빛을 갖다 대고 찬찬이 관찰했다.

기둥 안에는 공들여서 가공한, 가늘고 긴 통나무가 차 있었다.

"이거——, 란 말이지." 슈노가 저도 모르게, 그런 느낌으로 말하려다가 그 부분에서 이야기를 멈췄다.

"아니, 아직 모르겠어. 제대로 측정해 보지 않고서는." 익스는 애써 냉정하게 말했다. "애당초 여기가 예배당 지하인지도 알 수 없는데."

"으, 응. 그러네……." 슈노는 몇 번인가 끄덕였다. "그럼, 어떻게 하지? 일단 수도원으로 돌아가서……, 도구를 가져올까?"

"그래, 그러지."

"아니, 그것밖에 없겠는데, 응."

내용이 없는 대화를 몇 번인가 되풀이했다. 이것에 어떻게 반응하고 어떻게 마주해야 정답인지, 둘 다 미처 헤아릴 수 없었다. 물론 어렴풋한 기대를 품고 오기는 했지만, 이런 발견을 할 준비는 되지 않았다. 가벼운 산책 느낌이었던 것이다.

어쨌든 일단 돌아가자, 그런 이야기가 되어서 두 사람은 총총히 입구로 향했다.

하지만 문 앞에서 문득 익스는 멈춰 섰다.

"왜 그래? 조금 더 조사해 보고 가게?"라며 등 뒤의 슈노가 말했다.

"아니……." 익스는 비스듬히 위를 보며 입을 열었다. "이 문을 연 거, 슈노였지?"

"응, 그래."

"그때, 밀어서 열었지?"

"그런 문이었어. 문고리도 없었고——."

그리고 말이 끊어졌다.

이쪽의 부정을 기다리는 침묵이었다.

"아, 아, 아니 익스, 혹시 그럴까 싶지만……."

가볍게 한숨을 내쉬고, 익스는 담담하게 말했다.

"그래. 문 이쪽에도 문고리는 안 달려 있어."

2

문을 열기 위한 시도는 모두 실패로 그쳤다.

모두, 라고 그래봐야 그렇게 많은 수단이 있지는 않았다. 문은 벽과 딱 같은 두께라서 손가락을 댈 부분이 없고, 구멍에 손을 넣으려고 해도 손의 관절 때문에 막혀버린다. 손끝은 닿았지만 힘이 충분히 전달되지 않는다.

슈노의 마법으로, 그런 생각도 해봤지만, "이런 두께는…… 응, 어, 어떨까……?"라는 본인의 말을 듣고 포기했다. 마력을 모두 사용했다가는 불빛조차 붙일 수 없게 된다.

약 한 시간 정도 분투했지만 문이 움직일 기미는 전혀 없었다. 처음부터 그것을 목적으로 만들어졌는지, 나갈 수단을 찾을 수가 없었다.

처음에는 익스도 냉정한 사고가 가능했지만, 정말로 수단이 없을 것 같다고 깨닫자 이마에서 식은땀이 배어나왔다. 그래도 동요를 겉으로 드러내지 않았던 것은, 옆에 있는 슈노가 자기 몫까지 허둥댔기 때문이었다.

"지, 지, 지지, 진정해, 익스. 당황하면 끝이야, 냉정, 냉정해지라고. 들어왔으니까 나갈 수단도 있을 거야. 게다가, 그렇지, 조만간 누군가 지나갈지도 몰라." 슈노가 몇 번이고 고개를 끄덕이며 말했다.

"이 통로를 말이야?"

"시, 시끄럽네. 너는 살고 싶은 거야, 아닌 거야. 대체 어느 쪽인데."

"물론 살고 싶어."

"그럼 그렇게 부정적인 소리는 하지 마. 기다려봐, 내가 어떻게든 탈출 방법을 생각할 테니까……."

익스는 주위를 둘러봤다. 지하는 지상보다도 적막했다. 생각해보면 슈노가 깨웠을 때의 복장 그대로, 외투조차 입지 않았다.

조금 전에는 부정했지만 안에서 열 수 있는 수단이 없는 이상, 역시 누군가가 오는 것을 기다릴 수밖에 없겠다고 생각했다. 아침이 되면 수도원에 두 사람이 없다는 사실이 발각될 것이다. 저장고 입구도 열어놓고 왔으니까 이 통로가 발견될 가능성은 있다.

혹은 통로로 들어왔을 때에 품은 걱정── 최근에 이곳을 사용한 누군가가 있다는 사실에 기대하느냐. 그 인물이 착한 사람이라고 단정할 수는 없겠지만.

여하튼 오랜 시간 이곳에서 지내는 것을 각오해야만 한다. 그렇다면──.

이쪽에게서 등을 돌리고 머리를 부여잡은 슈노를 향해 익스는 말했다.

"일단 좀 자는 게 어때?"

"허, 허어?"라며 이쪽을 돌아봤다. "무슨 소리야, 익스. 이 상황에서 태평하게 잔다니, 그게 될 리가 없잖아!"

"지금 가장 피하고 싶은 건 체력 소모야." 익스는 목소리를 낮추었다. "아까 봤다시피, 이 통로에는 이상한 물건도 있었고 누군가 사용한 흔적이 있어. 물론 여는 방법을 떠올리는 게 최선이지만, 현재로서는 사람을 기다릴 수밖에 없겠지. 교대로 쉬고, 그걸 기다리는 게 최선이지 않을까."

"뭐, 그럴지도 모르지만……, 다만, 그렇다면 네가 먼저 자."

"아니, 슈노가 먼저야." 고개를 가로저었다. "마법을 쓸 수 있는 건 너뿐이야. 무슨 일에 쓸 수 있을지는 모르겠지만, 어쨌든 몸 상태를 만전으로 갖추어줘."

"으, 알았어. 이런 상황에서 잘 수 있을지는 모르겠지만……."

슈노는 휘청휘청하는 발걸음으로 침대에 누웠다.

익스도 바닥에 앉아서는 문에 기댔다. 무릎을 끌어안은 자세를 취했다.

무척 짧아진 양초를 불어서 끄자 방은 캄캄해졌다.

눈을 떠도 감아도, 보이는 것은 그저 검은색의 세계.

지상은 하얗고 지하는 검은가, 멍하니 생각했다.

"저기, 익스." 어둠속에서 슈노의 목소리가 전해졌다. "실은 말이지……, 나는, 이 마을에 가게를 낼 예정이야. 스승님한테 낡은 점포를 소개받아서. 그러니까 이 일이 끝나고 장인이 될 허가가 내려오면, 너도 와."

"그러네, 기회가 있다면 들르도록 하지."

"그게 아니야. 같이 일하자고 권유하는 거야. 네 재능은 수습으로 썩힐 게 아니야."

"같이?" 익스는 고개를 들고 눈을 깜박였다. "슈노 가게에 간다고 장인이 될 수 있는 건 아니잖아."

"그건 그렇지만……."

슈노는 무언가 웅얼웅얼 중얼거린 뒤, 알았어, 라며 큰 목소리로 말했다.

"알았어, 솔직하게 말할게. 그러니까, 내가 너랑 같이 일하고 싶거든. 너는 아니야?"

"…………."

"……그런가. 됐어, 한구석에라도 담아둬."

슈노가 뒤척이는 소리가 들렸다. 익스는 작게 "알았어"라고 대답했다.

긴장하고 있던 반동이리라. 침대에서는 금세 잠든 숨소리가 들렸다. 생각해보면 수도원을 나온 것은 심야였다. 떠오른 것처럼 잠기운이 덮쳐들었다.

지금 시각은 언제쯤일까.

무척 긴 시간 이곳에서 보낸 것 같지만, 수도원에서 에스토샤──이곳이 마을 바로 아래라 치고──까지로 따진다면 그렇게 오랜 시간도 아닐 터. 조금 전에 소동이 벌어진 시간과 맞추어봐도 아직 심야일 것이다.

익스는 깊이 한숨을 내쉬었다.

저장고에 들어가서 이 통로를 탐색하는 것은 둘이서 정한 일이었다. 하지만 이곳에 갇힌 것은 명백하게 자신의 과실이었다.

슈노가 들어간 시점에서 익스는 밖에 남아야 했다. 애당초 입구에 문고리가 없는 것을 보면 문의 구조를 추정할 수 있었을 터. 그런데 생각 없이 들어와서는······.

그저 어리석다는 말로는 부족했다.

본래라면 욕설을 퍼부어도 당연한데, 슈노는 그런 모습을 전혀 드러내지 않았다. 그러기는커녕 자신이 나갈 수단을 찾겠다고 했다. 아무래도 이 사태조차 자신의 책임이라고 생각하는 듯했다.

혹시 이대로 나가지 못한다면, 그런 생각을 했다. 익스는 몰라도 슈노는 장인이 될 것으로 정해진 인간이다. 어떤 말로 사죄하면 좋을까──.

"뭐 하는 거야?"

문득 사람의 목소리가 들린 것 같았다.

익스는 움찔 몸을 떨었다. 순간적으로 문을 향해 고개를 돌렸다.

"지금······." 하고 쉰 목소리를 높이자,

"익스?" 소녀의 목소리가 대답했다.

"그 목소리── 리스인가?"

"그래, 정답." 상황과 맞지 않는 밝은 목소리가 울렸다. 문의 구멍을 통해 흔들리는 불빛이 보였다. "설마 이런 곳에서 만날 줄이야. 나랑 만나러 온 건 아닌 모양이라 그건 좀 아쉽지만. 하지만 기뻐. 오랜만이에요."

무슨 이야기를 해야 할지, 익스는 한동안 말이 나오지 않았다.

"……망령의 전설을 알고 있나?"

혼란 뒤, 그런 말을 건넸다. 리스야말로 진짜 망령이 아닐까, 라고, 어째선지 그런 생각이 스쳤기 때문이었다.

물론 황당무계한 생각이라는 것은 알지만, 한 번 그렇게 생각하자 모든 설명이 되는 것만 같아서 어쩔 수가 없었다. 예를 들면, 수도원의 망령 소동이 벌어진 것은 리스가 찾아온 날이었다. 그녀는 그때 점심을 먹지 않았나.

그 밖에도 기묘한 일은 있었다. 이 마을에 왔을 때부터 익스의 이름을 알고 있다든지, 이상하게 호의적으로 대하는가 싶기도 하고, 어린아이라고는 여겨지지 않을 법한 지식을 선보인 것. 어디선지 모르게 나타나서, 어디로 갔는지 모르게 모습을 감추는 행동도 이상했다. 끝내는 비밀 지하통로에까지 모습을 드러낸 것이었다. 슈노도 그녀를 모르는 모양이었다.

하지만 이쪽의 갑작스러운 질문에 리스는 변함없는 말투로 대답했다.

"물론, 알아."

"……리스는, 이런 시간에, 이런 장소에서 뭘 하는 거야?"

"산책."

"허?"

"밖은 춥고 위험한걸. 여긴 눈이 쌓이지 않고, 누가 보고서 화

낼 일도 없잖아?"라며 그녀는 쓴웃음 지었다. "아, 하지만 익스한테 들켜 버렸어. 비밀로 해줄래? 대신에 망령 이야기를 해줄 테니까."

익스는 독기가 빠진 기분이라 그 이상 추궁할 수가 없었다.

"……알았어."

"이 마을에서는 유명한 이야기. 누구라도 한 번은 들었지만, 누구도 이야기하려고 하지는 않는 옛날이야기."

"누구도 이야기하지 않는다?"

그래, 라고 중얼거리고는, 리스는 책을 읽어주는 것 같은 말투로 이야기를 시작했다.

"옛날 옛적. 간절히 아이를 원하고, 하지만 도저히 아이가 생기지 않아서 곤란해 하던 부부가 있었습니다. 어쩔 수 없이 그들은 나무로 인형을 조각해서 이름을 붙이고 귀여워했습니다. 하지만 그러던 어느 날, 그들은 '용'과 만났습니다. 용은 인형을 아이처럼 다루는 두 사람에게 흥미를 가진 것입니다. 그리고 두 사람은 용에게 바랐습니다. 아이를? 아뇨, 아니에요. '이 인형에게 생명을 주세요'──라고. 용은 약속대로 생명을 주고, 인형은 움직이기 시작했습니다. 하지만 부부는 잘못한 것입니다."

매끄러운 말투에 익스는 묵묵히 귀를 기울였다.

"부부의 잘못은 하나. 생명을 바라고, 영혼을 바라지 않았던 것입니다. 영혼이 없는 인형은 몸이 부스러져도 어디에도 가지 못하고, 영원히 거리를 헤매게 되었습니다. 그래서 이 마을에는 이따금 들리는 거야. 한탄하는 망령의 목소리가──." 리스는 그 부분에서 목소리를 낮추었다. "하지만 이 이야기도 이곳만의 비밀로 해달라고? 혹시라도 수도원 사람들한테 말하면 안 돼. 생명을 줄 수 있는 건, 사실은 신뿐이니까."

그녀가 이야기를 마치자, 지하에 부는 바람의 합중주가 커진 것 같았다.

이상하게도 자신은 용과 인연이 있다, 익스는 생각했다. 어째서일까, 더 이상 용을 쫓지는 않는데, 이런 곳에서도 그 흔적과 마주치는 것은…….

이쪽이 입을 열기 전에, 또 문 반대편에서 목소리가 들렸다.

"하지만 어떻게 찾았어? 수도원 쪽 입구도 무척 잘 감추어졌다고 생각하는데."

"여기가── 전에 말했던 방어의 핵심이야?" 그녀에게 이끌려, 익스도 그런 대답을 하고 있었다. "여차할 때 마을 바깥으로 도망치는 길 같은데…….."

"중요한 건, 무언가가 있다고 생각하게 만드는 일이니까." 어린아이를 가르치듯 리스는 말했다. "비밀은 반드시 새어 나가잖아? 그러니까 비밀에 독을 타지. 도주로를 만들었다고 여겨지는 것과 방어 장치를 만들었다고 여겨지는 것, 어느 쪽이 효과적이라고 생각해? 그러니까 장치를 만든 거예요."

"장치? 그런 건 못 봤어."

"그렇게 생각하고 마는 건 어쩔 수 없는 일. 익스는 이런 걸 잘 모르니까."

"리스는 어떻게 이 장소를 알고 있지? 뭔가 아는 말투였는데."

"조수로 몇 번이나 그 수도원에 갔으니까." 그녀는 간단히 대답했다. "거기, 아무것도 없어서 심심하잖아? 혼자서 숨바꼭질을 하면서 놀았으니까, 우연히. 뭐, 오늘은 수도원에서 들어온 건 아니지만."

"출구가 또 하나 있다는 거로군? 어디로 이어지지?"

"여전히 익스는 질문만 해." 쿡쿡, 웃음소리가 들렸다.

"……어째서 계속 수도원에 오지 않았어?"

"실례되는 소리는 묻지 마"라며 이번에는 토라진 말투가 돌아왔다. "어린아이도 이래저래 바쁘니까. 그렇게 매일 갈 수는 없는걸. 그쪽 상황은 어때?"

"나? 아니면 코쿠?"

"당연히 뒤쪽이잖아. 나는 조수니까."

"실례지만, 뭘 위해서 오는지 모르겠어." 익스는 솔직하게 말했다. "계속 난로 앞에 앉아서 잠만 잘 뿐이야. 조언도 주의도 들은 적이 없어. 수도원은 그렇게 일한다는 걸 알고서 의뢰했나?"

"그래? 그건 이상하네요."

"뭐가?"

"그게 말이지, 나는 매일 들으니까. 익스랑, 그리고 슈노 씨가 일하는 모습에 대해서. 둘 다, 무척 좋은 장인이 되겠다고 그랬어요."

"……적당히 말하는 거겠지."

"나는 그렇게 생각하지 않는데."

"일단 리스, 대화는 잠깐 중단하자." 잠시 조용히 있으면서,

익스는 지금의 상황을 떠올렸다. "우리는 지금——."

"응, 말 안 해도 알아. 갇혀버린 거겠지?" 리스는 이쪽이 할 말을 먼저 꺼냈다.

"어, 어어. 그래. 그쪽에서 열 수 있을까?"

"미안해요, 내 힘으로는 무리예요. 사람을 불러 올 테니까, 그 때까지 기다릴 수 있겠어?"

"그 정도라면."

"그럼, 또 한동안 이별이네."

문 너머에서 불빛이 흔들렸다. 가벼운 발소리가 울렸다. 하지만 몇 걸음인가 가더니 또 갑자기 멈췄다.

"그러고 보니 익스, 내 권유에 대답은 어떤가요? 생각했어?"

"어?" 갑작스러운 발언에 익스는 맥 빠진 목소리를 흘렸다.

"아, 정말이지, 잊어버렸어—— 같은 말은 하지 마. 성배의 밤, 나 예배당에서 기다릴 테니까."

"아니, 지금은 그럴 때가……."

말을 마치기도 전에, 또다시 발소리가 점점 멀어졌다. 그러고 보니 다가올 때에는 전혀 들리지 않았는데, 싶었다.

여하튼 이것으로 어떻게든 될 것이다. 그렇게 생각하자 갑자기 힘이 빠져서, 익스는 땅바닥에 앉았다. 무릎 사이로 얼굴을 넣고 깊이 한숨을 내쉬었다.

아마도 그 후, 잠들어 버렸을 것이다. 또렷한 발소리를 듣고 익스는 의식을 되찾았다. 두세 사람의 발소리가 다가오고 있었다.

일어서서 문 밖을 봤더니 눈부신 빛이 얼굴을 비추었다.

"아, 정말……. 괜찮습니까? 지금 열 테니까요." 걱정스러운 표정의 남자가 말했다. 장발을 뒤로 묶고 있었다. 종자일까, 양 옆으로 두 명 정도 데려와서 그들이 등불을 품어들고 있었다. "당신 말고, 또 한 사람 있으시겠죠? 여성분일까요."

"그래, 안쪽에서 자고 있어." 익스는 끄덕였다. "리스한테 들었나?"

"어, 뭐라고요?" 남자가 고개를 갸웃거렸다. "아뇨, 제 종자가 통로에서 울리는 목소리를 들었다고 해서, 설마 싶어서 왔을 뿐입니다만……."

그리하여 익스와 슈노는 구조를 받았지만, 남자는 전혀 이쪽을 나무라지 않아서 두 사람은 도리어 놀랐다. 그것뿐인가, 두 사람이 지팡이 장인 수습이라는 사실을 알고는, 그는 미소를 짓는 것이었다.

"이것 참, 사실은 비밀로 할 필요는 없다고 생각하는 겁니다, 저는 말이죠. 실제로 지위가 있는 교회 관계자에게는 알려져 있습니다." 지하통로를, 원래 두 사람이 향하던 방향, 다시 말해 수도원 반대쪽으로 걸으며 남자는 이야기했다. "다만 수도원에게 미움을 사서 말입니다. 그러니까 사실은 처벌을 주어야 하겠지만—— 어쩐지 기쁘다는 생각이 들고 말았습니다. 열정 넘치는 젊은이가 우연일지라도 이곳을 찾아냈다는 사실에는. 두 분 같이 젊은 장인이야말로 저것을 보아야 한다고 생각했습니다."

"저거라면——." 조금 전까지 기분 좋게 잠들어 있던 슈노가 말했다. "그러니까, 예배당 지하실의?"

"어라, 거기까지 알고 계셨습니까. 아무래도 수도원에서, 어지간히도 일을 잘 하시는 모양입니다." 남자는 이쪽을 돌아봤다. "그렇습니다. 저것이야말로, 레드노프가 남긴 궁극의 지팡이가 틀림없습니다. 저 지팡이가 지탱하고 있기에 지금의 예배당이 있는 것입니다."

"정말인가? 어떻게 그걸 증명한 거지."

"자, 잠깐 익스." 슈노가 이쪽의 입을 막았다. "구해주신 은인한테 무슨 소리야, 너는."

"아뇨, 지당한 의문이겠죠." 남자는 깊이 고개를 끄덕였다. 그의 긴 머리카락이 위아래로 움직였다. "그 지하실의 존재를 아는 사람들도 레드노프의 전설은 알고 있었지만, 그것이 진실인지 어떤지 오랫동안 확신을 가지지는 못했습니다. 정말로 저건 지팡이냐고. 하지만 그러던 그때, 어느 유명한 지팡이 장인이이 마을을 방문해서요. 그래서 특별히 지하실로 안내했던 겁니다. 비밀 엄수를 조건으로, 어느 지팡이를 감정해 달라고 부탁했죠. 그리고 그는, 지팡이를 보자마자 말했다고 합니다── '이건 궁극의 마법 지팡이다'라고."

"호오오, 그 장인은?" 슈노가 물었다.

"틀림없이 아시겠죠, 다름 아닌 문지르 알레프 씨입니다."

"어──?"

무심코 익스는 중얼거렸다.

스승님이, 정말로 그런 말을──?

"이, 이건 거물이 나오셨네……." 익스가 받은 것과는 또 다른 충격이겠지만, 슈노도 어깨를 움츠리고 있었다.

앞서 걸어가며 남자는 밝은 목소리로 계속 이야기했다.

"그리고 바로 얼마 전, 이 마을에 문지르 씨의 제자 장인 분이 오신 걸 알게 되어서요. 그 두 분에게도 보여드렸습니다. 그랬더니 역시, 이건 궁극의 지팡이가 틀림없다고 말씀하셨습니다."

"잠깐만, 제자가 둘이라고?" 그만 익스는 큰 소리를 냈다. "이름은?"

"예? 아, 이쪽은 모르실 수도 있겠습니다만, 로르페 씨와 헴슬리 씨라는 분입니다."

"형님들까지……?" 익스는 고개를 숙이고 입가에 손을 댔다. 세 번째와 네 번째에 해당되는 제자의 이름이었다.

사형들이 이 마을에 와 있다. 그 사실보다도 그들의 발언에 익스는 동요했다. 하필이면 그 두 사람이 ──제자 중에서 가장 지팡이에 흥미가 없는 두 사람── 정말로 그런 소리를 했나? 그런, 전형적인 지팡이 장인 같은 소리를?

신선한 공기의 냄새가 코를 찔렀다. 살펴봤더니 조금 앞쪽의 지면부터 계단으로 바뀌어 있었다. 먼저 올라간 종자들이 문을 열자 환한 빛이 눈을 찔렀다.

밖에 도착한 것이었다.

어느샌가 아침이 된 모양이었다. 올려다본 건물의 지붕에서 황금색 빛이 새어 나왔다. 바람도 그쳐서 군데군데 구름 사이에 있는 하늘이 보였다. 기온은 낮아서 통로에 있었을 때보다도 차가운 바람이 흘렀다.

어딘가의 부지 안이 아니라 문 밖은 바로 길과 인접한 듯했다. 양옆으로도 평범한 가옥이 서 있었다.

"수고하셨습니다, 여기가 출구입니다." 밖으로 나간 남자가 돌아보고 말했다. 역광으로 온몸이 그늘져 보였다. "이 출입구에 대해서는 비밀로 부탁드립니다. 교회 창고로 위장하고 있어서요. 피곤하시겠죠, 괜찮으시면 제가 사는 건물에 들러 주십시오. 부디 두 분과 대화를 나누고 싶습니다."

그 권유가 귀에 들어오지 않을 만큼, 익스는 사고에 몰두하고 있었다.

다만 그것도 어쩔 수 없는 일일 것이다.

그 지하실에 있던 '궁극의 마법 지팡이'가, 그의 눈에는 그저 나무 막대기로밖에 보이지 않았으니까.

3

눈보라도 그치고, 방에는 차분한 겨울의 빛이 비쳐 들었다. 오늘 아침에는 아직 노바의 모습을 보지 못했다.

유이는 아침부터 책을 읽으며 보내고 있었다. 가스타바스가 가르쳐 준, 망령 이야기를 정리한 서적이었다. 서적이라고는 해도 장정되지는 않아서 굳이 따지자면 일기나 수기에 가까웠다.

"당시의 사제가 남긴 겁니다."

어젯밤 세오의 방을 방문했을 때, 그는 그러면서 흔쾌히 빌려주었다. 선반 높은 곳에 들어 있는 한 권이라 찾을 때까지 시간이 걸렸다.

"무척 오래된 것처럼 보이는데요……." 유이는 표지를 쓰다듬었다.

"예배당이 막 세워졌을 무렵의 사제니까요." 세오는 양손을 깍지 끼고 끄덕였다. "다만 뭐, 그다지 재미있는 건 아닙니다. 저도 전부 읽은 적은 없습니다."

"어째서 세오 씨가 가지고 계신가요?"

"글쎄요……, 딱히 이유라고 할 것은 없습니다." 그는 쓴웃음 지었다. "도움이 되는 건 아닙니다만, 버리는 것도 꺼려지니까요. 지인 사이에서 서로 떠넘긴 결과, 그런 느낌일까요."

그날 밤에는 자버렸지만, 다음 날 또 한가해져서 유이는 얼른 책을 손에 들었다.

펼쳐봤더니 서문으로 그 사제의 말이 실려 있었다. "최근 기묘한 이야기를 듣는 경우가 많고, 그 이야기들이 모두 비슷한 내용이었기에 기록해 둔다"── 그런 내용이었다. 지위 상, 시민들이 자주 상담을 청했을 것이다.

본문으로 들어가자 사제의 성격을 반영하는지 간결한 문장이 이어졌다. 대부분 개별 항목 단위로 적혀 있어서 상담자의 이름과 직업, 그리고 상담 내용이 기록되어 있었다.

가스타바스와 세오가 말했다시피 읽을거리로서 재미있지는 않았다. 변화는 없이, 모두 비슷한 내용이었다.

예를 들면 이런 식이다.

로다크 재단사 여자 새벽. 물을 뜨려고 외출했는데 사람의 대화 소리를 들었다. 모두 남자 목소리. 모습은 확인하지 못함. 목소리는 멀어졌다.

우라프타 장갑 장인 남자 밤. 친구와 한창 술을 마시는 중 누군가의 발소리를 들었다. 밖으로 나갔지만 누구의 모습도 보지 못함. 발소리는 그 후로도 한동안 이어졌다.

피린 폭발 지팡이 장인 남자 옆 마을로 이사 갔을 지인의 목소리를 들었다. 심야.

아지 목수의 아내 여자 밤중에 수많은 사람이 거리를 행진하는 것 같은 소리를 들었다. 남편과 함께 밖을 둘러봤지만 사람의 흔적은 없었다.

이런 짧은 기술뿐이었다. 내용은 모두 비슷비슷해서, 요컨대 밤중에서 아침에 걸쳐서 사람의 목소리나 발소리를 들었다는 내용이었다. 그것이 수십 명 분량이나 길게 이어졌다.

세오가 말했다시피 옛날의 인간이 쓴 것은 명백했다. 낡기도 했지만, 어휘나 문법에서 역사를 느꼈다. 무척 읽기 힘들어서, 이런 상황이 아니라면 자신도 도중에 내던졌을 것이다.

느긋하게 페이지를 넘기는 사이, 어느샌가 유이는 빠져들었다.

이런 일반인의 기록을 읽는 것은 처음이 아니었다. 이전에도 한 번, 그런 일기를 읽은 적이 있었다. 그때의 신기한 흥분을 그녀는 떠올렸다.

이런 문장을 남기는 것은 대부분 사제나 권력자 같은 인물이고, 내용도 주로 그들과 관련된 것이었다. 물론 이 책은 쓴 것은 사제이지만 내용은 아니었다. 어디까지나 일반적인 사람들의 생활에 초점을 맞추었다. 하나하나의 내용은 적어도 상상력을 발휘하며 읽는 것이 즐거웠다.

그렇게 열중했기에 알아차렸을 것이다.

그 책에는 군데군데, 묘하게 두꺼운 페이지가 있었다.

기묘하다는 생각에 옆에서 자세히 봤더니, 아무래도 종이 두 장이 붙어 있는 듯했다. 대체 언제부터 그랬을까, 가볍게 잡아당기는 정도로는 도저히 떨어질 것 같지 않았다.

어쩔 수 없이 유이는 마법 지팡이를 꺼내어 극소 마법을 썼다. 큰 위력을 내는 것보다 오히려 공들인 제어가 필요하고, 그런 것치고는 쓸모가 없다보니 학원에서도 가르치지 않는 마법의 사용법이었다. 이전에 책에서 읽고 지팡이의 한계를 시험하기 위해 몇 번인가 사용한 적이 있었다.

처음 한 발은 너무 약했지만 조절한 두 번째로 잘 되어서, 모퉁이가 살짝 나뉘었다. 그 부분을 붙잡고 양쪽으로 살살 떼어냈다.

아마도 당시에 사용하던 먹물 때문일 것이다. 종이와의 상성이 좋지 않아서 장시간 눌려진 사이에 붙어버린 듯했다. 낡은 서적에서는 종종 있는 일이었다. 양쪽 페이지의 문자가 반대쪽 페이지에도 찍혀서, 항목 단위로 나뉘어 있는데도 무척 읽어내기 힘들었다.

요령을 파악한 덕분에 다른 두꺼운 페이지도 금세 떼어낼 수 있었다. 내용은 다들 비슷했다. 굳이 떼어내고서 읽다니, 자신 같이 한가한 사람이나 할 일이겠다며 유이는 쓴웃음 지었다.

하지만 책 마지막 페이지만큼은 내용이 달랐다.

그 페이지도 종이가 달라붙어서 똑같이 마법으로 떼어냈더니, 의외로 짧은 내용이 아니라 긴 문장이 적혀 있었던 것이다.

물론 문자가 반대쪽에 찍혀서 이제까지보다도 읽기 힘들었다. 유이는 그대로 판독하는 것을 포기하고 한 글자씩 다른 용지에 옮겨 적었다.

그리고 완성된 문장을 앞에 두고 그녀는 미간을 찌푸렸다. 사제 본인이 쓴 발문인 듯했다.

내게 들어온 상담 중, 이것들은 정말 일부에 불과하다.

우선 말할 수 있는 것은, 망령이 존재하지 않는 것은 자명하다. 성전에 그런 기술은 없다. 사후, 영혼은 하늘로 올라가서 영원한 생존이나 영원한 사멸의 운명에 놓인다. 예외는 없어서, 지상에 영혼이 남는 일은 있을 수 없다.

그것을 알고서 내가 영혼을 부정하지 않았던 것은——성직자로서의 성실 위에 청렴함이 있기 때문이고, 그들의 명예를 지키기 위함이다.

폭발 지팡이 장인이 화를 내는 것은 당연한 일이다. 통로의 연장에서 그들의 노력은 없어서는 안 되는 것이었다. 그들의 조력이 없었다면 이런 짧은 기간에 굴착할 수는 없었을 것이다. 영주의 무리한 요구를 달성한 것이다.

하지만 일을 해낸 그들을 기다리던 것은, 배신이라고 해도 될 사태였다.

그들이 만들어 낸 지하에 마법 지팡이를 두겠다는 것이니까.

영주가 방어에 애를 쓰는 것은 바람직하지만, 설마 레드노프까지 부를 줄은 몰랐다. 그의 소문은 나도 들은 적이 있다.

실제로 나는 아직 그 지팡이의 힘에는 회의적이다. 사용한 누구라도 격찬하고 있지만, 위력도 편리성도 폭발 지팡이 쪽이 웃돈다고 여겨진다.

하지만 폭발 지팡이도 마법 지팡이도, 신이 사람에게 주신 지혜임은 틀림없다. 나 개인이 어느 쪽을 편들 일은 없다. 하지만——.

그도 노년에 들어서서 조금, 아니, 상당히 느슨해져 버린 것처럼 보인다. 지하실에 유폐당한 것도, 오히려 그가 그것을 바랐던 것은 아니냐고 여겨질 정도다. 실제로 "이곳은 방해꾼이 없어서 좋다"라고 이야기하는 것을, 나는 들었던 것이다.

감시하는 사람의 말에 따르면, 하루 대부분을 지팡이 제작에 소비하고, 그러지 않을 때에는 계속 헛소리를 중얼거린다고 한다. 혼잣말이라기보다 보이지 않는 누군가와 대화하는 것 같다고 들었다. 그야말로 망령과 대화를 나누는 것처럼——.

어젯밤에도 레드노프와 만났다.

싱글싱글 웃으며 "궁극의 지팡이가 만들어졌다"라고 말했다.

그가 제정신을 유지하고 있는지 나는 판단할 수 없다. 하지만 그런 일은 폭발 지팡이 장인들의 분노 앞에서는 사소한 현실에 불과할 것이다. 망령의 이야기를 솔직하게 해석한다면 그 통로에 장치를 했을 터.

그들이 무엇을 꾸미는지, 내 착각이었으면 좋겠지만, 그러나 돌이킬 수 없는 사태에 빠지기 전에, 한 번 확인해야 할 것이다.

모든 것이 날아가기 전에.

문을 두드리는 소리에 유이는 정신을 차렸다. 창문에서 비치는 빛이 먼 곳으로 이동했다. 어느샌가 오후가 되어 있었다.

책상에 책을 두고, "들어오세요"라고 대답하자 노바가 들어왔다. 이 시간대에 모습을 비추는 일은 드물었다.

"저녁식사 모임 개최가, 결정됐어요. 세오 씨의 제안, 이에요." 그녀가 말했다. 그것을 전하러 왔나보다.

"저녁식사 모임? 회의가 아니라?"

"예. 회의 참가자를 초대하는 모양, 이에요. 물론, 유이 씨도."

"일단 비밀 회의였던 거 아닌가요? 그러니까 밤중에 개최한다고 생각했는데……."

"참가자가 아닌 분도 초대하는 자리라고, 해요. 전혀 관계가 없는 사람은 아니고, 예의 이인조 지팡이 장인이나, 그 밖에 다른 사람이 출석하신다고."

"그 밖에?"

"예, 그 밖에, 예요." 노바는 짧게 대답했다. "게다가 애당초, 사람의 이동이 줄어드는 겨울에는, 밤중이든 낮 시간이든, 비밀성에 큰 차이는, 없지 않을까요. 불빛이 필요한 만큼 낭비, 예요."

"그럴지도 모르겠지만……. 언제인가요?"

Illustrations copyright © Enji

"오늘밤, 이에요."

"개최가 결정된 건?"

"닷새 전, 이라고 해요."

"그런가요……." 작게 한숨이 나왔지만, 이 정도 갑작스러운 일에는 익숙했다. "알겠어요, 출석할게요."

"예"라며 노바가 끄덕였다. "그리고 조사 보고, 인데요."

"어, 무슨 조사요?"

"전날의 밀고장과, 유이 씨가 습격을 당한 일에 대해서, 예요." 그녀는 담담하게 보고했다. "구파 세력은, 이 일에는, 우선 관계가 없을 것으로 여겨져요."

"어째서 그렇게 말할 수 있는 건가요?"

"조사를, 했으니까요."

"어떻게?"

"구파 분들과 이야기를 해서."

유이는 다음 말을 기다렸지만 노바는 그 이상 이야기하지 않았다. 설명은 그것으로 충분, 그렇게 생각하는 모양이었다. 자리를 비운 사이에 여러모로 행동해주었을 것이다, 그렇게 해석해뒀다.

"저기……." 마음을 다잡고 물었다. "우선, 이라고 그랬는데, 그럼 다음 보고는?"

"예. 회의 참가자 중에, 이 일에 대해서, 자작극을 의심하는 목소리가 나왔어요. 너무나도 형편에 잘 맞는다고."

"자작극…… 누구의?"

"세오 씨의, 자작극이에요."

"예?" 유이는 얼이 빠졌다.

"밀고장 일은, 세오 씨의 입에서 다른 분들에게 전해졌어요. 사실은 그런 편지는 존재하지 않고, 그의 속임수라면 설명이 된다, 그렇게 여기는 모양, 이에요."

"근거 없는 억측이겠죠. 게다가, 그 사람한테 아무런 이익도 없어요."

"유이 씨는, 내부범을 의심하지는 않는, 건가요?"

"어, 아뇨……. 확실히 그렇다지만, 세오 씨의 동기는 희박하지 않은가 해서요. 과연 이렇게까지 최선을 다한 회의를 망치려고 할까요."

"반대로 회의를 한층 더 진행시키기 위해서다, 그러더군요." 문 밖을 신경 쓰는지 노바가 작은 목소리로 말했다. "참가자에게 위기감을 주어서, 논의를 활발하게 만들려는 것이겠지, 예요. 열정이 지나쳤다든지, 그랬죠."

"허어……, 그럼 저녁식사 모임에서는 그가 추궁을 당할지도 모르겠네요."

"세오 씨 본인이, 그것을 목적으로 하고 있는 것처럼, 제게는 보였어요." 노바는 고개를 갸웃거렸다. "의심을 품은 상태로는 회의가 진행되지 않으니까, 자기변명의 자리를 마련한 것이 아닌가 하고."

그렇군요, 그렇게 유이는 수긍했지만, 그러나 이래저래 이치에 맞지 않는 의심이었다.

"하지만 밀고장이 세오 씨의 연극이라면, 제가 습격을 당한 것과 맞물리질 않잖아요? 아니면 저도 공범으로 여겨지는 걸까요."

"세오 씨가 습격하는 척을 한 것이다, 그러더군요. 그 현장 근처에 있으면서, 적절하게 저희를 습격할 수 있는 건, 그 사람밖에 없다고."

"목적은?"

"유이 씨는, 모두에게 흥미의 대상, 이니까요. 그런 존재가 위험에 처한다면, 모두가 일치단결, 하겠죠."

"무척 억지스러운 해석이네요."

누가 말한 것인지는 모르겠지만 의심을 입에 담은 본인도 아마 진심은 아닐 것이라 생각했다. 이런 지루한 계절에는 쓸데없는 상상이 부풀어 오르는 법이다. 유이는 쓴웃음 섞어서 말했다.

"대체 누가 그런 소리를 한 건가요?"

"로르페 씨, 에요."

"예?"

"아뇨, 헴슬리 씨, 일지도 모르겠네요. 다만, 그 사람이 먼저 말할 것처럼 보이지는, 않으니까요."

"어, 아뇨, 그런 의미가 아니라……."

생각하지 않은 인물의 등장에 유이는 의표를 찔렸다.

아직 회의에 참가하지도 않은 인물이 무슨 소리를 하는가 생각했지만, 금세 그녀는 생각하는 것을 그만뒀다. 경험 상, 문지르의 제자가 취하는 행동에 대해서는 생각해 봐야 헛수고였다.

4

저녁식사 모임 전에 유이와 노바는 일단 건물을 벗어났다. 평소 회의와 마찬가지로, 다른 장소에서 찾아온 것처럼 보이기 위한 행동이었다. 이제는 얼마나 의미가 있는 위장인지 알 수 없지만.

하지만 이번만큼은 메레이의 저택까지 가서, 그녀에게 권유해서 함께 움직이기로 했다. 그러는 편이 안전하다고 노바가 주장했기 때문이었다. 지난번에 습격을 당한 것과 비슷한 상황이 되겠지만, 적을 예측하기 편해진다는 것이 그녀의 주장이었다.

"애당초 밖에 나가지 않는다면, 지킬 필요도 없는 게 아닌가요?" 비스듬히 뒤를 돌아보며 유이는 말했다. "가끔은 가장 먼저 와 있다고 해도 아무도 의심하지 않겠죠."

"그런, 가요?" 노바가 이쪽을 봤다.

"의문으로 대답해도……, 예, 저는 그렇게 생각해요."

"다양한 사고방식이, 있군요." 그녀는 무표정하게 끄덕였다. "가끔은 밖에 나오는 편이, 기분이 상쾌하겠죠."

"예?"

노바의 마지막 말만 갑작스럽게 느껴져서 고개를 갸웃거렸다. 그건 뭐, 방에 틀어박혀 있는 것보다 건강한 이야기일지도 모르겠지만, 자신의 입장 상 어쩔 수 없는 취급일 것이다.

가끔씩 나오는 그녀의 농담일까, 그렇게 생각하기로 했다. 설마 이제까지 위장한 이유가, 유이의 기분을 풀어주려는 것일 리도 없고.

메레이의 저택에 도착하자 금세 그녀가 나타났다. 뒤에는 예의 종자도 있었다.

"이렇게 와 줘서 고마워요, 미나하 씨." 메레이는 현관 계단을 내려오기 전에 이쪽으로 한 손을 건넸다.

"로르페 씨와 헴슬리 씨는, 오늘은 없군요." 그녀의 손을 끌어당기며 유이는 말을 건넸다.

"그분들은 그때의 손님이니까요. 이미 모임 장소로 가셨을 테죠."

그들이 꺼낸 세오의 의혹은 건드리지 않고, 두 사람은 눈 덮인 거리를 천천히 걸었다. 뒤에 있는 종자도 포함하면 네 사람이지만.

눈보라가 그치고 온화한 날씨가 되어서 그럴까, 길 위에서 통행인의 모습을 볼 수 있었다. 딱히 목적이 있는 것은 아니고 느긋하게 한숨 돌리는 것 같았다. 한때의 조용한 평온을 각자 즐기고 있었다. 오후의 햇살은 따듯해서 길 위의 눈을 녹이는 것처럼 보였다.

"세오와 자주 대화를 나누는 모양이네요." 메레이가 문득 떠올랐다는 듯 입을 열었다. "저하고도 조금 더 이야기를 나누셨으면 좋겠는데요."

"그 사람에게는 신세를 지고 있으니까, 자연스럽게 대화가 많아지는 것뿐이에요." 유이는 대답했다. "게다가 그렇게 재미있는 이야기를 나누지는 않아요. 주로 사무적인 연락이죠."

"어머……, 제가 들은 이야기하고는 조금 다르네요."

"대체 무슨 이야기를 들으신 건가요?" 쓴웃음 섞어서 물어봤다.

"예를 들면, 신앙은 학문적이 아니라고 말씀하셨다든지."

스스로도 잊고 있던 발언을 끄집어냈기에 유이는 당황했다.

"그건, 그게—— 예, 확실히 그런 말을 했지만……."

"그렇게 긴장할 것 없어요. 당신이 선천적인 말레교도가 아니라는 건 어렴풋이 눈치 채고 있었으니까요. 그런 인물이기에 존재하는 무지와, 객관성을 가지고 있다는 것에, 당신의 가치가 있죠." 메레이는 미소를 지었다. "딱히 당신의 발언을 규탄하고 싶은 게 아니에요. 그저 미나하 씨가 조금 오해하고 있는 모양이다, 그렇게 느낀 거예요. 아무래도 순서를 반대로 받아들이는 것 같아요."

"그러니까 신앙은 학문적이라고?"

"그쪽은 반대가 아니에요. 학문이 종교적인 행위다—— 그러고 싶은 거예요."

후드로 상대에게는 보이지 않지만 유이는 무심코 미간을 찡그렸다. 메레이는 이쪽의 태도를 깨닫지 못하고 거침없이 계속 이야기했다.

"저는 일개 성직자에 불과하지만, 그러니까 학문이란 세계의 구조나 법칙을 찾아내는, 그런 행위겠죠?"

"저는 그렇게 이해하고 있어요"라며 수긍했다.

"하지만, 이상하잖아요? 어째서 학자는 그런 일을 할 수 있는 걸까요."

"모르겠네요. 어떤 점이 의문인가요?"

"대체 누가, 이 세계에는 구조나 법칙이 있다고 보증해 주는 거죠?"

"…………."

"세계에는 일정한 규칙이 있다, 그런 생각 자체가 세계는 누군가가 만들어낸 것이다―― 다시 말해 조물주의 존재를 전제로 하고 있어요. 그렇지 않나요?"

"아뇨……, 보증은 필요 없어요." 유이는 반론했다. "구조도 법칙도, 객관적인 관측을 거듭하면 자연스럽게 발견할 수 있는 거예요. 그것이 학문의 구조죠."

"그럼 그 관측을 행하는 것은 어째서? '세계에는 구조나 법칙이 있다'라고 생각하니까, 그것을 조사해 보려고 하는 게 아닌가요?" 메레이는 천천히 말했다. "혹은 관측을 통해 법칙을 찾아냈을지라도, 그것을 확신할 수 있는 이유는 뭐가 있을까요. 대단한 우연일 가능성을, 학자들은 조금도 생각하지 않는 건가요?"

"……말씀하시려는 바는 알겠는데요."

"그렇기에, 온갖 학문의 기초에 신학이 있는 거예요. 어느 쪽이 위라는 이야기가 아니에요. 학문의 발전에 따라 성전 해석이 개량되는 경우도 종종 있으니까요."

다만 말이죠, 메레이는 말했다.

"그런 의미로, 학자들은 모두 근간에 신앙심을 가진 것처럼 느껴져요. 어쩌면 그것은 저희보다 순수한 것일지도 몰라요. 하늘을 보고 닿지 않는 별에 소원을 빌듯이, 절대적인 진리에 도달하려는 그들의 행위는……."

순수, 유이는 마음속으로 그 말을 되풀이했다. 재미있는 말이라고 생각하며.

그 단어를 들었을 때 그녀가 처음 떠올린 것은, 성직자도 학자도 아니라 지인인 지팡이 장인의 모습이었다.

사욕을 위한 것이 아니고, 그렇다고 손님에게 봉사하는 것도 아니다. 그저 자기목적을 위해 지팡이를 계속 만드는 뒷모습.

그들이 그 너머에서 보고 있는 것 또한 같은 별일까──.

그런가, 라며 문득 떠올렸다. 메레이가 이전에 말했던, 지팡이 장인을 성직자로 삼는 방법. 이들 양쪽의 유사성이 그것일지도 모른다.

평소부터 마법 지팡이 장인은 조합의 엄격한 규칙 아래에 놓이고, 성직자나 수도사 같은 생활을 보내고 있다. 다시 말해 외면적인 자격은 이미 가졌다고 할 수 있다. 문제는 내면적인 자격, 요컨대 "그들 장인이 독실한 신앙심을 가지고 있다"라는 증명인데, 이쪽도 어렵지 않다.

장인이 목표로 하는 '이상적인 지팡이'와 '신'은 같은 존재──그런 해석을 만들면 그만인 것이다. 성전에 등장하는 '세 번째 손'이야말로 그들에게는 신이다, 라는 식으로라도 만들면 제대로 한데 모을 수 있을 것이다. 그것만으로 장인을 말레교에 끌어들일 수 있다.

거기까지 생각하고 유이는 소름이 돋는 듯한 감각을 느꼈다.

말레교가 어째서 이렇게까지 널리 퍼지고, 차례차례 다른 나라를 침략하는가—— 그 해답의 일부와 접촉한 것 같았다.

그들은 모든 것을 집어삼킬 수 있다.

예를 들면, 새로이 발명된 학문적 식견이 성전과 모순을 일으켰다고 하자. 그렇게 되었을 때, 그들은 양쪽 모두 부정하지 않는다. 이번 회의처럼 성전을 절대적으로 보는 한편, 그 해석을 시대에 맞추어 바꿔 버린다.

이번 일도 마찬가지다. 지팡이 장인을 성직자로 끌어들이는 것에 저항이 없다. 필요만 있다면 이론과 논리로 '해석'해버린다. 그만한 역사의 축적이 말레교에는 있다.

'그리고 그건……' 하고 유이는 고개를 숙였다.

별을 보는 것—— 신의 존재에 따르기에 가능해진다.

그들은 절대불변의 진리를 믿고 있다. 세계는 신이 만든 것이니까 언젠가 하나로 묶을 수 있다고 깊이 믿는다. 확신과 함께 지상의 모든 것을 거두어들이려 한다.

이것이 말레교의 진정한 강함인 것이다. 루크타와는 전혀 다르다. 자신의 고향에 있는 신앙으로는 어떻게 해도 그런 이상에 도달하지 못한다.

하지만 국가의 패권 다툼에서 이만큼 강인한 사상적 근거는 없다. 말레교를 믿지 않는 사람들은, 그들에게는 불쌍하게 여길 대상일 뿐인 것이다. 주저 없이 침략하고, 교화시킬 것이다.

그런 생각을 하는 사이, 저녁식사 모임 장소에 도착했다. 그래봐야 평소의 회의장과 같은 곳이었다. 같은 건물의 같은 방. 외부의 밝기와 가구 배치만이 달랐다.

5

방 중앙에 긴 테이블이 딱 하나 있고, 그 양옆으로 의자가 놓여 있었다. 자리 앞에 각자 식기가 놓여 있었다. 이미 참가자는 모이는 중이라 여기저기서 조용히 담소를 나누고 있었다. 의외로 손님은 인간만이 아니라 우코드라크의 모습도 있었다.

익스와 슈노가 안내를 받은 곳은 그중에서도 가장 끝자리였다. 배치를 따지자면 가장 지위가 낮은 사람이 앉는 자리이지만, 두 사람에게 문제는 그런 것이 아니었다.

"자자자, 잠깐!" 억누른 목소리로 외친다, 그런 재주도 좋은 일을 하며, 옆자리에 앉은 슈노가 이쪽으로 얼굴을 갖다 댔다. "이건 대체 어떻게 된 거야? 대체 참가자가 몇 명이야?"

"으음――" 하고 익스는 테이블로 시선을 향했다.

"아니, 세어보라는 게 아니니까." 슈노가 그의 얼굴을 붙잡아서 되돌렸다. "우리랑 이야기를 나누고 싶으니까 오늘밤의 저녁식사에 초대하겠다고, 세오라는 사람은 그렇게만 말했잖아? 그런데 어째서 이런 대규모 모임이 된 거냐고."

"참가자가 우리뿐이라고 그러진 않았으니까." 익스는 표정을 바꾸지 않고 대답했다.

"애당초 이런 무슨 모임이냐고, 아아 정말이지, 우리 틀림없이 여기에 안 어울리겠지……."

슈노는 머리를 부여잡았지만 그 행동 탓에 도리어 눈에 띄어,

이미 몇 명에게 주목을 받고 있었다. 어째서 거기 앉아 있느냐, 그렇게 의아해하는 시선이었다. 두 사람으로서도 알 수 없으니까 그들로서는 더더욱 알 수가 없을 것이다.

"젠장, 공짜로 밥을 먹을 수 있겠다고 생각했을 뿐인데……."

슈노는 원망이 담긴 시선을 저 먼 곳으로 향했다.

테이블에서 대각선으로 반대편 끝에는 두 사람을 초대한 장본인──세오가 앉아 있었다. 이쪽을 소개하지도 않고, 미소를 짓고서 근처의 손님과 대화를 나누고 있었다.

다만 그보다도 그의 맞은편──다시 말해 자신들과는 몇 명이나 사이에 두고 같은 줄──에 앉은 손님, 익스는 방으로 들어왔을 때부터 신경이 쓰였다. 그 인물은 이 방에서 유일하게 얼굴을 가리고 있는데도 주위에서 의아하게 여기는 기색이 없었다. 실내에서 외투를 뒤집어쓴 것도 이상하고, 체격도 무척 작게 보였다.

어쩌면 자신이 잘 아는 상대일지도 모른다, 그렇게 생각했지만 다른 손님들이 방해가 되어서 확인할 수가 없었다.

"어쨌든 가능한 한 조용히, 눈에 띄지 않도록 행동할 수밖에 없겠지." 익스는 말했다.

하지만 그렇게 결정한 순간, 공교롭게도 더욱 눈에 띄는 이인조가 방으로 들어왔다.

"하하하하, 왔다고!"

기세 좋게 문을 여는 소리와 함께, 큰 목소리가 방에 울렸다.

익스를 제외한 참가자 전원의 시선이 입구로 향했다.

무척 닮은 얼굴의 두 남자가 방 전체를 내려다보는 듯한 자세로 서 있었다. 한 사람은 오만불손한 미소를 짓고, 또 한 사람은 기분 나쁜 듯 입을 삐죽였다.

　"어라어라, 그렇게 주목하진 말아달라고! 내가 눈에 띄는 건 조금 더 나중이야. 그때까지는 편하게 보내도 된다고!" 손님들의 시선을 개의치 않고, 미소의 남자가 말했다. "나는 로르페다! 옆에 있는 이 녀석은 헴슬리. 우리 이야기는 들었나? 뭐, 들었든 못 들었든 상관없나. 그렇지?"

　로르페는 헴슬리의 어깨를 끌어안고서 방 안으로 걸어갔다.

　하지만 이쪽의 등 뒤를 통과할 때, 그들의 발소리가 멈췄다. 익스는 무심코 주먹을 움켜쥐었다.

　"응, 멍청이냐?" 그런 사실은 깨닫지 못하고, 로르페가 거침없이 이쪽의 머리에 손을 얹었다. 뒤에서 얼굴을 들여다봤다. "오오, 역시 멍청이야! 이봐, 헴슬리, 멍청이가 있다고! 너 멍청이 맞지? 이런 곳에서 뭘 하는 거야?"

　익스는 살짝 턱을 움직여 대답했다.

　"하하하하, 여전히 장례식이라도 갔다 오는 것 같은 얼굴이구나― 너는! 아직도 상 치르고 있냐! 뭐, 모처럼 만났으니까 쌓인 이야기를―― 그런 생각이 들었지만 딱히 없네, 너한테 이야기할 것 따윈! 하하하하."

　이번에는 익스는 아무런 반응도 하지 않았다. 그저 천천히 숨을 내쉴 뿐이었다.

　"뭐, 나의 웅대한 모습이라도 눈에 새기라고! 멍청이가 할 수 있는 건 고작해야 그 정도야!" 로르페가 익스의 머리를 퍽퍽 때렸다. "헴슬리, 너도 할 말 있으면 해."

"없어."

"뭐, 그런가!"

두 사람은 그대로, 당당한 발걸음으로 걸어갔다. 테이블 거의 한가운데 자리에 앉았다. 로르페는 곧바로 깔려 있던 그릇을 들더니 고용인을 불러서 무어라 지시를 내렸다.

잠시 어리둥절한 분위기였던 방도, 두 사람이 느긋하게 행동하자 또다시 잡담이 활발해졌다. 화제는 주로 로르페와 헴슬리, 그리고 몇몇은 익스에 대한 내용일 것이다.

"실례되는 녀석들이네, 만나자마자 갑자기 멍청이라고 부르다니." 미간을 찌푸린 슈노가 중얼거렸다. "기운 내, 익스. 너는 멍청이가 아니야."

"……사형들이야, 내 사형." 어떻게든 그렇게만 대답했다.

"어, 그래?" 슈노는 입가에 손을 대고 말했다. "뭐라고 해야 할까……, 너도 고생이 많구나, 이래저래."

"고생이라……."

이 마을에 있다는 이야기는 들었지만 설마 이렇게나 빨리 만나게 될 줄은 몰랐다. 자리가 떨어져 있는 것이 다행이지만…….

그들 두 사람이, 익스는 거북했다. 아니, 사형사저들은 대부분 거북하지만 그들은 특별했다. 만날 때마다 멍청이라 부르는 것도 그렇지만, 그것은 제쳐두고 근본적인 부분에서 다른 인간이라는 느낌이 들었다. 지팡이에 흥미가 없는 지팡이 장인이라니, 이해할 수 있는 상대가 아니다. 이야기가 맞물리지 않는 경우도 많아서 가능하다면 대화를 나누고 싶지 않은 상대였다.

그 후로도 몇 명인가 방으로 들어와서 착석했다. 아직 공석이 몇 곳 있었지만, 고용인이 와서는 그 자리의 식기를 정리해 버렸다.

이윽고 음료가 나오자 세오가 일어섰다.

"오늘은 갑작스러운 초청에 응해 주셔서 정말 감사합니다." 방을 둘러보며 그는 말했다. "설명하지 않더라도, 이 저녁식사 모임을 제가 개최한 이유는 짐작하시리라 생각합니다만—— 우선은 식사를 하죠. 추궁이나 고발은, 그 다음으로."

그러고는 로르페에게 의미심장한 시선을 보냈다. 그 시선을 받은 상대는 지금, 등받이에 체중을 싣고서 사나운 미소를 짓고 있었다.

차례차례 요리가 나왔다. 전부 방의 넓이에 비해서는 검소한 것들이었지만, 그러나 맛은 좋았다. 겨울이라면 수확도 사냥도 못 하니까 보존식을 중심으로 할 텐데, 요리사의 실력이 좋은 것이리라.

대화도 활발하게 진행되었지만 대부분이 별 내용 없는 잡담 느낌의 내용이었다. 다만 말 구석구석에서 말레교 관계자가 다수를 차지하고 있는 것 같다고 익스는 헤아렸다. 성배에 대한 화제도 나왔지만 그렇게 많이 언급되지는 않았다.

잠시 식사가 진행되고, 가까운 자리 사이의 대화가 주로 이루어졌다. 자리의 분위기도 어쩐지 느슨해진 것처럼 느꼈다.

"이것 참, 맛있네. 오길 잘 했어."

옆에서는 슈노가 만면의 미소로 요리를 입으로 옮기고 있었다. 조금 전까지의 긴장한 모습이 거짓말 같았다.

"어라, 그거 안 먹어?" 이쪽의 접시를 가리키며 말했다. "흐─응, 혹시 못 먹는 거야? 으음, 편식은 좋지 않지만, 이런 자리에서 남기는 것도 좋지 않지. 어쩔 수 없네, 좋아, 지금은 내가─."

"아니, 먹어."

"그래? 먹어? 그런가, 먹는 건가…….."

"……역시 난 하나면 충분해. 나머지는 슈노가 먹어줘."

익스가 그렇게 말하자 슈노는 빤히 보이게 얼굴이 환해졌다.

"어, 정말로 주는 거야?"

"그래."

"……정말로? 나중에 돈 내놓으라고 그러진 않을 거지?"

"안 할 테니까, 얼른 가져가. 사죄로 부족할지도 모르겠지만."

"사죄? 무슨?" 우물우물 입을 움직이며 슈노가 말했다.

"아니, 아무것도." 익스는 어깨를 으쓱였다.

고개를 정면으로 되돌리자 맞은편에 앉은 상대가 지그시 이쪽을 바라보고 있었다. 장년의, 머리가 조금 벗겨진 남자였다. 조금 전까지는 다른 손님과 열심히 대화중이었다.

곤혹스러워하는 사이, 슈노도 알아차린 듯했다. 익스와 남자의 얼굴을 번갈아보고 불안한 듯 눈썹을 늘어뜨렸다.

"어, 어째 화난 거 아냐, 저거?"라며 귓속말했다. "혹시 먹을 걸 주고받는 건 금지였나……?"

"그럴 가능성은 있겠네." 익스는 동의했다.

둘이서 남자의 얼굴을 살폈더니, 그는 훗 온화한 미소를 드러냈다.

"아니, 빤히 쳐다봐서 미안하네. 무례한 행동이었어." 남자가 말했다. "무척 흐뭇한 대화를 나눈다고 생각해서 말이야. 너희는 친구 사이인가?"

"그, 그게――"라며 슈노가 이쪽을 흘끗 봤다. "그렇지?"

익스는 말없이 끄덕였다.

"어, 그래요, 친구예요." 당당하게 슈노가 말했다.

"이 모임에는 어떻게? 세오가 초대했다는 이야기는 좀 전에 들었어."

"아, 그래요. 저분에게 초대를 받았어요. 이렇게까지 규모가 큰 자리인 줄은 몰랐지만요."

"호오……." 남자는 놀란 듯 고개를 끄덕였다. "이유를 물어봐도 될까? 에스토샤 사람은 아닌 것처럼 보이는데……."

"어―, 그건 말이죠, 으―음."

그 지하통로에 대해서 이야기해도 될지 망설이는 것이리라. 그만 말문이 막힌 바람에, 익스가 이어서 말했다.

"수도원에 다니고 있다. 지팡이를 만들러."

"그래서 그런가…… 과연." 남자는 멋대로 납득했는지 수긍했다. 의자에 고쳐 앉고는 테이블 위로 손을 깍지 꼈다. "그 나이에 수도원 일을 맡다니, 전도유망하겠군. 세오가 초대한 것도 이해할 수 있어. 그는 젊고 우수한 인간을 정말로 좋아하니까."

"가, 감사합니다." 슈노가 머리를 숙였다.

"하지만 그렇다면…… 저쪽의 이야기에 가담하지 않아도 되겠나?"

그는 한 손을 들어 테이블 안쪽을 가리켰다. 무언가 대화가 한창이라 많은 사람들이 이야기를 나누고 있었다. 세오나 로르페도 참가하는 모양이었다. 헴슬리가 참가하느냐고 할 수 있을지는, 사람에 따라서 의견이 나뉘겠지만.

"무슨 뜻이지?" 시선을 되돌리고 익스는 물었다.

"나는 멋들어지게 당해 버렸어." 남자는 자조하듯 미소를 지었다. "내가 없는 사이에 결론을 굳혀 버리겠다는 속셈이야. 이미 대부분의 참가자가 메레이의 주장에 넘어가고 있어. 반론하려고 해도 이렇게 끝자리에 있어서는 목소리도 닿지 않아. 저녁 식사 모임을 개최한 본래 목적은 이쪽이었을 테지. 평범한 회의라면 참가자가 나뉘는 일은 없어. 이 자리로 안내를 받은 시점에서 깨달았어야 했지만……, 과연 누가 조종했을지."

의미를 알 수가 없어서 익스와 슈노는 얼굴을 마주봤다.

"이런, 그만 불평을 해버렸어." 한숨을 내쉬고 남자는 계속 말했다. "저기서 나누고 있는 건 말이야, 지팡이 장인을 성직자로 취급하겠다——는 이야기야."

"허, 허어?" 슈노가 뒤집어진 목소리를 터뜨렸지만, 다른 장소에서 터진 웃음소리에 지워졌다. "무, 무슨 말인가요, 그거?"

"너희에게 말해 봐야 어쩔 수 없을지도 모르겠지만……."

무언가를 감추는 것일까, 남자의 이야기에는 불명확한 점이 있었지만, 종합하자면 일부 종교가 사이에서 그런 논의가 오가고 있다는 이야기였다.

"혹시 그렇게 되면 너희 장인에게는 다양한 부분에서 제약이 걸리겠지. 장사에도, 평소 생활에도 말이야. 지금보다 훨씬 자유롭지 못하게 될 테지."

"하, 하지만, 그저 논의를 나누는 것뿐이겠죠?" 슈노가 말했다.

"그런 일이, 이런 장소에서 뭔가 결정이 된다고, 나라의 이런저런 게 바뀔 리 없으니까."

"……그렇군. 그렇게 생각해 두는 편이 좋겠지." 남자는 씁쓸하게 미소 지었다.

"어쩐지 저 사람도 말하고 싶다는 표정인데, 뭐야, 우리를 불쌍하게 보는 건가?" 슈노가 작은 목소리로 익스에게 말했다. "하, 하지만 괜찮겠지? 이런 장소에서 열린 회의로, 그런 커다란 일이 결정되다니——."

"여하튼 할 수 있는 건 없어." 익스는 어깨를 으쓱였다. "설령 나라가 바뀌는 사태라고 해도, 우리 같은 인간이 어떻게 할 수 있는 문제가 아니야. 이런 건 다른 세계에 있는 인간이 정할 일이지."

"다른 세계라니, 어디?"

"뭐, 위겠지."

"위?"

익스가 검지를 들자 슈노는 그에 이끌리듯 천장을 올려다보고, 다시 이쪽으로 고개를 향했다. 미간을 찌푸리고서 말했다.

"아니, 아무것도 없는데……."

6

익스와, 언젠가의 밤에 본 그의 동행이 나타났다는 사실을 유이는 알아차렸다. 이유는 전혀 알 수 없었다. 또 귀찮은 일에 말려들게 만들었을까, 불안해졌다.

하지만 지금 자신은 '미나하'이고, 가볍게 이야기를 건네도 되는 입장이 아니었다. 오히려 정체를 들키는 쪽이 그를 더 위험에 빠뜨릴 것이다. 그렇게 생각해서 잠자코 있었다. 자리가 이만큼 떨어져 있는 것은 행운이었다. 아무리 그래도 자신의 목소리를 듣는다면 알아차리고 만다.

다만 설령 이런 상황이 아니었을지라도, 유이는 말을 건네지 않았을 것이다. 지금은 눈앞에서 펼쳐지는 논의를 좇아가느라 벅찼다.

화제 변환은 자연스러웠다.

사정을 아는 유이가 그랬으니까 다른 사람들은 걸린다는 느낌조차 없었을 것임에 틀림없다. 생각도 하지 않았으리라, 자신들의 논의가 전부 메레이에게 유도당하고 있다고는.

이야기의 내용은 지극히 자연스럽게—— 어디까지나 당연한 흐름으로, 별것 아닌 잡담에서 지팡이 장인의 대우로 바뀌었다. 말레교에서 마수의 구별에 대한 논의가 되고, 다섯발의 짐승이 인용되고, 마법 지팡이 이야기가 나왔다. 이전에 메레이가 이야기한 그대로의 흐름으로, 같은 결론으로 유도되었다.

그 모습을 유이는 조용히 보고 있었다. 반론의 여지 따위는 조금도 없었다.

무서운 사실은 메레이가 거의 관여하지 않는 것처럼 보인다는 점이었다. 요소요소에서 그녀는 발언하고 있지만 거의 한마디로 그치거나 가볍게 중얼거리는 듯한 방식이거나, 오히려 이 논의에 소극적인 느낌마저 들었다.

하지만 주의 깊게 논의의 흐름을 좇고 있던 유이는 알 수 있었다. 메레이의 발언을 기점으로 화제는 완만한 곡선을 그리듯이 그녀가 바라는 장소로 향하기 시작한 것이었다.

아니다, 유도와는 다를지도 모른다. 논리 전개는 자연스러운 것이었다. 생각을 하다보면 언젠가는 누구라도 같은 장소에 다다른다. 메레이가 하는 일은 길을 잃은 사람의 등을 살며시 밀어주는 산들바람 같은, 그 정도 안내에 불과했다.

그 정도?

그 정도라니, 뭐가?

유이는 자신의 사고에 웃을 뻔했다.

어느 정도의 계산과 준비를 거치면 '그 정도'가 가능해질까.

이제까지의 자신은 계속 흐름에 따라서 살았다. 위의 세계에 있는 누군가가 준비한 의도나 계획. 그런 것의 말이 되어, 주어진 환경에 어떻게든 적응하는 것이, 자신이 할 수 있는 유일한 노력이었다.

이미 자신의 인생은 자신의 것이 아니다── 그런 자각은 있었다.

그럼에도 여름과 가을에 벌어진 사건을 거쳐, 조금 정도는 되찾아보자는 마음을 먹었다. 자신의 손이 닿는 범위를 넓히고, 그 안에서 할 수 있는 일을 하자고 생각했던 것이다. 말하자면, 자신도 위의 세계로 가자고 생각했다. 루크타로 돌아간다는 제안에 응한 것은 그것이 이유였다.

하지만 이런 모습을 보면, 이제는 웃을 수밖에 없었다. 막연하게 인식하던 위의 세계란 이다지도 굉장한 장소인가.

"하지만 장인을 성직자로 삼아도 될까요? 그들은 성직자로서의 행동 따윈 모르겠죠"라고 누군가 말하고, "현재의 조합은 장인이 되고자 한다면 엄격한 기준을 마련하고 있습니다. 방탕한 자는 사전에 추방당한다고 들었습니다"라고 누군가가 대답했다.

"하지만 신앙심의 문제가 있겠네요"라고 또 누군가 말했다. "물론 그들도 말레교도일 테지만, 성직자로 충분할 만큼의 신앙을 가지고 있을까요?"

으음, 모두가 신음했다. 이윽고 누군가가 입을 열고, 그것을 계기로 하여 이렇지도 않은가 저렇지도 않은가, 논의가 뒤얽혔다.

각자가 하고 싶은 말을 모두 마치고 잠깐의 공백이 생겼을 때였다.

"모처럼 장인 분이 오셨으니까." ──노파의 목소리가 그렇게 말했다.

그것은 전체를 향해 꺼낸 말이 아니라, 그저 옆자리에 속삭이는 것뿐인 말이었다. 하지만 모두가 입을 다문 한순간만큼은 하늘의 계시나 다름없는 것으로 울렸다.

"확실히 그렇군" 하고 누군가가 끄덕이고, "다름 아닌 문지르의 제자야, 장인의 대표라 생각해도 되는 것이——"라고 다른 사람이 중얼거렸다.

대화에 참가하고 있던 사람들의 시선은 자연스럽게 이 자리에 있는 지팡이 장인 쪽으로 향했다. 무척 닮은 얼굴의 이인조, 시끄러운 남자와 극단적으로 말이 없는 남자에게.

그들은 둘이서 대화를——그래봐야 한쪽이 일방적으로 이야기하는 것뿐이었지만—— 하고 있었지만, 시선이 모인 것을 깨닫고는 드높이 소리 높였다.

"과연, 내 이야기를 듣고 싶다는 거로군? 하하, 괜찮겠지! 질문을 허가해 주도록 할까!"

그 말투에 미간을 찌푸리는 사람도 있었지만, 현재 논의의 흐름을 막을 정도의 장애는 아니었다.

음음, 헛기침을 하고, 신학자 하나가 물었다.

"그럼 외람되지만 저부터. 당신들 장인은, 평소에 무엇을 마음에 두고 마법 지팡이를 만드는 겁니까? 주문자의 얼굴? 얻을 수 있는 대가? 아니면—— 신에 대한 신앙입니까?"

"하하, 우문이로군!" 로르페는 웃으며 외쳤다. "그야 장인이라면 당연히 단 하나—— 이상의 지팡이지! 그렇지?"

어깨를 두드리자 헴슬리도 끄덕였다.

"이상의 지팡이, 입니까…….." 신학자는 복잡한 표정을 지었다. "당신들도, 그런 걸?"

"뭐, 그런 참이지." 로르페를 양쪽 손바닥을 위로 향했다. "이상의 지팡이가 얼마에 팔릴지 나는 엄청 흥미가 있고, 옆에 이녀석은 이상의 목재를 찾고 있으니까."

"거듭 질문해서 죄송한데, 이상의 지팡이란 뭐죠? 어떤 걸 목표로 하는 건가요."

"이것 참, 모르나? 이상의 지팡이라면 이 마을에 있잖아!"

"허――?"

"입을 열기 전에 조금은 그 머리로 생각해보면 어때?" 로르페가 검지로 아래를 가리켰다. "예배당 지하야! 거기에 있는 게 이상의, 궁극의 지팡이잖아!"

"그건―― 전설로는 그렇지만…… 정말로?"

"정말이고말고." 자신만만하게 그는 끄덕였다.

"그러니까 장인은 다들 그 지팡이를 목표로 한다고?"

지하의 지팡이라니 뭘까, 유이는 내심 의문이었지만 그러나 참가자들은 술렁거렸다. 아마도 교회 관계자에게는 알려진 이야기일 것이다.

하지만 그때 테이블 반대쪽 끝에서 목소리가 울렸다.

"잠깐만."

봤더니 회색 머리카락의 남자가 테이블에 손을 짚고 일어섰다.

'익스――.' 유이는 그의 옆얼굴을 바라봤다.

"그게 궁극의 지팡이라는 건, 대체 무슨 뜻이야." 익스는 주위의 시선이 신경 쓰이지도 않는지 로르페를 똑바로 바라보고 있었다.

"무슨 뜻이냐니 무슨 뜻이야?"

그렇게 말한 로르페의 얼굴을 보고 유이는 오싹했다. 그의 얼굴에, 조금 전의 웃음은 한 조각도 남아 있지 않았다. 그저 얼음장 같이 차가운 표정으로 사제를 마주봤다.

"정말로 그 지팡이를 봤어?" 익스가 입을 열었다.

"응, 봤지." 로르페가 끄덕였다.

"그게, 궁극의 지팡이인가?"

"그래."

"어째서 그렇게 말할 수 있지?"

"스스로 생각하질 못하니까 멍청이라고." 그렇게 대답한 것은 로르페가 아니라 옆에 앉아 있는 헴슬리였다. 정면으로 얼굴을 향한 채, 변함없이 언짢은 표정을 짓고 있었다.

"그걸 개선하지 않는 한, 너한테는 무리야."

"……알았어."

몇 시간으로도 느껴지는 몇 초 후, 익스는 얌전히 자리에 앉았다.

후우, 몸에 들어가 있던 힘이 풀리는 것을 유이는 느꼈다. 서로 지팡이를 마주한 것도 아니고 시비조였던 것도 아닌데, 손바닥에 땀이 흠뻑 배어 있었다.

그것은 다른 사람들도 마찬가지였는지 다들 멍하니 맥이 빠진 표정을 짓고 있었다.

유이는 주위에 들키지 않도록 살며시 익스 쪽을 살폈다. 그의 표정은 평소와 다름없이, 옆자리의 상대와 작게 대화를 나누는 모양이었다.

그 후, 생각이 났다는 듯 논의가 재개되었다. 어쩐지 느슨한 분위기 가운데, 거의 예측 그대로 ——메레이의 의도 그대로 진행되었다. '궁극의 지팡이'를 원하는 지팡이 장인의 자세와 신을 믿는 성직자의 자세는 같은 것이다—— 라는 해석이 되었다.

"하지만 지팡이와 신은 다르잖아요. 그 지팡이가 신께서 주신 것이라면 몰라도, 만든 건 레드노프지. 인간이라고요. 그걸 동일하게 해석하는 건……."

성직자 남자가 팔짱을 끼고서 말하자 "확실히"라며 수긍하는 사람이 몇 명인가 나타났다. 이제까지 논의를 진행하던 사람도 복잡한 표정으로 입을 다물어버렸다.

그때, 하얀 손이 올라왔다.

"잠깐, 괜찮을까요?"

"무, 물론입니다. 메레이 씨." 남자가 긴장한 모습으로 손을 앞으로 내밀었다.

"고마워요. 제가 생각한 건, 여러분, 전설을 잊지는 않았나요."

"아, 예. 무슨 뜻이실까요……?"

"전설에 따르면, 레드노프는 예배당 지하에 계속 틀어박혀서 지팡이를 만들었잖아요?"

지하실 이야기도 지팡이 이야기도 처음 들었지만, 오전 중에 읽은 사제의 수기에 적힌 그 이야기일 것이라고 유이는 짐작이 갔다.

생각해 보세요, 메레이는 그러면서 말했다.

"예배당 지하예요. 그것이 순교와도 닮은 신앙심의 발로가 아니라면 무엇이란 건가요? 그리하여 완성된 것이 '궁극의 지팡이'였다는 건, 소명의 결과나 마찬가지에요."

그녀의 말을 듣고 모두가 퍼뜩 놀란 표정을 지었다.

"궁극의 지팡이를 원하는 건, 그들 장인에게는 레드노프를 원하는 것과 마찬가지. 당시 그의 신앙을 목표로 하는 행위는, 그야말로 순수한 신앙이 아닐까요. 뭐, 제게는 그렇게 여겨져서……."

확인할 것까지도 없이, 모두가 완전히 설득을 당했다.

메레이의 말투는 조심스러웠다. 어디까지나 이 논의를 진행하는 것은 다른 사람이고, 자신은 떠오른 것을 가볍게 입에 담는다는 모양새를 무너뜨리지 않았다. 그 사실이 도리어 그녀의 말에 설득력을 주고 있었다. 이제까지 조용하던 중진이 마지막으로 그 자리를 정리했다, 누구의 눈에도 그렇게 비쳤을 것이다.

더 이상 반대 의견을 제기하는 사람은 없었다. 다음 회의는 논의가 아니라 그저 확인 작업이 될 터.

이것으로 신파가 권력을 쥘 때에는, 지팡이 장인은 교회로 편입된다.

유이는 또다시 익스 쪽으로 시선을 향했다.

그는 조금 전, 로르페에게 반항하는 것 같이 목소리를 높였다.

아마도 그도 봤을 것이다── '궁극의 지팡이'라는 물건을.

그것은 어떤 지팡이였을까? 모든 장인이 목표로 하기에 충분한, 기적 같은 지팡이였을까. 아니면…….

"그럼 슬슬 본론으로 들어가기로 할까!"

로르페가 그렇게 외쳤을 때, 모두는 일제히 의아해하는 표정을 지었다. 물론 익스와 슈노도 마찬가지였다.

이미 그릇은 치워지고 식후의 차가 제공되던 참이었다. 김이나는 차였는데, 방이 충분히 따뜻했기에 마시고 있으면 어렴풋이 땀이 나왔다.

"본론이라니, 아까 그걸로 끝 아니야?" 슈노가 고개를 갸웃거리며 말했다. "우리를 성직자로 만드는 거지? 실제로 가능할지는 별개로 치고."

"나한테도 그렇게 들렸는데……." 익스도 고개를 갸웃했다.

로르페는 여유만만하게 긴 다리를 꼬았다. 차의 향기를 맡고 조금만 입에 머금었다. 그리고는 다기를 테이블에 다시 놓고 방을 둘러봤다.

"아, 그러고 보니 그런 이야기였죠." 세오가 손뼉을 쳤다. "다른 화제에 제대로 몰두해 버렸습니다. 죄송합니다."

"아직 사죄는 필요 없어!" 로르페는 한 손을 펼쳤다. "왜냐면 너는, 지금부터 이 자리에 있는 모두에게 사과하게 될 테니까 말이야!"

세오는 어깨를 으쓱이고 일어섰다.

"여러분께 연락드렸다시피, 지난번 회의 며칠 뒤에 제 앞으로 편지가 왔습니다. 내용은 단순명쾌해서, '이 건물을 날려 버릴 계획이 진행 중이다'라는 것이었습니다. 그리고, 이쪽도 아시 겠죠. 며칠 전, 여기 미나하 씨가——"라며 맞은편에 앉은, 외투 입은 인물을 가리켰다. "길을 이동 중, 누군가에게 습격당했습니다. 다행히도 무사히 넘어갔습니다만, 상대는 마법 지팡이를 사용했다고 합니다. 두 사건 모두에 대해서 제가 상세한 조사를 진행했습니다만, 범인은 여전히 불명입니다. 이런 인식이면 틀림없겠습니까?"

세오는 미소를 지었다.

"그리고 여기 로르페 씨의 말씀으로는, 양쪽 모두 제 자작극이라는 모양입니다. 사실이라면 중대한 사태라고 할 수 있겠죠."

너나없이 웃음을 터뜨렸다.

하지만 이윽고 웃음은 그쳤다. 단 하나, 이상하게 큰소리로 웃는 사람이 나타났기 때문이었다. 물론 로르페였다.

"하하하하, 설명 수고했어!" 그는 그러더니 기세 좋게 일어섰다. 테이블 주위를 천천히 걷기 시작했다. "우선 말해 두겠는데, 나는 이 일에 아무런 흥미도 없어! 편지를 보낸 게 누구든 거기 누군가를 습격한 게 누구든, 나는 아무래도 상관없거든! 굳이 이런 설명을 해주는 건, 너희가 범인을 전혀 알아차리지 못하는 게 불쌍해졌으니까, 그러니까 나의 상냥한 배려라는 거지! 감사와 반성을 잊지 말고 잘 듣도록!"

그는 과장스러운 손짓발짓을 섞어서 이야기했다.

"그렇다고는 해도 증거라느니 동기라느니, 그런 귀찮은 이야기를 할 생각은 없어! 그런 짓은 안 해도 범인은 자명하니까 말이야!"

"자명——하다고 그러셨습니까." 서 있던 세오가 테이블을 사이에 두고 로르페와 딱 맞은편이 되도록 걷기 시작했다. "그럼 말씀하시죠. 첫 번째 사건은, 어째서 제 자작극이라고 말할 수 있는 겁니까?"

"이러쿵저러쿵 해도, 편지가 온 거지? 이 건물, 그러니까 네 집으로. 게다가 아침 일찍."

"예, 그렇습니다."

"어디로 왔지?"

"현관 앞에 놓여 있었다고 들었습니다만…….." 세오는 고개를 갸웃거렸다.

"그렇게 시치미 떼는 것도 피곤하겠네." 로르페는 머리카락을 쓸어 올리며 말했다. "그래서, 그 편지를 너는 어떻게 읽었지? 쌓인 눈 위에 둬서 질척질척하게 젖었을 터인 편지를?"

그 순간, 모두의 표정이 얼어붙는 것을 익스는 봤다.

"……그다지 젖지 않았습니다." 세오가 차분한 말투로 대답했다. "놓아두고 금세 종자가 주웠을 테죠."

"그건 참 굉장한 우연이네!" 로르페는 손뼉을 쳤다. "하지만, 편지를 보낸 녀석은 어지간히도 바보란 말이지. 편지를 눈 위에 놓다니!"

"제 종자가 항상 같은 시각에 현관을 엽니다. 사전에 조사하면 가능합니다."

"밀고장을 보내려는 인간이? 꽤나 느긋한 이야기잖아!"

"혹은── 이런 말을 하는 것은 바라는 바가 아닙니다만, 제 종자 중에 범인이 있을지도 모릅니다."

"과연, 그렇다면 문자를 쓸 수 있는, 몇 안 되는 종자의 필적도 너는 기억 못 하고, 밀고장이 온 뒤에 조사하지도 않았다는 거야."

"……고발의 근거는 그것뿐입니까."

"그러니까 그런 귀찮은 건 필요 없다고 했잖아? 눈에 종이를 두면 젖는다는 건 어린애라도 알아. 근거고 뭐고 있겠냐고."

로르페와 세오는 서로를 노려봤다.

이윽고 헛기침과 함께 세오가 입을 열었다.

"그럼 다른 한 사건은 어떻습니까? 제가 미나하 씨를 습격한 것도 자명합니까?"

"자명하다마다! 앞에 일보다 훨씬 더 자명해!" 로르페는 외투 입은 인물을 가리켰다.

"이름도 얼굴도 모르는 인간을 습격하는 녀석이 있을 리가 없잖아!"

방이 조용해졌다.

곤혹스럽다는 듯 세오가 눈을 깜박였다.

"……그런 이유입니까?"

"대체 어디가 불만이야? 습격은 틀림없이 이 녀석을 노린 일이었잖아? 그런 짓을 하려는 건, 이 후드 속의 내용물을 아는 녀석뿐── 그러니까 너뿐이야. 달리 어떤 가능성이 있겠어?"

"그런, 가능성이라면 얼마든지 이야기할 수 있겠죠."

"그렇다면 얼마든지 이야기해 봐. 전부 부정해 주지."

"습격자는 무차별적으로 습격한 걸지도 모릅니다. 어딘가에서 미나하 씨의 정체를 안 누군가일지도 모르고, 회의 참가자라면 정체를 몰라도 그녀를 배제하려고 생각할지도 모릅니다." 물 흐르듯이 세오는 이야기했다.

"마법 지팡이를 가지고 있을 정도로 똑똑한 인간이 대낮부터 무차별적으로 사람을 습격하나? 말도 안 되지. 정체를 어딘가에서 알았다니, 너 말고는 아는 녀석이 없는데 어디서 안 거야? 그리고 뭐, 회의 참가자? 밀고장이 와서 네가 경계한다는 걸 알면서 습격했다는 건가? 저 멍청이 말고 그런 멍청이가 또 참가하나, 이 회의에는?"

"…………." 순식간에 대꾸를 당하자 세오는 저도 모르게 그만, 그런 느낌으로 침묵했다.

이야기를 듣는 사이에 대략적인 상황을 익스는 파악할 수 있었다. 그렇다면 처음에는 무슨 소리를 하는 것이냐고 생각했던 로르페의 지적도, 나름대로 핵심을 간파했음을 깨달았다.

아니다, 그야말로 엉망진창이다. 허점을 찌르자면 얼마든지 찌를 수 있을 터이나, 그러나 세오는 반론을 그만두고 말았다. 그것이 무엇보다도 큰 증거가 되어버렸다.

하지만 그때, 익스 옆에서 목소리가 들렸다.

"기, 기다려 줄 수 없을까요?"

봤더니 슈노가 쭈뼛쭈뼛 오른손을 들고 있었다.

"너는 뭐야?" 갑작스러운 참견에 로르페는 미간을 찌푸렸다.

"뭐, 됐어. 발언을 허가하지."

"그게, 아까부터 나온 이야기로는, '이 건물을 날려 버리겠다'
라는 건 헛소리로 치부되는 것 같은데요, 하지만, 전 봤거든요.
이 마을 지하통로에서—— 폭분(爆粉)을."

"폭분——?"

로르페를 포함한 몇 명의 목소리가 겹쳤다.

물론 익스도 들은 적 없는 단어였다. 하지만 짚이는 것은 있
었다. 지하통로에서 발견한 나무통과, 안의 먼지를 말하는 것이
리라.

"그, 그래요." 슈노는 침을 한 번 삼켰다. "특수한 가루로, 압
력을 가한 상태에서 불을 붙이면 폭발해요. 그걸, 이곳 지하에
서 봤어요."

"그건, 이 건물을 날려버리기에 충분한 위력을 가지고 있나."
맞은편의 남자가 차분한 말투로 말했다.

"어, 그, 그건 어떨까요……. 양도 그 정도였고, 이미 습기를
먹은 모양이고……. 하, 하지만 무언가 음모가 있었을지도."

"그런가." 하지만 로르페는 흥미 없다는 듯 고개만 끄덕일 뿐
이었다. "내 생각과 다른 이상, 그 폭분이라는 녀석은 이번 일에
는 관계가 없어. 너는 그만 닥치고 있어."

"어, 어어? 아니, 하지만——."

"저도 같은 의견이에요."

익스가 잘 아는 목소리가 그렇게 말했다.

미나하, 라고 불린 외투 입은 인물이었다. 이름은 다르지만

어조도 말하는 방식도, 자신이 아는 유이라는 소녀와 완전히 똑같았다.

자신이 화제의 중심이 되었을 때조차 발언하지 않았던 그녀의 말에, 모두의 주의가 모였다.

"당신은 폭발 지팡이 장인인가요?" 그녀는 슈노를 향해 물었다.

"어떻게 그 이름을——." 슈노가 눈을 크게 떴다. "아, 아니, 이젠 아니지. 제 전문은 마법 지팡이에요."

"아마도 당신이 본 폭분은 훨씬 옛날, 지하를 팔 때에 사용된 것이에요. 쓰고 남은 게 지금도 있는 거겠죠."

"어, 어째서 그렇게 말할 수 있는 거죠?"

"저는 폭분의 위력을 모르고, 그 지하도 본 적 없어요. 그러니까 하나 질문을 할게요. 그 통로는, 당시—— 그러니까 예배당이 세워질 무렵의 마법 기술로 만들 수 있는 것이었나요?"

"아, 아니, 그건 어려울, 까요……." 점점 줄어드는 목소리로 슈노가 대답했다.

"그럼 누군가가 훨씬 옛날의 기술을 손에 넣어서 비밀리에 지하로 옮겼을 가능성과 당시의 물건이 그대로 남아 있을 가능성, 어느 쪽이 높을까요. 지하에서는 시간의 흐름이 완만해지는 법이에요."

단숨에 이야기를 마치더니 차례를 넘기겠다는 듯이 그녀는 양손을 앞으로 내밀었다. 그 손짓에 또다시 로르페가 팔을 휘두르며 이야기를 재개했다.

슈노는 시무룩한 모습으로 무릎에 손을 얹고 있었다. 이미 이쪽을 주목하는 인간은 없었다.

"괜찮아?" 익스는 말을 건넸다. "이곳에 있는 모두를 생각해서 한 말이야. 나쁘게 여기진 않겠지."

"응, 난 괜찮아── 아니, 조금 괜찮지 않을지도." 힘없이 슈노는 미소 지었다. "같이 바깥으로 좀 나가지 않을래? 이 방, 엄청 불편하니까……."

8

슈노와 함께 살며시 방을 나왔더니 아는 얼굴과 만났다.

방 밖에는 초대 손님의 종자로 여겨지는 사람들이 서 있었는데, 그중에 노바가 있었던 것이다. 유이의 감시와 호위 임무를 맡고 있는 소녀였다.

말을 건네도 될지 망설이는 사이, 이쪽의 시선을 알아차린 그녀가 작게 고개를 끄덕이고 창밖을 봤다.

"괜히 주제넘게 나서지 말걸 그랬어……." 슈노는 휘청휘청 걸었다. "바깥 공기를 쐬고 올게."

"현관까지 같이 가자." 노바에게 고개를 끄덕여 답하고 익스는 말했다.

계단을 내려가서 건물 밖으로 나왔다. 예상 이상으로 안과 밖의 온도 차이가 커서, 익스는 외투를 몸에 둘렀다.

주변을 걷고 오겠다는 슈노를 배웅한 뒤, 등 뒤에서 문이 열리는 소리가 들렸다. 돌아보자 평소의 무표정으로 노바가 서 있었다.

"어째서 이곳에 유이가 있지?" 익스는 서두도 없이 말했다. "루크타로 돌아간 거 아닌가?"

"이것도 유이 씨를 돌려보내기 위한 조건, 이었어요."

"조건이 있다고는 못 들었어."

"예."

"……조건 내용은?"

"이 마을의 신학 회의에, 그녀를 참가시킬 것, 이에요."

"뭘 위해서?"

"몰라요. 하지만, 이 일이 끝나면 돌아간다, 라고 했어요."

"알 수가 없네……." 익스는 팔짱을 끼고 하늘을 올려다봤다. "유이를, 게다가 정체를 숨기고서 참가시키는 것에 무슨 의미가 있는 거지? 노바가 있는 한, 그 녀석은 계속 신파에 협력할 테고, 왕가의 핏줄도 이용 가치는 거의 없을 텐데."

고개를 갸웃거리다가, 노바가 이쪽을 빤히 쳐다보는 것을 깨달았다. 표정은 변함이 없지만 무언가 말하고 싶어 하는 것은 알 수 있었다.

"왜 그래"라고 물었다.

"유이 씨가 말, 했나요?" 그녀는 말했다.

"뭘?"

"자신이 왕가의 핏줄이라고, 유이 씨가 말했나요?"

"어? 아니……." 질문의 의미는 모르겠지만 입가에 손을 대고 기억을 더듬었다. "확실히—— 토마한테 들었던가. 그 녀석 스

스로는 계속 어느 혈통, 이라는 표현이었을 거야."

"자기가 먼저 이야기하지는 않았다, 그런 의미, 로군요."

"노바, 대체 무슨 이야기를 하는 거야. 사실은 왕가의 핏줄을 물려받은 게 아닌가?"

"아뇨, 왕가의 피도 이었어요. 하지만 그녀가 루크타에서 공경 받은 것은, 그런 이유가 아니에요. 그녀의, 또 하나의 핏줄 때문, 이에요."

"또 하나?"

"예. 그건——."

그녀의 대답을 듣고 익스는 맹렬하게 좋지 않은 예감이 들었다.

근거라고 할 것은 없었다. 그저 너무나도 딱 맞는다는 느낌이었다.

주위로 시선을 향했지만 슈노는 아직 돌아오지 않았다. 기다릴 시간은 없었다.

"미안해, 노바. 난 지금부터 방으로 돌아가겠어." 그러면서 문을 열었다. "슈노—— 내 동행이 돌아오면 그렇게 전해줘."

"예."

끄덕이는 그녀를 남겨놓고 계단을 뛰어 올라갔다. 조금 전의 방으로 다시 들어갔다.

혼자서 돌아온 익스에게 주의를 기울이는 사람은 극히 소수였다. 대부분은 방 중앙에서 펼쳐지는 로르페와 세오의 논의에 집중하고 있었다—— 조금 전에 결판이 났을 터인 논의에.

로르페가 양팔을 펼치고서 큰 소리로 말했다.

"있잖아, 나는 화가 나고 슬프단 말이지! 아니, 사실은 아무래도 상관없지만, 이런 간단한 일을 어째서 아무도 알아차리질 못한 거야? 이 남자는 말이야, 누군가 알아차리기를 바라서, 그래서 이런 조잡한 방법을 선택했는데도!"

"세, 세오 씨, 정말입니까?" 참가자 중 하나가 고개를 가로젓고 있었다. "미나하 씨에게 나쁜 감정을 품은 사람이 없는지 확인하기 위해, 굳이 습격하는 시늉을 했다니——?"

"지금 이야기한 그대로입니다." 세오는 싱글대는 미소로 대답했다. "혹시 참가자 중에 그런 인물이 있다면 제게 접촉을 꾀하리라 생각했습니다. 하지만 아무도 나타나지 않았죠. 여러분을 시험하는 것 같은 짓을 해서 죄송합니다만, 이것으로 간신히 다음 회의의 준비가 되었습니다."

"준비라니……."

망연자실하게 중얼거리는 남자를 무시하고 세오는 외투 입은 인물—— 유이의 등 뒤로 걸어갔다. 그녀는 고개를 들었지만 그 이상의 반응을 하지는 않았다.

모두가 마른침을 삼키며 그의 행동을 지켜봤다.

"우리의 미래를 위해, 반드시 해야만 하는 논의가 있습니다. 하지만 그것은 무척 섬세한 문제입니다. 사람에 따라서는 듣는 것만으로 내팽개치고 말지도 모릅니다. 그러니까, 우선은 그녀를 신뢰하길 바랐던 겁니다."

세오는 그녀의 어깨에 양손을 얹었다. 손은 천천히 외투를 쓰다듬고, 이윽고 후드에 닿았다.

"소개하겠습니다. 미나하 씨, 아니, 유이 라이카 씨입니다."

유이는 저항하지 않았다. 무릎에 손을 얹고 바른 자세로 앉은 채, 후드가 벗겨졌다.

이 자리에 있는 누구와도 다른, 짙은 색깔의 피부가 드러났다.

"그런가요. 동방의 백성인가요." 곧바로 우코드라크 노파가 그렇게 말했다. 몇 초 틈을 두고, 차분한 목소리가 방에 울렸다. "세오, 당신의 신중함은 조금 지나치다고 생각하지만, 노림수는 훌륭하게 이루었군요. 이제 그녀에게 나쁜 감정을 품는 사람은 없어요. 동방의 백성에 대해서도 냉정한 논의가 가능하겠죠. 아닌가요?"

그녀가 방을 둘러보자 모두가 고개를 끄덕였다. "그렇습니다." "그만큼 말레교에 대한 이해가 깊으니"라고 저마다 중얼거렸다.

하지만 그때, 세오가 "아닙니다"라며 말했다.

"메레이 씨, 조금 오해가 있군요. 제가 문제로 삼고 싶은 것은 동방의 백성이 아니라, 그들의 신앙에 대한 것입니다." 그는 미소로 계속 말했다. "그들을 교화하기에 앞서, 그들의 신앙을 어떻게 해석해야 하는가── 제가 중시하는 것은 그 부분입니다."

"그러니까 유이 씨한테 이야기를 듣는 거겠죠? 그들이 믿는 신이나 교의에 대해서."

"그게 아닙니다. 그녀는 실례(實例)입니다."

"실례? 무슨 실례 말인가요." 메레이는 고개를 갸웃거렸다.

"신의 실례, 입니다."

Illustrations copyright © Enji

"예?"

세오는 왼손으로 유이의 얼굴을 가리켰다.

"그녀—— 유이 씨는 신인 겁니다. 신의 피를 이은 일족의 후예입니다. 물론 그녀의 고향에서, 라는 의미입니다만." 세오는 몸 앞으로 양손을 겹쳤다. "자, 우리는 그런 존재를 어떻게 취급해야 할까요? 그것이 다음 번, 성배의 날 회의에서 다루고 싶은 의제입니다."

방 전체의 시선이 유이에게 모였다.

그 시선에는 어떠한 감정이 담겨 있는가.

"……정말인가요?"

한동안 말이 없던 메레이가 중얼거렸다.

그리고.

"——예."

그녀가 긍정했을 때, 이번에야말로 입을 여는 사람은 사라졌다.

1

무슨 일이 벌어지든, 일은 계속해야만 한다. 다음 날에도 익스와 슈노는 수도원으로 왔지만, 익스는 전혀 작업에 집중할 수 없었다. 정신이 들자 가공하는 손이 멈추고 생각에만 잠겨 있었다. 처음 경험하는 일이었다.

그때 익스는 아무것도 할 수 없었다.

어쩔 수 없는 일이다. 신분 상 무언가를 말할 수 있는 입장이 아니다. 하지만 설령 그 회의의 참가자였을지라도, 그 자리에서 끼어들 수 있었을까.

유이를 익스는 몰랐다. 알려고 하지 않았던 것이다. 지팡이에만 흥미가 있고, 손님의 사정 따위는 아무래도 상관없다고 생각했다. 그저 지팡이를 만들 수 있다면······.

그 결과, 그녀의 위기를 그저 방관할 수밖에 없어서 도망치듯이 수도원으로 돌아오고, 또다시 지팡이를 만들고 있다.

유이는 어떻게 될까, 생각했다.

교의에 어두운 익스라도 말레교에서 신을 참칭하는 것이 얼마나 깊은 죄인지 안다. 심판을 받는다면 아무리 가벼워도 팔 하나는 잘릴 것이다. 극형이 당연한 죄였다.

그렇게 생각했을 때, 온몸에 한기를 느꼈다.

살해당하는 것인가── 그녀는.

그 때문에 끌려온 것인가.

루크타로 돌아간다. 그런 희망을 미끼로, 처형대로 유인을 당한 것인가.

"뭔가 필요하신 건 있으신가요?"

봤더니 문에서 비터가 얼굴을 반쯤 내밀고 있었다. 밝은 미소였다. 그는 마을의 회의도, 지하통로도 모르는 것이다. 두 사람이 사라진 일에 대해서는 세오가 적당히 설명을 해주었다고 한다.

"아니, 난 괜찮아"라며 슈노가 대답했다.

"익스 님은요?" 비터는 이쪽으로 시선을 향하고 고개를 갸웃거렸다. 평소라면 톱밥이 쌓여 있을 책상이 아직 여전히 깨끗했다.

문제없어, 그렇게 대답하려다가 익스는 도중에 그만뒀다. 대신 입가에 손을 대고 말했다.

"잠깐……, 세 사람을 불러주지 않겠어? 지금 내가 만드는 지팡이 주인들."

"예, 그건 괜찮은데요……." 비터는 의아한 듯 눈을 깜박였다. "뭔가 문제라도 있었나요?"

"그런 게 아니야. 그저, 어쩐지 이야기를 하고 싶을 뿐이야."

"알겠어요! 바로 불러올게요!"

어째선지 비터는 더더욱 환한 미소로 방을 나갔다.

어째서 갑자기 그런 부탁을 했을까. 익스 스스로도 알 수 없었다. 적어도 오늘은 일이 손에 잡히지 않겠다고 생각한 것과 동시에, 정말로 그저 어쩐지 손님의 이야기를 듣고 싶어진 것이었다.

금세 첫 번째 수도사가 방으로 들어왔다. 작업 중이었다며 옷에는 먼지가 묻어 있었다. "뭔가 문제가 있습니까", 불안한 듯 미간을 찌푸리고 있었다.

"대단한 건 아니야." 익스를 고개를 가로저었다. "일단 앉도록 해."

맞은편에 앉은 그를 봤더니 첫날에 목재 가공 건으로 옥신각신한 상대였다.

"……요전에는 미안했어." 지팡이 제작 도구를 쓰다듬으며 익스는 말했다.

"예?" 남자는 의외라는 듯 눈을 크게 떴다.

"목재 가공에 대해서 불평을 했잖아. 나름대로 조사하고 궁리를 했을 텐데. 실례되는 소리를 했어."

"어, 예……." 그는 당황한 모습으로 어리둥절했다. "아니, 사과하지 않으셔도 됩니다. 별 지식도 없는데 쓸데없는 소리를 한 제 잘못이니까요. 저기, 그것 때문에?"

"아니……, 조금 더 이야길 하자고."

말은 그랬지만 구체적으로 묻고 싶은 것이 있지도 않았다. 마법 지팡이에 대해서, 몇 가지 더 대화를 나누었다.

"사실은, 폐가 되는 의뢰라는 건 알고 있습니다"라며, 이야기를 흐름 안에서 남자는 그런 소리를 했다.

"무슨 이야기야?"

"일반적인 마법 지팡이 가격은 저도 알고 있습니다. 이 수도원은 결코 유복하진 않으니까 만족스러운 보수는 지불되지 않겠죠. 저 같은 일반 시민이 지팡이를 만들다니, 보통은 그럴 일

없지 않습니까."

"그렇지는……." 익스는 입가에 손을 댔다. "내가 처음으로 지팡이를 만든 상대도, 귀족도 아닌 평범한 집 아이였어."

"그건 굉장하네요. 가격은 다른 지팡이와 차이가 없었겠죠?"

"뭐…… 그러네."

사실은 어떤 사정으로 지불할 수가 없게 되어 그 주문은 취소됐지만, 익스는 잠자코 있었다.

금세 잡담의 화제는 떨어져서 "이상이야"라고 익스는 말했다.

"방해해서 미안하네. 작업으로 돌아가도록 해."

"허어, 그렇습니까……."

수도사는 출구로 향했지만 도중에 빙글, 이쪽을 돌아봤다.

"저기, 감사합니다." 그는 깊이 머리를 숙였다.

"어?"

"당신의 지팡이에 어울리는 인물이 될 수 있도록, 앞으로도 더욱더 노력을 거듭하겠습니다."

어떻게 대답할지 떠오르지 않아서, 익스는 "그런가"라고만 대답했다. 수도사는 미소를 짓고 방을 나갔다.

그 후, 순서대로 다른 두 사람과도 대화했다. 그들에게는 딱히 사죄하지는 않지만 신기하게도, 둘 다 방을 나가기 전에 감사를 건넸다. 전혀 이유를 알 수가 없어서 오히려 익스는 불편하다고 느꼈다. 감사를 받을 이유는, 아직 없을 터였다.

그대로 정오가 되었다. 하지만 슈노와 식당으로 가는 도중, 갑자기 코쿠가 불러 세웠다.

"어, 익스 씨는 잠깐 남아줄 수 있을까요."

"그건 상관없는데……."

슈노한테는 먼저 가라고 이야기했다. 난로 앞의 의자를 권유받아서 그곳에 앉았다. 대체 무슨 용건일까, 그의 얼굴을 봤다. 그의 안경에 불꽃이 비치고, 그에 겹치듯이 안쪽의 가느다란 눈이 이쪽을 응시하고 있었다.

"좋은 아르테죠?" 코쿠는 그렇게 말했다. "올해는 특히 괜찮아요."

"어? ……아, 그렇군. 양질의 소재야." 한순간 놀랐지만 익스는 끄덕였다. "코쿠도 여기 아르테를 사용하나?"

"모쪼록 써보고 싶습니다만, 수도원의 사유물이니까요." 그는 쓴웃음 지었다. "하지만 소리가 좋아요. 깎아낸 톱밥도 매끄럽죠. 가공 기술이 있기에 그럴 테지만, 회심의 완성도가 될 것 같아요."

"……만들던 지팡이를 봤나? 언제?" 미간을 찌푸리며 물었다.

"지팡이는 안 봤습니다. 뭔가 걸린다면 말을 할 생각이었습니다만, 두 분의 기술을 의심하진 않습니다. 그건 한눈에 알 수 있는 일이지요. 덕분에 느긋하게 지낼 수 있었습니다."

진심으로 하는 말일까, 잠만 자던 변명을 하는 것일까, 익스로서는 알 수 없었다. 처음 만났을 때, 두세 마디의 대화와 악수만으로 이쪽의 기량을 헤아렸다는 것일까. 도저히 불가능하게 여겨졌다.

"……용건은?" 그런 의문들 대신에 익스는 말했다.

"실례했군요, 나이를 먹으면 쓸데없는 말이 많아져서 큰일입니다." 코쿠는 뒤통수에 손을 댔다. "익스 씨, 당신을 합격으로 할 테니, 예, 그것만 말해둘까 해서요."

"허?"

익스는 상대의 얼굴을 빤히 바라봤다. 갑자기 무슨 소리를 하는 것일까.

하지만 의아하게 여긴 것은 자신만이 아닌지, 코쿠도 의아하다는 듯 머리를 긁적였다.

"저기……?" 그는 안경을 만지고 고개를 갸웃거렸다. "혹시, 듣지 못했던 겁니까."

"듣고 자시고, 무슨 소리야? 합격이라니."

"당신의 장인 등록을 인정한다, 그런 말입니다."

"……뭐라고?"

익스는 몇 번인가 눈을 깜박거렸다. 가장 하찮은 부류의 농담일까, 자신이 잘못 들었다고 생각했다.

하지만 코쿠는 정정하지도 않고 "이상하네요"라며 중얼거렸다.

"이번 일은 시험을 겸하는 일이라고, 조합을 통해서 사전에 전달했을 텐데요."

"잠깐만 기다려줘." 익스는 고개를 가로젓고 한 손을 펼쳤다. "난 모르겠는데…… 시험이었던 건 슈노 쪽이잖아?"

"물론 슈노 씨도." 코쿠는 긍정했다. "그분은 첫날에 합격으로 했습니다. 아직 본인에게 전하지는 않았지만요."

"합격이라니……. 완성된 지팡이도 안 봤는데, 뭘 심사한 결과지?"

"기술은 충분, 그 말은 조금 전에 했지요." 코쿠는 미소 지었다. "장인도 다양한 사람이 있어서 말입니다. 자신의 이상을 좇는 것도, 돈벌이에 매진하는 것도, 마음대로 하면 그만이겠죠. 중요한 건 그것을 확립하고 있느냐는 겁니다. 익스 씨는 그 부분만 불안했지만……, 오늘 모습을 보고 문제없겠다고 판단할 수 있었습니다."

"아니, 더더욱 이해할 수가 없어." 익스는 고개를 숙이고 말했다. "오늘 나는, 이제까지 그 어느 때보다 불안정했을 테지."

"그렇기 때문, 입니다. 망설이시는 모양이었으니까, 이렇다면 괜찮겠다고. 이제까지는 그저 길을 헤매고만 있었으니까요."

대체 무슨 소리를 하는 것인지 알 수 없었다. 완전히 모순되는 것처럼 들렸다.

게다가 장인이 되기 위해서는 조합의 심사 외에도 조건이 있었을 터.

"점포── 그렇지, 지금 나는 가게를 얻을 방도가 없어." 익스는 고개를 들고 말했다. "장인이 되려면 필요하잖아?"

"그러니까 제 점포를 물려주겠다고 그랬습니다만, 그쪽도 못 들으셨습니까?"

"가게를……, 나한테 물려줘?"

있을 수 없다. 익스는 몇 번이고 고개를 가로저었다. 그런 행운이 갑자기 닥치다니, 도저히 믿을 수가 없었다. 무언가 착오나 함정일 것이다.

"그런 말씀을 하셔도 말이지요." 코쿠는 쓴웃음을 지었다. "당신은 장인이 되고 싶지 않은 겁니까?"

"아, 아니—— 아니야, 그런 게 아닌데. 하지만……."

물론 장인 등록은 계속 목표로 하던 일이다. 하지만 이렇게나 갑자기, 마음의 준비가 되지 않은 상태에서 듣더라도 기쁨보다 곤혹이 앞서고 만다.

익스가 혼란에 빠진 모습을 보고 코쿠는 곤혹스러운 듯 미간을 늘어뜨렸다.

"뭐, 일단은 이야기했으니까요"라며 그는 일어섰다. 지팡이를 짚고 무릎을 폈다. "받아들이든 거절하든, 시간을 두고 이야기하는 편이 낫겠군요. 뭐, 겨울 동안에는 이쪽에 계시겠죠? 느긋하게 생각하셔도 되지 않을까요."

"아, 알았어."

"솔직한 심정으로는, 가능하다면 저는 당신에게 가게를 물려줬으면 좋겠다고 생각합니다. 친구의 제자이고 장래 유망한 지팡이 장인이죠. 무언가 불만인 점, 혹은 조건이 있다면 뭐든 말씀해줘요. 제가 가능한 범위에서 대응하지요."

"그래……."

그렇게 대답은 했지만 익스는 아직 아무런 생각도 못 하는 상태였다. 이 현실을 어떻게 받아들이면 좋을지 전혀 알 수 없었다.

하지만 코쿠가 방을 나가기 직전, 하나 물어보지 않은 것을 떠올렸다.

"아까——"라며 말을 건넸다.

"예, 뭔가요." 코쿠는 걸음을 멈추고 고개만 이쪽으로 향했다. "아까, 나한테는 사전에 연락했다고 그랬지?"

"그랬습니다."

"대체 누구의 앞으로 전달한 거야? 모르나인가? 아니면 라유마타?"

그렇게 묻자 코쿠는 더더욱 의아하다는 듯 고개를 갸웃거렸다.

"이 마을에 계실 텐데요, 못 만났습니까?"

"……설마."

"로르페 씨와 헴슬리 씨입니다. 여러 수속을 진행해 준 건 그들이니까. 바로 그것 때문에 에스토샤로 오셨다고 생각했습니다만……."

2

점심식사를 가지고 식당 밖으로 나오자 항상 이용하는 장소에 슈노가 앉아 있었다. 새하얀 풍경을 앞에 두고 묵묵히 식기를 움직였다. 접시는 반 정도 비었다.

"오, 무슨 이야기였어?" 옆에 앉은 익스를 보고 슈노는 말했다. "잔소리── 같은 건 아니지? 그 사람, 다정해 보였으니까."

"아니……, 그건 다음에 이야기할게. 내 안에서 정리할 시간이 필요해."

"그, 그래? 괜찮아? 뭔가 이야기 상대가 필요하다면 언제든지 나한테 의지해 줘."

"그래."

슈노가 몇 번이나 곁눈질로 이쪽을 살피는 것을 익스는 깨달았다. 하지만 이 친구한테 무엇을 이야기하면 될까?

잠시 조용히 식사했다. 가느다란 눈이 날리고, 몇 조각이 손등에 떨어졌다. 금세 녹고, 뒤섞이고 보이지 않게 되었다. 그런 것은 처음부터 존재하지 않았던 것처럼.

"어제부터 계속 그런 상태네." 툭하니 슈노가 말했다. "내가 없을 때, 거기서 무슨 일이 있었던 거야. 이야기해 줘."

"……아는 사람이, 좀."

"……지금 그걸로 이야기했다고 생각하진 않겠지. 좀, 뭔데?"

"좀, 생명의 위험이라고 할까."

"대, 대사건이잖아……!" 슈노는 주위를 둘러봤다. 물론 이곳에는 둘밖에 없었다. "그, 그래서? 언제야?"

"언제라니, 뭐가?"

"그 사람을 구하러 가는 날 말이야."

시원스럽게 나온 그 말에 익스는 침묵했다.

뭐, 슈노는 상황을 모르니까 어쩔 수 없다. 아무리 구하고 싶어도 상대는 너무나 거대했다. 유이를 이 상황에 빠뜨린 것도 세밀한 계획에 따른 일일 것이다. 일개 수습으로서는 아무것도 할 수 없는 것은 물론, 애당초 그들의 회의라는 그 자리에 들어갈 수도 없을 것이다.

하지만 그것을 설명한다면 슈노까지 이 일에 말려들게 된다. 지금은 적당한 말로 얼버무려야 할까── 그렇게 생각했을 때였다.

"구할 방법은 이미 생각했을 테지, 익스?"

"왜 그렇게 생각해?"

"너는 얼굴에 드러내지 않는 녀석이지만, 그 정도는 나도 알 수 있어. 여하튼 친구니까. 그리고 친구이기에 알 수 있는데, 그걸 실행할지 망설이고 있어. 그렇지? 그렇다면 이럴 때야말로 선배인 내가 나설 차례야. 자, 뭐든 이야기해 봐!"

"이야기하라고 그래도……."

"말했잖아. 곤란할 때는 사양 말고 나를 의지해달라고."

슈노가 득의양양한 표정으로 가슴을 두드렸다.

그 옆얼굴이 지금만큼은 묘하게 든든해 보였다.

그럼에도 익스는 한동안 자신의 무릎 사이로 땅을 바라봤다. 뒤통수에 눈이 얇게 쌓였을 때, 간신히 그는 고개를 들었다.

"……그 방법을 취한다면, 은혜를 입은 상대를 배신하게 돼."

"은혜를 입은 상대? 그러니까 누가가 피해를 당한다는 건가?"

"그런 게 아니야. 그 상대는 이 세상에 없으니까. 그저……, 내게도 아는 사람에게도, 정말로 소중한 상대야. 그 얼굴에 먹칠을 하고 말지도 몰라."

"으—응……." 슈노는 하늘을 올려다봤다. "냉정한 의견일지도 모르겠지만, 죽은 상대의 명예보다 살아있는 사람의 목숨이 더 중요하지 않을까?"

"…………."

"이것 참, 귀찮은 고민인데. 정말이지, 익스다워." 후우, 슈노는 숨을 내쉬었다. "……나는 가업을 이을 생각이었다고, 전에 이야기했지?"

"갑자기 무슨 소리야?" 놀라서 익스는 옆을 봤다.

"아니, 딱히?" 슈노는 이를 드러내어 웃었다. "그저……, 조금 기분이 풀릴 법한 이야기를 해주자고 생각했거든. 그게, 어제 폭분 이야기야. 익스도 폭발 지팡이는 모르겠지?"

고개를 가로젓자, 그렇겠지, 라며 슈노는 웃었다.

"옛날에는 있었거든, 그런 게. 우리 집안은 대대로 폭발 지팡이 장인── 그러니까 폭발 지팡이를 만드는 장인 가문이었어." 슈노는 그렇게 말했다. "어제 옆에서 들었다고 생각하는데, 폭분──이라는 가루가 있어. 불을 붙이면 격렬하게 타오르는 분말인데, 잔뜩 모아서 압력을 가하면 더욱 큰 폭발이 일어나. 방법에 따라서는 굉장한 파괴력을 지녔지. 물론 마력 따윈 관계없어. 누가 사용하든 같은 위력이야. 폭발 지팡이라는 건, 폭분을 이용한 무기 중 하나고."

"들어본 적 없는데."

"옛날에는 강력한 무기였다고? 우리 아버지나 할아버지는 그 무기의 전문 장인이었어. 무기 제작법도, 폭분 배합이나 각각의 효과 따위도, 거의 폭발 지팡이 장인이 독점하고 있었어. 그러니까 나라에서는 중용되었고, 적국에 붙지 않도록 무척 우대를 받았다고 해── 레드노프가 인공 마법 지팡이를 발명할 때까지는."

"그럼, 슈노의 가업이 기울었다는 건……."

"마법 지팡이 탓이라는 거지. 내가 태어났을 때에는 이미 망하려던 참이었어."

"중간에 다른 이야기라 미안하지만, 그렇게까지 되나?" 익스는 고개를 갸웃거렸다. "지금 들은 느낌으로는, 폭발 지팡이도 유용한 무기였잖아. 사용자에 따른 개인차가 없다는 거겠지? 마법 지팡이와 구분해서 사용하게 되지 않았나."

"그게 말이지, 폭분이라는 건 만드는 게 엄청 힘들거든. 몇 종류의 물질을 섞는 건데, 딱 하나, 굉장히 모으기 성가신 게 있어. 나라의 지원이 필요할 정도로." 슈노는 한숨을 내쉬었다. "안타깝지만 지원은 사라져 버렸어. 애당초 폭발을 일으키는 것밖에 못 한다는 게 말이지……, 거친 일에나 쓸 수 있는 물건이야. 하지만 마법 지팡이는, 사용자의 마력만 있다면 몇 번이든 쓸 수 있고, 다양한 현상을 일으킬 수 있지. 비교하면 상대도 안 돼. 나라는 마법 지팡이 장인을 전면적으로 지원하게 되었고 폭발 지팡이 장인은 내팽개쳤지."

슈노는 어깨를 으쓱였다.

"아버지도 어머니도 죽을 때까지 원망했어. 인공 마법 지팡이를 만든 레드노프를. 비슷한 폭발 지팡이 장인이 잔뜩 있었어. 원망한 나머지, 폭분으로 레드노프를 죽이려고 한 사건이 벌어졌다는 이야기도 들은 적이 있어. 그건 실행 전에 들켰고, 게다가 폭발 지팡이 이탈이 진행되어버렸다는데……."

"하지만 슈노는 지팡이 장인 수습이 되었네."

"알고 싶었거든. 그렇게까지 말하는 마법 지팡이란 녀석을 한 번 보자고. 아버지한테도 어머니한테도, 집안을 배신하는 거냐는 소리를 실컷 들었지만……. 하지만 뭐, 일목요연했어. 폭발 지팡이와 마법 지팡이, 둘 중에 어느 쪽이 더 뛰어난지는. 아—
이래서야 폭발 지팡이는 사라지겠구나—, 하고 웃었을 정도야.
그 후로는 계속 지팡이 제작자로서의 기술을 갈고닦았지."

하지만 말이야, 그러면서 슈노는 말했다.

"나는 어제 이야기를 듣고 조금 기뻤어. 이런 마을 지하에, 통
로를 판다는 목적이었을지라도, 조금이라도 폭분이 도움이 된
적이 있었다니까. 나는 솔직히 폭분에도 폭발 지팡이에도 애착
은 없고, 지금은 마법 지팡이 외길이지만. 하지만── 어쩐지
말이지. 그러니까…… 어라, 난 무슨 소릴 하려고 했더라."

"기분을 풀어주고 싶었던 거지?"

"아니, 그렇기는 한데……." 슈노는 팔짱을 끼며 복잡한 표정
을 지었다. "아, 그렇지. 그러니까 말이야, 익스. 네 선배인 나
스스로가, 살아있는 가족을 배신한 몸이야. 그러니까 너도 신
경 쓸 건 없어. 아니, 조금은 신경을 쓰는 편이 좋을지도 모르겠
지만……, 어쨌든, 이번에는 신경 쓰지 않는 게 어때? 여차하면
나도 무덤 앞에서 사과해줄 테니까."

"그건 뭐야."

억지스러운 그 설득에, 제아무리 익스라도 어이없어서 웃음을
지었다.

하지만 동시에 힘이 훅 빠진 것도 사실이었다.

'정말이지……, 뭘 주저하는 거야.'

이 정도 일은, 그녀 같은 선량함을 지니지 않은 자신이 완수해
야 할 최소한의 책무일 것이다.

3

남들이 이야기를 듣지 못하도록 두 사람은 잠시 걷기로 했다.

수도원을 벗어나서 부지를 둘러싼 아르테 숲으로 들어섰다. 짙은 녹색 이파리에 하얀 눈이 쌓여서 가지가 휘어 있었다. 이따금 한계를 맞이한 가지가 가라앉고, 동물이 몸을 떨듯이 눈을 떨어뜨렸다.

"좋은 숲이야." 슈노가 하얀 숨결을 내쉬었다.

"그러네."

나무들은 일정한 거리를 두고서 심어져 있고, 불필요한 가지도 전정했다. 정성들인 사람의 손길이 들어간 것을 알 수 있었다. 자신이 자란 산을, 문득 익스는 떠올렸다. 그 숲에 있는 것은 이곳과 달리 마법 지팡이에 적합하지 않은 수목이었지만.

그렇게 생각하면 무척 기묘한 감각을 느꼈다.

어째서 자신은 이런 장소에 있는 것일까.

겨울날에 버려졌을 뿐인 갓난아기가, 이런 먼 마을의 숲속에서, 눈을 밟으며 걷고 있는 것은 어째서일까?

앞으로의 계획에 대해서 이야기한 뒤 ——라고 해도 슈노에게 부탁할 일은 없었지만—— 익스는 폭발 지팡이에 대해서 조금 더 물어보기로 했다. 슈노의 재능은 그곳에서 왔으리라, 그렇게 생각했으니까.

아마도 폭분을 이용한 무기나 폭발 지팡이의 사고방식을 마법 지팡이에 응용하는 것이리라. 마법 지팡이의 바깥에서 왔기에, 상식에 사로잡히지 않고 풍부한 발상으로 지팡이를 만들 수 있는 것이다.

"그러네, 폭발 지팡이라는 건 말이지……." 슈노는 손짓을 더해 이야기했다. "이렇게, 튼튼한 통 안에서 폭발을 일으키고, 그 반동으로 바위 따위를 발사하는――그런 구조의 무기야."

"반동으로?"

"쓸데없는 과정이지?" 슈노는 어깨를 으쓱였다.

신기한 무기라고 생각했다. 폭발의 반동을 이용해서 사물을 발사한다. 마법 지팡이의 사고방식으로는, 슈노가 말했다시피 쓸데없는 과정이었다. 폭발의 힘을 그대로 발사할 수는 없었을까. 대체 어떤 형상일까.

그때, 익스의 뇌리에 무언가가 스쳤다.

반동……?

반동으로, 발사한다?

그만 걸음이 멈췄다.

"슈노……."

"왜 그래?" 몇 걸음 지나친 슈노가 돌아봤다.

"폭발 지팡이의 구조를, 마법 지팡이에 시험해 본 적은 없어?"

"부분적으로는 몇 가지 시험해 봤는데……, 정확히 어느 구조 말이야?"

"반동을 이용해서 발사한다, 그 부분이야. 그거, 마력으로도 같은 일이 가능하지 않을까?"

"어—, 그거 말이지." 슈노는 쓴웃음 지었다. "응, 생각한 적 있어. 다른 종류의 목재를 조합하는 거야. 한가운데에 하나랑, 주위에 반발용 목재를 놓고서. 하지만 계산하면 알 수 있을 텐데, 안 되거든. 지팡이의 내구력이 버티지 못해. 일정 이상의 위력을 내려고 하면 지팡이 그 자체가 견디지 못하고 스스로 부서져버려. 그렇게 잘 풀리지 않는다는 소리지."

"아, 그렇군……."

그러면서 익스는 수긍했지만 마음속으로는 고개를 갸웃거렸다.

아니—— 아니다.

슈노는 무슨 소리를 하는 것인가.

지팡이가 버티지 못하는 것은 안다. 하지만 그것은 최대 위력을 발휘했을 때에 벌어지는 문제이고, 제한을 설정한다면 회피할 수 있을 터.

어째서 슈노는 깨닫지 못하지?

아니, 아니다…….

슈노만이 아니다.

이것은 지극히 단순한 구조. 누구라도 떠올릴 수 있다. 기술적으로도 전혀 어려운 일이 아니다. 백 년 전에도 충분히 실용화할 수 있었을 것이다.

그런데도…….

슈노도, 사형사저도, 세계의 어떤 장인도.

스승님조차 떠올리지 못했던 것일까……?

익스는 무심코 입가에 손을 댔다.

온몸이 떨렸다.

스승님이라면, 떠올렸다면 한 번은 만들었을 터.

하지만 그것조차 하지 않았다.

그렇게나 가까이 있었는데.

그렇다면…….

정말로 떠올리지 못했던 것이다.

어째서일까 생각하다가, 익스는 고개를 내저었다.

어째서?

이유는 명백하다.

모든 장인이 목표로 하는 것은 궁극의, 이상의 한 자루니까.

'아아…….'

그래서 그런가, 깨달았다.

지하실의 지팡이는, 그러니까 궁극의 지팡이인 것이다.

그런 것과 비교하면…….

그게, 그렇잖아?

마력의 반발력을 이용하고 위력에 제한을 둔다면.

장인의 정교한 기술도, 소재 선정도 필요 없이.

일정한 품질의 지팡이를, 대량으로 만들어버린다.

무한의 무개성한 지팡이가 만들어진다.

그곳에 장인이 목표로 하는 가치는 없다.

가치는, 없다.

정말로?

가치는 없는 것인가?

염가로, 많은 사람들이 손에 넣을 수 있는 마법 지팡이다.

그것은 가치가 아닌가?

그것을 가치라고 생각하는 것은, 자신뿐인가?

아마도……, 그럴 것이다.

이런 것에서 가치를 느끼는 것은, 세계에서 단 하나.

마력을 가지지 않은 인간밖에 알 수 없다.

마법의 위력을 알고 있다면, 높은 경지를 목표로 할 수밖에 없을 것이다.

그러니까 모두가 떠올리지만 아무도 만들려고 하지 않는다.

장인이라면 무의식중에 제외하는 발상.

손끝이 점점 차가워진다.

핏기가 가시는 것 같은 흥분.

"익스!"

그 목소리에 정신을 차렸다.

바로 앞에 슈노의 얼굴이 있고, 이쪽의 눈을 들여다봤다.

"왜 그래?" 익스는 말했다.

"왜 그러기는……, 그건 내가 할 말이야. 너야말로 대체 무슨 일이야? 눈을 뜬 채로 정신을 잃은 줄 알았다고."

"아, 그랬나."

멍하니 끄덕이자 슈노가 불안한 듯 이쪽을 봤다.

"익스, 정말로 괜찮아?"

"괜찮아…… 그래, 괜찮아."

"오후 일은 쉬는 게 어때? 수면 부족 아니야?"

"아니, 그런 게 아니야. 나는 그저——."

"그지?"

슈노가 되풀이했다.

"그저……."

그저, 뭘까?

그저, 무엇을 생각했나?

"그저, 떠올랐어. 내가 자란 산의 에스테 숲을."

그것은 마력과 반발하는 성질을 가진 수목의 이름이었다.

4

유이의 대우는 그 일 뒤로도 변하지 않았다. 여전히 같은 방이고, 식사가 나온다. 다만 방에서 밖으로 나오는 것은 금지되었고, 노바도 만나러 오지 않게 되었다.

외부의 상황도, 다음 회의의 방침도, 무엇도 알 수 없다. 창문으로 풍경을 바라보는 사이에 하루가 끝난다. 그것을 몇 번인가 반복했다.

그리고 순식간에 그날이 왔다.

성배의 날—— 그녀를 심판하는 회의가 열리는 날.

이제까지와 다르게, 유이는 가장 먼저 방에 들어갔다. 저녁식사 모임 때와는 또 가구 배치가 바뀌어서, 평소 그대로 어스름

한 방 안에 의자가 흩어져 있었다. 하지만 그녀가 앉을 자리는 준비되지 않고 대신에 벽 쪽으로 서야 했다.

그곳에 선 채로, 회의 참가자가 하나, 또 하나 들어오는 것을 바라봤다. 참가자들은 방으로 들어올 때 한순간 이쪽을 봤지만 금세 시선을 피해 버렸다.

이미 많은 사람이 모였지만 이제까지 같은 잡담은 이루어지지 않았다. 메레이가 들어왔을 때 어렴풋이 속삭대는 소리가 나온 것 말고는 입을 꾹 다물고 있었다.

이윽고 세오가 문을 열고 들어왔다.

방 중앙에 있는 작은 책상까지 걸어왔다. 서기가 필기구를 꺼내고 종이에 왼손을 얹었다.

"제934회 회의를 시작하겠습니다." 세오는 엄하게 말했다. "오늘의 의제는, 지난번 예정대로라면 마수와 사람의 구분에 대한 내용이 될 터였습니다. 하지만 지금 현재, 새로운 의제가 제기되었습니다. 본 회의는 이것을 긴급성이 높다고 판단, 이쪽을 우선하여 논의하고자 합니다. 의문, 혹은 이의가 있으신 분은 거수를 부탁드립니다."

세오는 천천히 참가자들의 얼굴을 봤지만 아무도 손을 들지 않았다.

"괜찮겠죠?"라며 그는 한 번 방을 둘러봤다. "참가자 전원 일치로, 오늘의 의제는 변경되었습니다. 참석을 부탁한 로르페 씨와 헴슬리 씨는, 급한 용건이 있다고 하여 이 자리에는 오지 않으셨습니다. 우선 보고해 두겠습니다."

처음부터 그럴 예정이었으리라. 의문을 제기하는 사람은 없었다.

"그럼 지금부터, 신의 피를 이었다고 자칭하는 동방의 백성에 대해서, 어떤 처분을 내려야 할지 논의하기로 하겠습니다. 의견이 있으신 분은, 거수를."

이번에는 금세 두세 명이 손을 들었다.

그 후로의 논의 진행은 대략 유이가 예상한 그대로였다. 다만 이번에는 논의를 유도하는 사람은 없었다. 당연한 결과로 향할 뿐이었다.

우선 말레교에서 신을 참칭하는 것이 어느 정도의 죄가 되는지를 확인. 다음으로 유이가 신을 참칭하는 것의 지적. 그런 논의가 순서대로, 신중하게 진행되었다.

그리고 일체의 틈도 없는 논리로, 그녀에게 유죄가 선고될 것이다.

논의가 그 단계에 들어가려던, 그때였다.

방문을 조심스럽게 두드리는 소리가 났다.

마침 이야기 도중이던 세오가 말을 멈추고 그쪽으로 고개를 향했다. 문 앞에 서 있는 고용인이 바깥과 작게 대화를 나눈 뒤, 당황한 모습으로 문을 열었다.

"바쁘신 와중에 미안합니다."

그러면서 나타난 것은 자그마한 노인이었다. 지팡이에 기대듯이 서 있었다. 작은 안경 너머로, 방에 있는 이들에게 차례차례 시선을 향했다.

"잠시만 실례해도 괜찮겠습니까?"

"코쿠 씨?" 세오가 종종걸음으로 노인을 향해 걸어갔다. 이제까지 없는 저자세로 말을 건넸다. "갑자기 무슨 일이십니까? 일이 있어서 오늘은 못 오신다고──."

"뭐, 그럴 예정이었습니다만 한가해져서요." 노인은 온화한 목소리로 대답했다.

"허나 모처럼 와주셨는데 죄송합니다만……" 하고 세오는 손을 맞댔다. "사실 오늘 의제는 급히 변경되어서. 장인 분께 이야기를 듣는 것은 다음 차례가 되지 않을까 합니다만……."

"이런이런." 코쿠는 지팡이를 붙잡은 손을 바꾸었다. "그럼, 무슨 화제일까요."

"신을 참칭한 죄에 대해서입니다." 세오가 짧게 설명했다.

"호오, 그렇다면 잘 됐군요." 하지만 코쿠는 웃으며 끄덕였다. "마침 그 이야기를 하러 온 참입니다."

"예──? 코쿠 씨가, 말입니까?"

"어, 아뇨. 제가 아니라, 아는 지팡이 장인입니다. 들어오세요." 그는 방 밖을 향해 말하더니 다시 이쪽으로 고개를 향했다.

"통상적으로는 안 되는 일이라는 건 압니다만, 모쪼록 제 얼굴을 봐서 양해해 주셨으면 합니다. 저도 조건으로 나와 버렸으니 어쩔 수 없어서 말입니다."

"조건?" 세오가 고개를 갸웃거렸다.

그동안에 밖에서 발소리가 다가오더니, 역광이 드리운 인물이 코쿠의 등 뒤에 나타났다.

회색 머리카락에 무뚝뚝한 표정의 남자였다. 나이는 젊어서 청년이라고 해도 될 것이다.

유이가 잘 아는 인물이, 그곳에 있었다.

'익스…….'

그는 코쿠 옆을 지나서 방으로 들어왔다. 그대로 저벅저벅 중앙으로 걸어왔다.

전날 저녁식사 모임에서 갑자기 일어선 남자다, 그렇게 알아차린 사람도 있을 것이다.

"익스 씨──?" 세오가 서둘러 그를 쫓아왔다. 등 뒤로 장발이 춤을 췄다. "대체 무슨 일입니까? 코쿠 씨와는 어떤……."

"갑자기 이런 짓을 해서 미안하네. 난 익스다. 직업은 지팡이 장인 수습이고, 지금은 수도원의 지팡이를 만들기 위해서 이 마을에 와 있지." 주변의 모든 것을 무시하고 익스는 이야기를 시작했다. 참가자는 어안이 벙벙한 모습으로 그의 이야기를 듣고 있었다. "이곳이 나 같은 사람이 나설 자리가 아니라는 건 알아. 현재 의제도 충분히 이해한다고 생각해. 신학자나 성직자가 논의해야 할 일이고, 수습 주제에 고개를 들이밀 문제가 아니라는 것도."

"그럼, 어째서 들어오신 건가요?"

그렇게 질문한 것은 메레이였다. 그녀는 주위를 향해, "뭐, 이야기를 들어주죠"라며 미소를 지었다.

방에 소용돌이치는 혼란이 가라앉고, 격한 젊은이를 지켜보자는 분위기로 바뀌었다. 그야말로 멋진 솜씨였다.

익스는 그 변화를 느끼는지 아닌지, 담담하게 계속 이야기했다.

"그럼에도 코쿠의 연줄을 이용해서, 염치없이 이곳에서 이야기를 하는 건, 왕국에 사는 신도로서 도저히 간과할 수 없는 사태를 깨닫고 말았기 때문이야. 그리고 그건――." 그의 시선이 한순간 벽 쪽에 있는 유이에게 향했다. "현재 의제에 크게 관계가 있는 일이지. 사후 승낙이 되어서 미안하지만, 발언의 허가를 받고 싶다. 시간을 그리 오래 빼앗지는 않아."

"그렇군요, 그런 건가요." 메레이가 웃음을 머금은 목소리로 말했다. "어느 시대든 젊은이의 올곧은 정의감은 보물이에요. 어떨까요, 여러분. 저는 그에게 발언의 기회를 줘도 괜찮다고 생각하는데요――."

그녀가 그렇게 말하자 "괜찮겠죠." "저도 찬성입니다" 하고 ――명백하게 어린아이의 응석을 지켜보는 듯한 말투로――차례차례 찬동하는 말이 나왔다.

메레이는 그런 말에 고개를 끄덕인 뒤, 세오에게 눈짓을 보냈다.

"아, 그럼 익스 씨." 그 눈짓에 여유를 되찾았는지 그는 평소보다도 더 정중한 말투로 말했다. "발언을 부탁드리죠. 부디 당신의 이야기를 들려주십시오."

"후의의 감사하지. 다만 나는 이야기를 하러 온 게 아니야." 익스는 팔짱을 끼고 주위를 흘겨봤다. "내 목적은, 죄의 고발이다."

"흠, 무엇을 고발하는 겁니까?" 세오가 고개를 갸웃거렸다.

"물론, 신을 참칭한 인물을."

"아, 그건 현재의──."

"저기 서 있는 녀석 이야기가 아니야." 익스는, 이번에는 유이 쪽을 보지 않았다. 그의 시선은 메레이를 포착하고 있었다. "그 녀석과는 별개로, 좀 더 대규모로 신을 참칭하는 녀석이 있다. 그 사실을 고발하러 왔어. 선량한 일개 신도로서."

"그렇군요, 그게 사실이라면 중대한 문제겠군요." 세오는 가볍게 끄덕였다. "그럼 말씀하시겠습니까. 신을 참칭하는 인물, 당신이 고발하러 온 상대란, 대체 누구입니까?"

이 방의 거의 모두가 미소 지으며 다음 말을 기다렸다.

익스는 그런 그들의 얼굴을 둘러보고 말했다.

"──이곳에 있는 전원이다."

5

적막한 방에 목소리가 울렸다. 지금이 승부처다, 느꼈다.

"이 마을의 예배당에는 어느 일화가 있지. 인공 마법 지팡이의 발명자인 레드노프가, 지하실에 틀어박혀서 '궁극의 지팡이'를 완성시켰다── 그런 전설이야." 이야기의 순서를 생각하며 입을 움직였다. "교회 관계자에게는 유명한 이야기라더군? 전날 저녁식사 모임에서도 화제로 올라오는 걸, 나도 테이블 끝에서 들었다."

익스는 주위에 있는 인간의 얼굴을 봤다. 곤혹인지 분노인지,

기묘한 표정으로 이쪽을 바라보고 있었다.

"그리고 그 자리에서 하나의 결론이 나왔지." 또다시, 메레이라고 불린 우코드라크 노파에게 시선을 향했다. "레드노프가 예배당 지하에 틀어박힌 것은 말레교에 대한 신앙심 때문이고, 그곳에서 '궁극의 지팡이'를 완성한 것은 신의 소명에 따른 일이라고── 딱히 증거가 있는 추측은 아니지만, 그런 이야기였다. 내 인식이 맞나?"

"예, 그렇습니다만……." 미간을 찌푸린 세오가 긍정했다. "증거가 있는 추측은 아니다, 그렇지는 않겠지요. 논리에 맞고 부정할 근거가 없다면, 우선은 옳다고 인식해야 합니다."

"게다가 궁극의 지팡이라고 인식해도 되는 건가?" 다른 참가자 남자가 끼어들었다. "너는 그때 본 청년이지? 궁극의 지팡이란 어떤 것이냐고, 격분하지는 않았나."

"내 미숙이다. 그 지팡이는 궁극의 지팡이가 틀림없어."

익스가 인정하자 상대는 코웃음을 흘렸다.

"그건 틀림없는 궁극의 지팡이야. 어떻게 그 시대에 그런 걸 만들 수 있었으냐, 그런 의문은 있지만 지금 그건 제쳐놓지. 문제는, 그때의 참가자 중 누구도── 그러니까 이곳에 있는 전원이, 중요한 사실을 지적하지 않았다는 부분에 있다."

"그건?" 메레이가 고개를 갸웃거렸다.

"전설에는 뒷이야기가 있어. 예배당 지하에서 지팡이를 완성시킨 레드노프는, 그 후로 행방을 감추었다. 그저 실종이 아니야. 갇혀 있던 지하실에서 사라진 거야. 그때의 논의에서는, 이

의문에 대한 설명이 되지 않았지. 어째서 아무도 문제시하지 않았던 거지?"

"말해 봐야 어쩔 수 없는 일이니까요." 메레이는 곧바로 대답했다. "전설에는, 많든 적든 과장이 붙는 법이에요. 실종된 것을 지하실에서 사라졌다, 그런 식으로 재미있게 바꿔 말한 누군가가 있었을 테죠. 갈 곳이 없는 방에서 사람이 사라지는 일은 있을 수 없어요. 아니면 당신은 설명을 할 수 있다는 건가요?"

"그래, 할 수 있어."

"재미있는 말씀을 하시네요." 그녀는 무릎 위로 손을 맞잡았다. "그건?"

"레드노프가 망령이었으니까."

그렇게 말하자 몇 초 틈을 두고, 방 여기저기서 실소가 터졌다. 익스는 무표정하게 그것을 흘려 넘겼다. 지금은 이것으로 문제없다.

웃음이 가라앉는 것을 기다리고, 다시 입을 열었다.

"레드노프는 망령이다―― 그것이 그 전설을 설명할 수 있는 유일한 사실이야. 혹시 이걸 부정하고 싶다면, 그에 충분할 만큼의 근거나 같은 수준의 설득력을 가진 대안을 제시했으면 하는데. 이 회의는 그런 자리잖아? 있을 수 없다, 그런 말은 근거가 없어."

"네가 망령의 존재를 설명하는 게 우선이겠군." 또 다른 참가자가 지적했다. "망령이란 뭐지? 어떤 논리로 존재하는 것이지? 우선 그에 대답하는 거야."

"용이다."

익스가 그 단어를 꺼낸 순간, 상대의 표정은 얼어붙었다.

그만이 아니었다. 방에 있는 사람들의 움직임이 멈췄다.

"이 마을에는 용의 전설이 남아 있지. 어느 부부가, 인형에 생명을 달라고—— 용에게 그리 부탁한 이야기다. 그 바람은 제대로 이루어져서, 인형은 사후, 망령이 되어 마을을 헤매고 있다. 이곳에 있는 모두가 알고 있겠지."

"그저 옛날이야기예요." 메레이는 날카롭게 부정했다. "용은 전설상의 생물. 실존조차 의심스러운 존재가, 무슨 근거가 되는 건가요."

"**용은 있었다.**" 익스는 단호하게 말했다. "용은 있었고, 틀림없이 사람의 바람을 이루어 주었다. 그런 것으로 취급해야 해. 부정할 근거가 없는 이상은."

"…………." 세오가 말없이 이쪽을 노려봤다. "그럼 그 전설을 바탕으로, 당신은 무엇을 주장하려는 겁니까?"

"레드노프가 바로 그 인형이었어. 용이 생명을 주고 망령이 된 인형——." 익스는 단숨에 이야기했다. "그렇게 해석하면 모든 게 설명되지."

그 부분에서 일단 말을 끊고 주위를 둘러봤다.

아무도 반론하지 않는 것을 확인하고 이야기를 계속했다.

"애당초 인공 마법 지팡이는 레드노프가 갑자기 발명한 물건이야." 익스는 방을 천천히 걸었다. 움직임에 따라 근처의 양초 불길이 흔들렸다. "하지만 그런 발명이 가능했던 이유에는 의문이 많아. 자연 마법 지팡이의 시대에 기술 축적은 없었지. 그런데도 혼자서 인공 마법 지팡이를 떠올리고, 실용 단계까지 발전시키고, 끝내는 '궁극의 지팡이'까지 완성했다. 어떻게 그런 일이 가능했나? 레드노프가 천재였으니까—— 그렇게 설명하는 건 간단하지만, 설득력이 부족하지. 하지만 녀석이, 용이 만들어 낸 생물이었다면, 그것도 설명할 수 있어." 그러면서 양손을 앞으로 내밀었다. "생명이 주어진 나무 인형, 그것은 인공 마법 지팡이의—— 채벌 후의 가지를 유사 생명으로 재연하는 방법과 너무나도 닮았지. 그러니까, 그것이 세계의 첫 '마법 지팡이'였다."

"근거가 없군." 차분한 말투로 남자가 말했다. 쳐다봤더니 저녁식사 모임 당시, 맞은편 자리에 있던 상대였다. "단순히 레드노프가 인지를 초월한 천재였다, 그것도 마찬가지로 근거가 없고, 마찬가지로 설득력이 있는 해석이야. 그것으로 지금 설명의 대안이 되지."

"하지만 지하실에서 사라진 이유는 설명할 수 없어." 익스는 곧바로 맞받아쳤다. "내 해석이라면, 그 이유도 설명할 수 있다."

"……설마."

"간단해. 예배당 지하에 갇힌 레드노프는, 그 방에서 죽었다. 그리고 '생명'을 잃었지. 인간이라면 그 후에는 육체가 남지만, 레드노프의 경우 그렇게 되지 않았다."

익스는 그 부분에서 잠시 숨을 돌렸다.

"정신은 망령이 되고—— 지하실에는 '마법 지팡이'가 남았다."

말하려는 바는 전해졌을 것이다. 모두도 깨달았을 터. '궁극의 지팡이'의 정체가 혹시 그렇다면, 그때의 논의가 완전히 무의미한 것은 물론이거니와 중대한 문제를 내포하고 있다는 사실을.

익스는 어디까지나 담담하게 말했다.

"첫 마법 지팡이 장인은, 용이 만든 마법 지팡이였다." 벽 쪽에 선 유이를 흘끗 봤다. "전설의 의문에 대한 완벽한 설명은, 이것밖에 없어."

그 모임에서 레드노프는 신실한 신도라고 결론 내려졌다. 예배당 지하에 틀어박혀서 신을 향한 헌신으로 지팡이를 계속 만든 장인. 그 신앙으로 그는 궁극의 지팡이를 만들 수 있었다. 따라서, 궁극의 지팡이를 추구하는 지팡이 장인은 모두가 신앙심 두터운 성직자라고 할 수 있다── 그것이 그들이 만든 이론이었다.

이 설명에서 궁극의 지팡이란 다름 아닌 신이 만든 지팡이다.

하지만── 그것이 틀렸다면 어떻게 되는가.

레드노프가 인형이고, 지하실의 지팡이가 그의 유해라면──.

궁극의 지팡이를 만든 것은 용이라는 이야기가 된다.

"그러니까 나는 고발하러 왔다. 그 모임에서 메레이에게 찬동한 인간은 모두, 신과 용을 동일하게 취급했다. 신을 참칭한 죄인이라고."

거기까지 말하고 익스는 눈을 감았다.

이것은 하나의 도박이었다.

혹시 그들이 신을 참칭한 것을 부정하고 그런 사실은 없다며 강변한다면, 그 논리를 빌려서 유이를 변호한다. 그녀도 신을 참칭한 것이 아니라고 주장한다.

혹시 그들이 죄를 인정하여 벌을 받겠다고 한다면── 바라는 바는 아니지만, 그 논리를 빌린다. 유이가 죄를 인정케 하고 벌을 준다. 하지만 신을 참칭한 것이 어느 정도의 중죄이든 그들도 같은 벌을 받는 이상, 극형으로 판단할 수는 없을 터. 적어도 목숨은 건진다.

이것이 그녀를 구할 유일한 방법.

물론 제대로 풀릴 것이라 단정할 수는 없었다. 익스의 이야기 따위는 전부 무시당할지도 모른다. 일반인의 이야기 따위를 그들이 제대로 상대할 필요는 없으니까. 코쿠의 명성에 기댈 수는 없을까 생각했지만 확실한 방법은 아니었다.

익스가 다시 눈을 떴을 때, 시야 한가운데 있는 메레이는 여유가 담긴 미소를 짓고 있었다.

그리고 돌아온 반응은 어느 예상과도 달랐다.

"당신이 말하는 그대로예요, 익스 씨." 그녀는 분명히 그렇게 말했다.

"……허?" 익스의 입에서 혼잣말이 새어나왔다.

"작은 전승에서 잘도 이만큼의 진실을 간파했네요. 역시 어느 시대든 새로운 시점을 가진 젊은이야말로 필요한 거로군요."

그녀가 무슨 말을 하려는 것인지 익스로서는 이해할 수 없었다.

그것은 다른 참가자들도 마찬가지인지, 서로를 곤혹스러운 표정으로 마주 보고 있었다.

단 한 사람, 세오만이 그녀에게 찬동했다.

"정말 그렇습니다." 그는 깊이 고개를 끄덕였다. "역시 그 지하실에 숨겨 두었던 것은 잘못이었을지도 모르겠습니다. 설마 한 번 본 것만으로 여기까지 꿰뚫어 보는 인간이 나타날 줄이야."

"무슨 소리지……?"

"좋은 기회니까 말해두죠. 여러분도, 이것은 성직자들조차 많이 오해하는 일이에요." 메레이는 느긋하게 이야기했다. "확실히 이곳, 에스토샤에는 용의 전승이 있어요. 용이 인간에게 생명을 주었다, 그런 전승이. 하지만 역대 교회 관계자는, 그 전설을 이야기하는 것을 피했죠. 취급에 주의가 필요한 이야기였으니까요. 이유는 알겠죠?"

모두가 애매하게 고개를 끄덕여 답했다.

"그래요, 신은 세계를 만들고 생명을 만들었다. 그것이야말로 신의 증명이다. 구파에서는 그렇게 가르치고 있죠. 그러니까 용이 만능의 마법——생명을 주었다는 전승은, 신을 부정하는 것으로 이어질 수도 있었어요. 다만 그것은, 이 전승의 가장 중요한 부분을 간과하고 있는 거예요. 세오, 당신은 알고 있나요?"

이름을 부르자 그는 싱긋 미소로 답했다.

"용은 생명을 주었지만 영혼을 주지 않았다—— 그렇겠죠?"

"예, 그래요." 메레이는 손뼉을 치는 시늉을 했다. 털이 짙은 손이 부딪혔을 뿐, 소리는 나지 않았다. "어째서 용은 생명밖에 줄 수 없었을까요? 생명만을 바랐으니까? 아뇨, 그건 아니에요. 생명과 영혼은 불가분의 관계예요. 그렇기에 신의 손으로 창조한 생물은 모두가 생명과 영혼을 가지고, 어느 누구도 망령이 되지 않죠. 이것이 무엇을 의미하는가, 이제는 아시겠죠── 가스타바스, 당신도"라며 그녀는 방 반대쪽으로 시선을 향했다.

"어째서 지금 같은 때에 내 이름을 부르는지는 이해할 수 없지⋯⋯" 하고 남자가 대답했다. "그러니까, 용에게는 영혼을 만드는 힘이 없었다. 그리 말하고 싶은 거겠지."

"예, 역시 제가 가르친 보람이 있어요." 메레이는 긍정했다. "이상의 이야기를 바탕으로 알 수 있다시피, 용과 신은 다른 존재예요. 용은 생명을 만들어낼 수 있지만, 신은 영혼을 만들죠. 용은 만능의 힘을 가졌지만, 신은 전능의 힘을 가졌죠. 따라서⋯⋯."

그녀는 그때 익스에게 시선을 향했다.

"용은 용을 만들 수 없고── 신은 용을 만들 수 있다."

그런 해석이 있을까, 생각했다.

필사적으로 만들어낸 가설을 그들은 부정하지도 받아들이지도 않고, 한 차원 위에서 유유히 집어삼켜버렸다.

"여러분" 하고 메레이가 말했다. "익스 청년에게 감사하죠. 그는 우리 해석의 구멍을 지적하여 논의를 더욱 완전한 것으로 이끌어주었어요. 궁극의 지팡이를 만든 것은 레드노프가 아니라 용. 그리고 물론 용을 만든 것은 신이에요. 용이 만든 '궁극의 지팡이'가 어째서 최후의 장소로 예배당을 선택했는가── 그 이유를 생각하면, 자연스럽게 신의 은총을 느낄 수 있겠죠."

그녀가 양팔을 펼치자 아낌없는 찬사가 익스를 덮쳤다.

"훌륭해." "잘 가르쳐 줬어." "이것이야말로 바람직한 신도의 모습이야."──라고, 이쪽의 의도도 작전도 모두 집어삼킨 말레교에게, 그는 축복을 받았다.

그런 목소리에 압도당하듯이 휘청휘청 뒷걸음질 쳤다.

세오가 한 손을 들자 금세 자신을 위한 의자가 준비되었다. 방에서 나가는 것도 허락되지 않고, 익스는 말레교 내부에 갇혔다.

멍하니 앉았다.

목소리는 전혀 나오지 않았다.

더 이상 할 수 있는 일은 없었다.

그녀를 구할 생각으로 왔는데도…….

무의식적으로 시선은 벽 쪽의 유이를 찾고, 하지만 아무도 없는 벽지를 봤다.

어디로 갔느냐며 찾았다. 설마 자신이 살아날 수 없음을 헤아리고 최후의 수단으로 도망쳤을까. 하지만 그것은 최악의 수단이다. 어떻게든 노바에게 연락해서── 그런 생각을 했을 때.

목소리는 위에서 내려왔다.

"고마워요."

"어?"

자그마한 소녀가 바로 눈앞에 서서 이쪽을 내려다보고 있었다.

그늘이 져서 얼굴은 보이지 않았지만, 몸 앞에서 몇 번이고 박수를 치는 것은 알 수 있었다.

이윽고 다른 사람들도 그녀를 알아차렸다. 박수가 그치고 술렁임이 퍼졌다. 이 자리로 그녀가 걸어 나온 이유는 그 누구도 알 수 없었다.

"여러분——" 하며 유이는 몸을 돌렸다. 익스에게는 이제 그녀의 등 밖에 보이지 않았다.

"부디 용서해 주시길. 하지만 도저히 이 감동을 억누를 수가 없었어요. 여러분에 한시라도 빨리 이야기하고 싶어서, 그래서 뛰쳐나와 버린 거예요. ……세오 씨, 발언 허가를 받을 수 있을까요?"

그녀가 쳐다보자 의외로 세오는 순순히 허락했다.

"예, 괜찮습니다."

"감사합니다." 유이는 고개를 한 번 끄덕였다. "여러분도 아시다시피, 저는, 고향에서는 '신의 피를 이은 일족'으로 취급되고 있었어요. 하지만 그 호칭에는 계속 위화감을 품고 있었죠. 자신의 몸에 신의 피가 흐른다니—— 도저히 그렇게 여겨지진 않았어요." 감정이 담긴 목소리로 그녀는 이야기했다. "하지만 지금—— 바로 지금, 이분의 이야기를 듣고, 간신히 납득했어요."

그녀는 한 걸음 전진하고 익스를 손으로 가리켰다.

"제 고향 루크타에서 신은, 그가 말한 '용'과 비슷한 존재였어요. 만능이지만 전능은 아닌, 스스로를 만들 수가 없는 존재였던 거죠. 실제로 제가 '신'의 피를 잇고 있는지는 알 수 없지만, 한 가지 말할 수 있는 것이 있어요. 루크타의 신 역시도—— 여러분께서 믿는 진정한 신이 만들어낸 존재였다고."

오오, 누가 먼저라고 할 것도 없이 소리 높였다.

지금 막 개종을 이루려고 하는 소녀의 모습을, 모두가 기대에 찬 표정으로 바라봤다.

"저는 겨울을 에스토샤에서 지낸 뒤, 고향으로 돌아갈 예정이에요. 그리고 루크타로 돌아갈 때에는, 여러분의 신과 그 가르침을 우리 백성들에게 전하고 싶어요. 하나라도 더 많은 동포가, 이 멋진 믿음을 알았으면 해요. 그렇지만……, 저는 그저 어린아이예요. 아직 말레교의 교리도 얕고, 최근까지도 신을 참칭하던 계집── 그런 인간을 신용할 수 없는 건 당연한 일이에요. 여러분의 걱정은 제가 생각하는 것 이상으로 크겠죠. 하지만 여러분께서 생각하시는 것 이상으로, 제 정열은 뜨겁게 타오르고 있어요. 마치 성 앰머가 본 첫 등불처럼…… 혹은 이로바이가 떨어진 용암 호수처럼."

유이는 방 중앙으로 나아가서 애원하는 말투로 말했다.

"그러니까, 부디…… 부디, 여러분. 부탁드려요." 그녀는 깊이 머리를 숙였다. "제게, 고향에서의 포교를 허락해 주실 수 없을까요──."

그것만이 그녀에게 남겨진 구원의 길이었다.

하지만 그런 사정을 생각할 수 있는 인간은 이 자리에 없었다. 혹은 이해하고서도 무시하는 것일지도 모른다. 여하튼 결과는 변함이 없다. 이국에서는 신앙의 상징인 존재가, 새로운 전도사가 된 것이었다.

팽팽한 침묵 후, 우레와 같은 박수가 그녀를 뒤덮었다.

메레이가 일어서서 그녀를 끌어안듯이 두 팔을 펼쳤다.

박수는 그치지 않고, 유이는 몇 번이고 몇 번이고 모두에게 머리를 숙였다.

적국으로 끌려와서, 자유도 인생도 빼앗기고, 바야흐로 마음속까지 빼앗긴 소녀의 미소를 익스는 보았다.

그 미소는 마지막까지 그를 보지 않았다.

6

유이가 창문을 보자 어렴풋이 빛나고 있었다.

길가에 화톳불이 붙여져 있겠구나, 상상했다. 평소라면 한산하던 길에 오늘은 사람들이 돌아다니는지, 떠들썩한 목소리가 들렸다.

성배가 시작된 것이었다.

아직 회의가 막 끝난 참이라 소란스럽지만, 다른 사람들도 금세 예배당으로 이동할 것이다. 방으로 돌아올 때 모습을 보이지 않은 것 같아서 유이는 안심했다.

문 열리는 소리가 들려서 그쪽으로 고개를 돌렸다.

"수고했어요, 노바 씨." 그곳에 서 있던 얼굴을 보고 유이는 머리를 숙였다. "힘든 체류가 되어버렸네요."

평소처럼 그녀는 "예"라는 대답을 기대하고 건넨 말이었지만, 그러나 노바는 아무 말도 하지 않았다. 입구에 서서 가만히 이쪽을 보고 있었다.

"무슨 일 있나요?"

노바는 역시나 아무 말도 않고 이쪽으로 다가왔다. 캄캄한 방안, 거의 부딪힐 것 같은 거리에서 멈춰 섰다. 그녀의 감정 없는 눈동자에 자신의 얼굴이 비쳤다.

"알 수 없는 게, 있어요." 작은 목소리로 노바는 말했다.

"뭐죠? 제가 아는 것이라면 좋겠는데……."

"지난번 저녁식사 모임 때, 예요. 그때, 밀고장도, 유이 씨를 습격한 것도, 세오 씨의 자작극이었다, 그런 이야기가 되었죠. 세오 씨도, 스스로 그걸 인정한 모양, 이더군요."

"제게 주목을 모으기 위해서라고 그랬지만, 제게는 참으로 폐가 되는 이야기예요." 유이는 어깨를 으쓱였다.

"하지만 그건 이상, 해요."

"어째서 그렇게 생각하나요?"

물어보자 노바는 한 번 깜박거렸다.

"저는 그 밀고장을 봤으니까, 예요." 그녀는 평탄한 목소리로 계속 말했다. "조금 젖어서 늘어진 서간, 이었어요. 문자는 다소 번졌지만, 틀림없이 읽을 수 있었죠. 혹시 밀고장이 자작극이라면, 그런 걸 준비할 필요는 없어요. 밀고장이 왔다고, 다른 사람에게 말하면 그만, 이겠죠."

"조금 이상하기는 하지만……" 하고 유이는 뺨에 손가락을 댔다. "세오 씨만큼 용의주도한 인물이라면 그 정도 준비는 하겠죠. 실물을 조사하고 싶다든지, 누가 그럴지도 모르니까요."

"그러면, 세오 씨는 회의를 중지시키고 싶었던, 건가요? 그건, 유이 씨를 습격한 동기와, 모순되지 않나요?"

"그건 로르페 씨가 설명하셨을 테죠."

"안 했어요." 그녀는 곧바로 대답했다.

"그가 한 일은, 세오 씨 말고는 양쪽 사건을 일으킬 수 있는 인물이 없었다, 그런 소거법의 설명, 이에요. 동기의 정합성은 중시하지, 않았어요."

"그렇다면 모순은 허용되어야겠죠. 가능성이 하나밖에 없다면 다소 무리가 있더라도 납득할 수밖에 없지 않을까요……."

"아뇨."

노바는 작게 고개를 가로젓고 이쪽을 응시했다.

"가능성은, 두 가지 존재해요. 밀고장의 범인과, 유이 씨를 습격한 범인이 다를 가능성, 이에요."

"어째서 두 번째 가능성을, 당신이 지적할 수 있는 건가요?"

"매일 아침, 고용인이 현관을 여는 시각을 알고서, 그 직전에 편지를 놓을 수 있었던 인물을, 저는 알고 있으니까요."

"……어느 분이시죠?"

노바는 아무 말도 하지 않고 창가로 걸어갔다. 아래를 내려다봤다.

그 작은 창문으로는 이 건물의 현관 모습이 잘 보일 것이다. 창문을 열면 그곳을 노려서 봉투를 떨어뜨릴 수도 있는 높이였다.

노바는 이쪽을 돌아봤다.

"이유를, 가르쳐 주시지 않겠어요?"

"이유?" 유이는 고개를 갸웃거렸다.

"이번에는, 어떻게든 살았어요. 범인을 불명으로 두는 것보다, 자신이 죄를 뒤집어쓰는 편이 낫다, 그렇게 세오 씨는 판단하신, 거겠죠. 하지만, 혹시 밀고장을 보낸 진범을 들킨다면, 이렇게 할 수는 없었어요. 정말로 죄인으로 처벌을 받았을지도 모르죠. 어째서, 이런 자포자기 같은 일을, 하신 건가요?"

유이도 창가로 다가갔다. 그녀와 나란히 밖을 내려다봤다. 이 조용한 마을 어디에 있었을까, 그럴 만큼 많은 사람들이 걷고 있었다.

"저기, 노바 씨"라며 그녀에게 말을 건넸다. "애당초 어째서 저는 이 회의에 초대되었을 거라 생각해요?"

"루크타의 신앙을 업신여기기 위해서, 예요. 유이 씨를 고발하고 처형하는 과정을 통해, 다른 나라를 지배할 때의 태도를 명확하게 만들기 위해서, 이지 않을까요."

"그건 말도 안 돼요." 유이는 웃으며 고개를 가로저었다. "그렇다면 회의에 데려온 그날에, 제 정체를 밝히면 그만이었어요. 굳이 참가시키고 발언을 시킬 의미가 없죠. 세오 씨의 목적은, 처음부터 계속 하나였다고 생각해요."

"그건 무엇, 인가요?"

"제가 개종하고, 루크타에서 포교 활동을 하길 바란 거예요."

노바가 천천히 이쪽으로 고개를 돌렸다.

"이곳 국경 근처의 마을에서, 다른 나라에 대한 포교는 중요한 과제예요. 루크타 출신의, 게다가 종교적인 입장이 있는 인간의 협력은 애가 탈 정도로 바라는 일이겠죠. 제가 말레교로 개종한다는 말을 꺼낸다면 루크타의 백성에게 미치는 영향은 막대해요. 물론 저를 진심으로 개종시킬 필요는 없죠. 그렇게 말할 수밖에 없는 상황으로 몰아넣고, 스스로 그 말을 입에 담도록 만든다. 그렇게 말한 이상, 루크타로 돌아간 저는 포교를 진행할 수밖에 없어요. 그럴 마음만 있다면 그들은 언제든지 저를 처형할 수 있으니까요. 감시도 붙어 있고요."

유이는 거침없이 이야기했다.

"그러니까 저를 회의에 참가시키고, 말레교를 배우게 만들고, 그리고 주위로부터 신뢰를 얻게 했죠. 이번 겨울의 회의에서 세오 씨의 목적은 그것뿐이었어요. 메레이 씨가 지팡이 장인을 성직자로 만들기 위해서 모든 역량을 이용했듯이."

"……그걸." 조용히 이야기를 듣던 노바가 말했다. "유이 씨는 이해했던, 건가요. 알고서, 바라는 그대로──?"

"어쩔 수 없어요. 이 마을에 온 시점에서 이렇게 될 것은 정해져 있었어요. 그만큼 주도면밀하게 준비를 해두었던 거예요. 도망치려고 한다면 그만큼 강한 힘으로 묶어 두었을 테죠."

"그렇다면, 어째서……."

"저항할 수는 없어요. 하지만 순순히 따르면 몸을 묶은 밧줄은 여전히 느슨하겠죠. 그 상태라면 손끝 정도는 움직일 수 있으니까, 조금은 유도하는 것도 가능해져요."

"유도?" 노바가 의아한 듯 눈을 깜박였다.

"제가 밀고장을 보냈다는 사실을, 세오 씨는 금세 알아차렸을 테죠. 그의 의도를 알아차린 제가 회의를 중지시키기 위해서 썼다, 그렇게 생각했을지도 몰라요. 하지만 그는 저를 규탄할 수 없죠. 죄가 지나치게 무거워지니까요. 어디까지나 유이 라이카는 신의 피를 이었을 뿐인 선량한 인간이어야만 해요. 밀고장은 무시할 수도 있었을 테지만── 그가 가진 두뇌라면 반대로 이용할 방법을 떠올리겠죠." 유이는 한 번 숨을 돌렸다. "세오 씨는 저희를 습격하는 척을 해서 사태를 더욱 크게 만들었어요. 로르페 씨가 지적하지 않더라도 그는 스스로 밝힐 생각이었을 테죠. 혹은 다른 '범인'을 준비했을지도 몰라요. 여하튼 제 책략은 그의 계획에 그대로 삼켜졌죠. 능력의 차이를 보여주어, 그가 노리는 것을 알면서도 저는 그것에 응할 수밖에 없게 되었다⋯⋯" 라면서, 그때 양쪽 손바닥을 위로 향했다. "하지만, 어떨까요? 회의의 다른 참가자들은 어떻게 생각했을까요?"

"⋯⋯어떻게, 라니."

"신기하게 생각하진 않았을까요? 어째서 세오는 자신들을 시험하는 것 같은 짓을 했느냐. 어째서 밀고장과 습격 건에 대해서 처음에는 거짓말을 했는가. 불신을 품었을 테죠." 유이는 가슴에 손을 댔다. "그리고 이용당한 저를, 다소나마 가엾다고 생각했을 거예요. 지금이라면 절 위해서 편의를 봐주겠죠. 실제로 회의가 끝난 뒤, 메레이 씨와 가스타바스 씨가 말을 건넸어요── 밀고장을 구실로 제가 방문했던 두 사람이죠. 그들은 약속해줬어요. 루크타에서의 포교 활동에서, 제게는 거의 완전한 재량권을 주고 싶다고."

노바가 입을 열려다가, 또 다물었다. 깜박이던 눈을 멈추고 이쪽을 바라봤다.

"회의 결과는 전부 세오 씨가 그린 그대로예요. 하지만 그러는 한편으로, 그는 적잖이 신뢰를 잃고 저는 신뢰를 얻었어요.

그것이 어떤 결과를 낳느냐?" 유이는 손가락을 세웠다. "앞으로 신파가 권력을 잡았을 때, 루크타의 지배는 뒷전으로 밀려요. 그 나라에 제가 있으니까, 한동안 내버려 둬도 괜찮다── 그렇게 생각하도록 제가 행동하겠어요. 그리하여 루크타는 시간을 얻죠. 시간── 모든 것은 시간이 지나면 바뀌어요."

술술 이야기하자 노바가 한 걸음 물러났다.

그녀 쪽이 키가 큰데도, 어째선지 이쪽으로 올려다보는 듯한 시선을 보냈다.

"제가……"라고 그녀는 말했다. "제가, 이 이야기를 위에 보고한다고는, 생각하지 않는, 건가요?"

"보고하셔도 전혀 문제없어요." 유이는 웃으며 말했다. "다만 친구로서 충고한다면, 아마도 제대로 상대하지 않겠죠. '위의 세계'에게 저는 아직 하나의 말이고, 무언가를 할 힘이 있다고 생각하지는 않을 거예요. 이번에도 세오 씨의 생각 그대로 움직였으니까요. 말의 생각에 흥미는 없지 않을까요……."

노바는 잠시 침묵했다. 그녀의 경우에는 평소와 다르지 않겠지만, 그러나 이 침묵만큼은 평소와 다른 것처럼 느껴졌다.

이윽고 그녀는 툭하니 말했다.

"저는 당신의 감시, 예요."

"아, 예."

"루크타에서도, 계속해서 이 임무를, 맡겠죠."

"그렇게 될 것 같네요."

"하지만 다음에, 위에 배치 전환 요청을, 내겠어요."

"어째서 갑자기?" 유이는 물었다. "제가 지겨워졌나요?"

"아뇨……, 제게는, 당신을 감시할 만큼의 눈이, 없으니까요."

"하지만 아마도 허락은 못 받을 것 같네요."

"……저도 동감, 이에요." 노바는 한 번 끄덕이더니, 변함없이 감정이 희박한 목소리로 말했다. "그렇, 겠네요. 앞으로도 잘 부탁드려요, 유이 씨."

7

회의장 문이 열린 뒤, 사람들은 밝은 표정으로 방을 나갔다. 왁자지껄 잡담 소리가 복도에 울리고 단숨에 시끄러워졌다.

인파에 휩쓸려 익스가 밖으로 나왔을 때, 문 바로 옆에서 슈노가 기다리고 있었다. 이쪽을 보고는 얼굴 표정이 환해지더니 팔을 붙잡고 복도 구석으로 잡아당겼다. 도중에 몇 명인가 익스에게 말을 건넸다. 다들 미소였다. 군중 가운데 로르페와 헴슬리의 얼굴을 찾았지만 끝내 발견하지 못했다.

사람들이 사라질 때까지, 그다지 시간이 걸리지는 않았다. 금세 복도는 한산해지고, 조용해졌다.

"다들 옆에 있는 예배당으로 가는 모양이야"라고 슈노가 가르쳐 줬다. "복도에 있던 다른 종자들이 가르쳐 줬거든. 예배당에서 집회를 한 뒤, 부지에 모여서 성배 예전을 진행한대. 그쪽은 자유롭게 참가할 수 있다던데, 조금 있다가 우리도 가보지 않을래?"

"그건, 상관없는데……." 익스는 한숨을 내쉬었다.

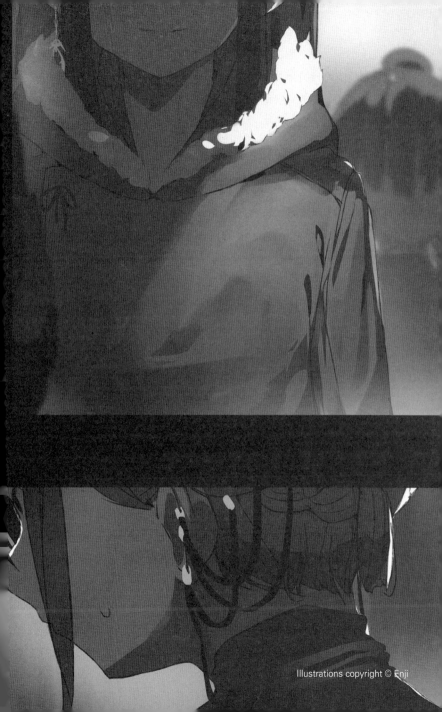

"뭘 침울해하는 거야?" 의아한 듯 슈노가 말했다. "문에 귀를 대고 들었는데, 굉장했잖아, 익스! 설마 궁극의 지팡이의 정체를 밝히다니! 이것 참, 나는 전혀 깨닫지 못했어. 설마 용이 만든 지팡이라니, 굉장히 장대한──."

"거짓말이야."

"어?"

익스의 말에 슈노는 어리둥절한 표정을 지었다.

"전부 거짓말이야. 용도 레드노프도, 아무런 근거도 없는 헛소리야. 애당초── 그건 궁극의 지팡이 같은 게 아니니까."

"자, 잠깐만, 익스." 슈노가 당황해서는 한 손을 펼쳤다. "거, 거짓말이라니, 세상에. 애당초 그 지팡이는 문지르 알레프도, 그 제자라는 사람들도 궁극의 지팡이라고 인정했잖아? 확실히 나로서도 어떻게 쓰는지 알 수는 없었지만, 하지만──."

"그걸로 옳은 거야, 슈노." 익스는 말했다. "아무도 쓸 수 없다, 아무런 사용처도 없다── 바로 그렇기에, 궁극의 지팡이야."

"……무슨 소리야?"

"둘이서 몇 번이나 이야기했잖아? 궁극의 지팡이는 정말로 만들 수 있느냐, 만들 수 있다면 어떤 물건이냐고. 아마도 역사상의 모든 지팡이 장인이 비슷한 걸 생각했을 테지. 궁극의 지팡이란 무엇인지를 생각하고, 조금이라도 거기에 다가가려고 했어. 그 열의가 마법 지팡이를 발전시켰지. 수백 년을 거치고도 아직 그 열의는 쇠하지 않았어. 진보의 속도가 전처럼 빠르지는 않게 되었어도, 문지르가 죽었어도── 슈노 같은 장인이 나타나지. 열의를 가지고, 시대를 앞으로 진행시키려고 하는 장인이. 아마도 그것에는 이유가 있어."

"이럴 때까지 칭찬하지 말라고." 슈노는 화난 것 같은 표정을 드러냈지만 금세 되돌아갔다. "그러니까, 그 이유가——?"

"궁극의 지팡이야." 그러면서 끄덕였다. "궁극의 한 자루에 언젠가 다다를 수 있다고, 모두가 믿고 있지. 최초의 장인이 그것을 만들었다는 전설이 있으니까. 그러니까 모두가 한결같이 매진할 수 있어. 궁극의 지팡이가 있든 없든 문제가 아니야. 그저 그 이름이 있다는 것으로, 마법 지팡이는 영원히 계속 발전할 수 있어. 별과 똑같단 말이지. 닿지 않으니까 안심하고 손을 뻗을 수 있어."

"그, 그럼 레드노프는? 대체 어떻게 사라진 거야?"

"글쎄, 전혀 모르겠어." 익스는 어깨를 으쓱였다. "지하실에서 사망한 걸 숨겼는지, 누군가가 몰래 빼냈는지……. 상상하려고 해도 정보가 너무 적어. 그야말로, 일을 빼앗고 만 폭발 지팡이 장인에게 죄책감을 느끼고 모습을 감추었을지도 모르지."

"…………"

설명을 모두 듣자, 슈노는 미간을 찌푸리고는 이쪽에서 시선을 피했다. 몇 번인가 불안스럽게 눈을 깜박였다.

"……그런가." 잠시 후, 슈노는 그렇게 중얼거렸다. "알았어, 익스. 응, 내 안에서 소화할 때까지 시간이 걸릴 것 같지만…… 알았어."

"미안하네, 이런 일에 굳이 어울리게 해서."

"그건 전혀 상관없어. 하지만, 그런가. 네가 배신했다고 한 건, 이거였구나? 진실이 아니라는 걸 알고서, 궁극의 지팡이를 인정하는 게."

"그건⋯⋯."

그만 익스는 말문이 막혔다.

사실은 그렇지 않다. 그가 거짓말을 하고 배신한 것은, 지금은 죽은── 용의 명예이니까.

하지만 금세 슈노가 가벼운 말투로 말했다.

"뭐, 말하고 싶지 않다면 어쩔 수 없네. 어쨌든 네 지인이 무사한 모양이라 다행이야."

그것이 슈노의 다정함이라는 것을, 지금의 익스로서는 잘 알 수 있었다.

어째서 그렇게나 다정하게 대해 주는지 의아해졌다. 이쪽의 형편에 휘둘려 버렸으면서도, 어째서 미소를 지어주는 것일까. 그것은 알 수 없었지만, 무척 기뻤다. 눈물이 나올 것만 같을 만큼.

그렇게 생각하고 상대를 봤더니, 슈노는 의아하다는 표정을 지었다.

"어, 아니, 익스, 왜 그래, 배 아파?"

"아니, 딱히 아무것도 아니야."

"그런가? 네가 본 적도 없는 표정이니까, 무슨 일인가 싶었어."

복도에는 이제 거의 인기척이 없었다. 슬슬 예배당에서 예전 (禮典)이 시작된 무렵일까, 상상했다.

하지만 시야 구석에, 자그마한 인물이 둘 나타났다. 이쪽으로 걸어왔다.

"이것 참, 두 분." 한 사람이 이쪽으로 말을 건넸다.

"아, 코쿠 씨." 슈노도 그쪽을 알아차리고 대답했다. "저기, 옆에 있는 사람은……, 그리고 보니 이름을 물어보질 않았네."

"노바, 예요." 노바가 작게 고개를 기울이며 대답했다.

"노바 씨인가. 난 슈노야. 요전에는 고마웠어."

"아뇨."

어째서 이 두 사람이 같이 왔는지는 불명이지만, 익스도 말없이 머리를 숙였다. 코쿠 씨가 없었다면 회의장으로 들어가겠다는 무모한 행동은 통하지 않았다.

이야기를 들었더니, 코쿠는 두 사람을 찾았다고 한다. 틀림없이 예배당으로 갔다고 생각해서 한 번 밖으로 나갔다나.

"두 분은 성배에 참가하시진 않습니까?" 코쿠가 물었다."

"어, 아뇨. 참가해요." 슈노가 손을 내저으며 대답했다. "다만 뭐, 저희는 예전에 대해서는 잘 모르니까, 나중에 갈까 싶어서요…… 그렇지?"

그래, 익스는 동의했지만, 성배라는 말에 문득 떠오른 것이 있었다.

"코쿠, 갑작스러운 질문이라 미안하지만……" 하고 익스는 말을 꺼냈다. "그게, 손녀는 있나?"

"아뇨." 그는 고개를 가로저었다. "제게는 아들뿐이었습니다. 손자도 없고요."

'역시……'라며 익스는 고개를 숙였다.

그렇다, 단 하나 아직 알 수 없는 일이 있었던 것이다.

리스——이 마을에 왔을 때에 만나고, 그 후로도 이따금 모습을 보았던 소녀. 진짜 망령이 아닌가, 몰래 의심하던 상대.

시험 삼아 코쿠에게 물어봤더니, 그에게는 딸도 손녀도 없다고 한다. 그렇다면 점점 이제까지의 상상이 현실성을 띠는데…….

"하지만, 손녀만큼 나이 차이가 있는 상대는 있습니다." 하지만 코쿠는 그렇게 말을 이었다.

"어?"

"자, 앞으로 나오렴, 리스."

코쿠가 옆으로 물러서자 그곳에 소녀가 서 있었다. 계속 그의 등 뒤에 숨어 있던 것이다. 자신의 옷자락을 꽉 움켜쥐고는 고개를 숙이고 있었다.

"리스——?"

익스가 이름을 부르자 고개를 든 소녀와 시선이 마주쳤다.

그 순간, 마치 소리라도 날 것 같은 기세로 리스의 얼굴이 새빨개졌다. 그대로 뒤로 돌더니 복도 멀리 달려가 버렸다.

"이렇게 될 것은 알았습니다만……, 죄송합니다. 무척 부끄럼을 많이 타는 아이라서요." 코쿠가 그녀가 달려간 쪽을 바라보며 머리를 숙였다. "어쨌든 사람들의 시선을 힘들어해서. 그만두라고 해도 밤중에 밖을 돌아다녀서, 저도 곤란하단 말이지요."

"부끄럼쟁이……?" 무심코 그렇게 중얼거렸다.

"모쪼록 오해하시진 마시길. 저 아이는, 익스 씨를 정말로 좋아하거든요."

"……? 좋아하게 될 일을 한 기억은 없어. 옛날에 어디선가 만났나?"

"만난 적은 없겠죠. 다만 대화를 나눈 적이 있을 겁니다." 코쿠는 그런 기묘한 소리를 했다.

"……아니, 역시 떠오르는 게 없어."

"그 말을 들으면, 저 아이는 기뻐하겠군요." 코쿠는 미소 지었다. "몇 년 전의 일인데, 제가 당신의 스승에게 편지를 보낸 걸, 기억하고 있을까요?"

"어. 대필을 부탁받아서 몇 번인가 주고받았지."

"그래요. 하지만, 제가 보낸 편지는 처음의 한 통뿐입니다."

"그럼, 다른 건?"

"전부 저 아이가 멋대로 보냈다는 모양입니다. 제가 보낸 척, 동경하는 지팡이 장인과 대화를 나누고 싶었던 거겠죠. 뭐, 대답한 게 이름도 모르는 대필자라서 실망했을 테지만, 다만 그 무렵에 리스 주위에는 대화 상대가 없었던 겁니다. 금세 그녀는 편지에 몰두해서—— 익스 씨, 당신도 무척 마음에 들었던 겁니다. 저 아이가 너무나도 즐거워하니까 저도 알아차리고 말았습니다만." 그는 자신의 머리를 쓰다듬었다. "그러니까, 이 마을에 온다고 그랬을 때는 크게 기뻐했지요. 결국 대단한 이야기는 나누지 못했던 모양이지만, 익스 씨와는 앞으로 오랜 인연이 되겠죠? 적어도 인사를, 그런 생각으로 데려왔습니다만…… 본인이 저래서야."

익스는 아무런 말도 못한 채, 눈만 연신 끔벅거렸다.

그렇다면?

"그럼, 수도원의 망령은——?"

"망령? 무슨 이야기일까요." 코쿠는 고개를 갸웃거렸다.

"아니…… 그게, 수도원에서 사람 같은 걸 봤다, 그런 사건이 있어서"라며 슈노를 봤다.

"아, 있었지, 그런 일도. 그건 뭐였을까."

둘이서 고개를 갸웃거리는데, 작게 손을 든 노바가 "저, 예요"라고 말했다. 너무나도 자연스러운 말투였기에, 의미를 이해하는 데 시간이 걸렸다.

"지금 뭐라고 했지?" 익스는 그녀의 얼굴을 봤다.

"저, 예요." 노바는 같은 말을 했다. "구파의 상황을 살피기 위해, 수도원에 다녔어요."

"그 수도원은 여자 출입 금지일 텐데."

"예."

"……이용한 건가? 그 지하통로를?"

"예. 쌓인 눈 위보다 걷기, 편하니까요. 통로의 존재에 대해서는, 정보를 받았어요." 그녀는 담담하게 더듬더듬 이야기했다. "수도원에서, 익스 씨와도 만났을 터, 인데요."

"아니, 언제?"

"책을, 주워주셨죠."

"책……?"

"슬슬 시간이 됐으니까, 실례할게요. 그럼." 아직 고개를 갸웃거리는 이쪽에게 노바가 손을 내밀었다.

"어, 어어……"라고 반사적으로 악수에 응했다.

사람의 피부와는 다른, 까칠까칠한 감촉이 오른손에 남았다.

종종걸음으로 떠나는 그녀의 뒷모습을 바라보는 사이, 어째선지 갑자기 머릿속에 하나의 정경이 상을 맺었다.

그래, 책을 주웠다…….

수도원을 처음으로 방문했을 때── 수레를 미는, 등이 굽은 수도사에게 책을 주워줬다.

그렇다면……?

슈노가 주방에서 발견한 사람이라는 것은 그녀이고…….

점심식사가 부족해진 것은, 그것이 이유인가.

정말로 한 사람 많았던 것이다.

어째선지 익스는 크게 웃고 싶어졌다.

유이가 조금 전에 그런 꼴을 당한 참인데도.

그럼에도, 어쩐지 어깨에서 힘이 빠지는 것을 느꼈다.

설마 노바였을 줄이야…….

그렇구나…….

다시 말해 망령이란, 그 정도의 존재일 것이다.

노바와 악수를 나누었을 때에 받은 종이에 적힌 내용에 따라, 익스는 홀로 예배당으로 들어갔다.

이곳에서는 조금 전까지 예전이 열리고 있었다. 수많은 성직자나 신학자가 모여 있었지만, 지금은 그 누구의 모습도 없었다. 그들은 밖에서 별을 바라보고 있다.

실내에 불빛은 없었지만 창문으로 비쳐드는 달빛이 눈부실 정도였다. 창백한 빛 가운데, 촛대에서 가느다란 연기가 피어올랐다.

연기를 따라가듯 익스는 위를 봤다.

그리고 그는 보았다.

벽면의 조각.

천장화.

스테인드글라스.

그것들은 틀림없이, 장인의 손으로 만든 것이었다.

생애의 전부를, 단 하나의 기술에 바친 이들.

수백 년 전의 이름도 모르는 사람들의, 인생의 증거가 그곳에 있었다.

익스는 몸이 떨릴 듯한 감동을 느꼈다.

그들은 목표로 했던 것이다.

닿지 않으리라 알고, 그럼에도 손을 뻗고, 단 한순간만이라도 다다르고자 했다.

단 하나의 이상이 있는 장소.

위를 향해.

별을 보고.

그곳에,

신이.

그것이 장인의 증명.

모든 장인의 구조.

익스는 더더욱 위를 봤다. 그러지 않으면 눈물이 나올 것 같았다.

그렇다면…….

더 이상 궁극의 지팡이를 목표로 하지 않는 인간은.

별을 보는 것을 그만두고 만 인간은.

이제, 자신은.

장인이, 아니다…….

"안녕하세요."

천장을 보는 그 뒷모습에, 유이는 말을 건넸다.

"돌아보지 마세요." 그와 등을 마주하고 서서, 그리고 말했다. "이 대화는, 사실은 있어서는 안 되는 일이니까요."

"……오랜만이군."

"예, 오랜만이에요." 이런 상황에서도 그런 소리를 하는 그가 재미있어서, 가볍게 웃었다. "무슨 생각을 하고 있었는지, 맞춰 볼까요?"

익스가 고개를 끄덕이고, 등 너머로 유이에게 전해졌다.

"지팡이에 대한 생각이겠죠?"

"……그래."

"조금 전에 들었어요. 장인이 될 수 있다고 하더군요. 축하드려요."

"……장인이 아니야." 익스는 고개를 가로저었다.

"무슨 뜻인가요?" 그의 말에 전혀 기뻐하는 기색이 없어서, 유이는 의외였다.

"나는 더 이상, 장인이 아니거든. 그런 지팡이를, 떠올리고 만나는──."

"잠깐만요"라며 그의 말에 끼어들었다. "그렇게 침울해하기 전에, 괜찮다면 제게 이야기해 주지 않을래요? 좀 더 이렇게, 순서대로."

"……알았어."

그리하여 익스는 자신이 떠올린 마법 지팡이에 대해서 설명했다.

마력의 반발을 이용하여 위력을 높인다. 출력에 상한을 설정하게 되겠지만, 그 대신에 제작에 특별한 기술은 필요 없고 재료 조달도 용이해진다. 대량으로 만들고, 염가에 판매하고, 모든 사람이 손에 넣을 수 있는, 그런 지팡이를.

궁극의 지팡이와는 정반대의 발상에서 태어난── 무가치한 지팡이.

이야기를 들은 뒤, 유이는 잠시 고개를 숙이고서 입을 다물었다. 다양한 생각이 그녀의 머릿속을 맴돌았다.

이윽고 그녀는 말했다.

"신은 어디에 있다고 생각하나요?"

"신이? 뭐, 하늘에 있지 않을까."

"예, 말레교에서 신은 그렇죠. 하지만, 하나 재미있는 이야기를 할게요. 제게는 신의 피가 흐른다는 모양이에요. 신과 사람이 교접했다, 그런 전설이, 루크타의 신화에 있으니까요." 유이는 온화하게 계속 이야기했다. "그 신은, 대지에서 나타났다고 해요."

"대지에서——?"

예, 그녀는 끄덕였다.

"말레교만이 신의 가르침을 이야기하는 것은 아니에요. 손이 닿지 않는, 별 같은 신이 있어요. 하지만 한편으로, 대지에서 나타나서 사람과 어울리는 신도 있는 거예요. 그러니까 익스——." 그녀는 상대에게 보이지 않는다는 것을 알고서도, 미소를 지었다. "그건, 당신만의—— 다른 어느 장인과도 다른, 당신의 견지에서만 다다를 수 있는 신이자, 지팡이인 거예요. 그렇게 생각할 수는 없을까요?" 그렇게 말하고 몇 초 동안, 등 너머로 그의 말 없는 답변을 들었다. "예, 갑자기 그러긴 어렵겠죠. 하지만, 기억해 주세요. 당신이기에 환영하는 장소도 있다고. 혹시 필요해졌을 때는, 부디 루크타로 와주세요."

"유이의 나라로——?"

"물론 훨씬 미래의 이야기라고요? 당신은 막 장인이 되었고, 조금 전의 그 지팡이를 완성시키려면 돈도 인력도 필요하겠죠.

하지만, 언젠가 그럴 마음이 들었을 때는, 부디."

그렇게 이야기하며 유이는 자신의 성실하지 못한 태도에 구역질을 느꼈다.

확실하게 그 미래가 찾아올 것이다.

그녀는 알고 있었다.

신파가 권력을 잡아서 지팡이 장인이 성직자가 되었을 때, 반드시 익스는 자유롭지 못함을 느낀다. 말레교의 다양한 규율과 충돌하고, 장인으로서의 자격을 박탈당할지도 모른다.

하지만 익스는 지팡이 제작을 그만둘 수는 없다. 그것만큼은 말할 수 있다.

그때, 틀림없이⋯⋯.

지금의 말을 떠올릴 것이다.

마법 지팡이── 강력한 무기의 기술과 지식을 가지고, 루크 타로 찾아온다.

그것을 알기에 유이는 방관했던 것이다. 지팡이 장인을 성직자로 만든다는 메레이의 계획을.

신에게 가장 가까운 마을.

그곳의 예배당에──.

두 배신자가 있었다.

사람을 속이고, 신을 등졌다.

그들은 같은 생각을 하고 있었다.

그렇다⋯⋯ 아직 고작 몇 개월인 것이다.

여름의 그날, 바람이 부는 좁은 산길에서 만났을 때.

그때에 품고 있던 순수한 마음은 어디로 가버렸을까.

올곧게 믿고 있던 마법 지팡이의 이상을.

아무런 타산도 없었던 무구한 선량함을.

이제는, 잃고 말았다…….

이윽고 배신자 하나가 어둠속으로 사라졌다.

또 하나는 잠시 그곳에 우두커니 서 있었지만, 문득 고개를 들더니 건물 출구로 향했다.

문을 열었을 때, 그는 한 번 돌아봤다.

그날의 쓸쓸함도, 먼지도 보이지 않았다.

밖으로 나오자 별을 올려다보는 사람들 가운데 친구의 모습이 보였다. 근처에는 작은 소녀의 모습도 있었다. 두 사람은 그가 나온 것을 깨닫고 미소를 지었다. 크게 손을 흔들었다.

그에 응하듯 익스는 한 손을 들려다가, 도중에 문득 자신의 어깨를 털었다. 차가운 감촉은 없었다. 훨씬 전부터 눈은 그쳐 있었다.

후기

　책을 어디부터 읽는가──혹은 읽지 않는가──를 정하는 것
은 모든 독자가 가진 자유 중 하나입니다. 하지만 마지막부터 읽
으시는 것을 상정해서 구성되는 이야기가 통상적으로 없듯이,
이 후기도 마지막으로 읽으시는 것을 상정하여 적혀 있습니다.
(핵심적인 내용도 나와 있습니다.) 양해해 주시길.

　『용과 제례 3 ─신의 여러 형태─』라는 타이틀에서 밝힌 것처
럼, 이 소설은 1권, 2권에 이어 3권입니다. 따라서 '용과 제례'는
시리즈를 가리키는 부분이고, 부제 쪽이 내용을 정확하게 표시
하고 있습니다. '신·망령·사람'이라는 후보도 있었습니다만,
어느 단어도 의미하는 바는 거의 같으니까요. 한여름에 쓴 겨울
이야기가 여름에 나온다, 그건 조금 기묘한 감각입니다.
　전 권까지 읽으신 분께서는 알아차리셨으리라 생각합니다만
(이번 권만 읽으신다는 분은 아마도 없으실 테지만), 이번 편은 전체적으로
다른 분위기가 되었습니다. 간단히 말하면 세 권 가운데 가장
느긋한 이야기입니다. 훌륭한 추리나 손에 땀을 쥐는 액션 요소
는 희박하고, '일상 이야기'적으로 편안하게 느슨하다는 느낌.
지팡이 장인이 이러쿵저러쿵 하는 이야기를 하고서 간신히 지
팡이를 만드는 것이니까 '직업 이야기'로서도 괜찮을지도. 혹은
'장인 이야기'? 뭐, 장르 구분에 큰 의미는 없겠죠.
　키워드에 대해서도 1, 2권의 '밖과 안'과 다르게 이번에는 '위

와 아래'가 메인이 되었습니다. 밖과 안은 평면상의 구별이고, 또한 타인에게서 주어지는 틀입니다. 그곳에서 더더욱 '밖'으로 뛰쳐나가고자 한다면, 이제는 삼차원 방향 밖에 없습니다. 그럼 어느 쪽으로 향하느냐, 그런 이야기입니다. 여하튼 그곳에서만 보이는 풍경, 그곳에서만 알 수 있는 정보가 있습니다. 또한 신 캐릭터가 몇 명 등장하는데, 슈노의 경우에는 본래 2권에서 나올 예정이었습니다. 여러 사정이 있어서 이쪽에서 등장하게 되었습니다만, 인칭 문제로 지문이 귀찮아졌네요. 후반에는 익숙해졌습니다만, 초반에는 무심코 써버리는 경우도 종종 있어서 적잖이 위태로운 집필이었습니다.

하지만 인칭이라면, '용과 제례'는 원래 삼인칭 문제를 시험하기 위해서 적기 시작한 소설이었습니다만, 이제 와서 간신히 문체에 의미를 줄 수 있었던 것 같습니다. (라스트의 ㅇ시점, 뭐, 그냥 멋을 부렸습니다만.) 1권, 그러니까 응모 원고를 쓸 때에 무작정 넣은 복선도 대략 회수할 수 있었고, 내용 측면에서도 일단락을 지을 수 있었을까, 그렇게 느끼는 참입니다.

2020년 8월 츠쿠시 이치메이

RYU TO SAIREI 3
Copyright © 2020 Ichimei Tsukushi
Illustrations copyright © 2020 Enji
Original Japanese edition published in 2020 by SB Creative Corp.
Korean translation rights arranged with SB Creative Corp.
through Japan UNI Agency, Inc., Tokyo

용과 제례 3

2023년 11월 15일 1판 1쇄 발행

저　　　　자	츠쿠시 이치메이
일 러 스 트	Enji
옮 긴 이	손종근
발 행 인	유재옥
이　　　　사	조병권
출판본부장	박광운
담 당 편 집	정지원
편 집 1 팀	박광운
편 집 2 팀	정영길 조찬희 박치우 정지원
편 집 3 팀	오준영 이해빈 이소의
디자인랩팀	김보라 박민솔
디지털사업팀	박상섭 김지연 윤희진
라이츠사업팀	김정미 맹미영 이윤서
영업마케팅팀	최원석 박수진 박소연
물 류 팀	허석용 백철기
경영지원팀	최정연
인쇄제작처	㈜코리아피앤피
발 행 처	㈜소미미디어
등　　　　록	제2015-000008호
주　　　　소	서울시 마포구 토정로222, 403호 (신수동, 한국출판콘텐츠센터)
판매 및 마케팅	(070) 8822-2301

ISBN 979-11-384-8053-6 04830
ISBN 979-11-384-7815-1 (세트)